NANA

ŒUVRES COMPLÈTES ILLUSTRÉES DE ÉMILE ZOLA

— ÉDITION NE VARIETUR —

LES ROUGON-MACQUART

HISTOIRE NATURELLE ET SOCIALE D'UNE FAMILLE SOUS LE SECOND EMPIRE

NANA

TOME SECOND

PARIS
BIBLIOTHÈQUE-CHARPENTIER
EUGÈNE FASQUELLE, ÉDITEUR
11, RUE DE GRENELLE, 11

1906

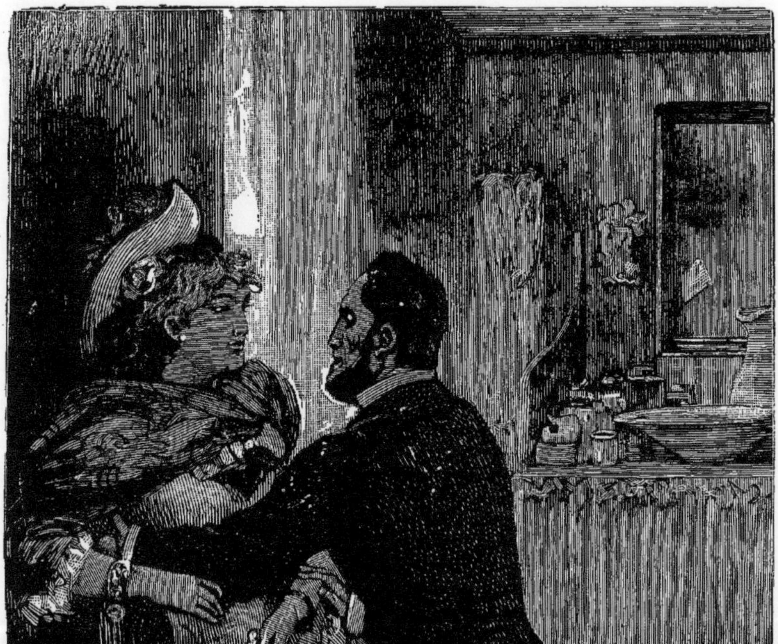

NANA ET MUFFAT DANS LA LOGE.

« ... Il s'abattit sur le carreau. Elle, d'un air d'ennui, se contenta d'ajouter : Ah ! ne fais pas l'enfant ! (Page 279.)

— Oh! superbe, le troisième!... La duchesse fait la cocotte chez elle, ce qui dégoûte Beaurivage et le corrige. Avec ça, un quiproquo très drôle, Tardiveau arrivant et se croyant chez une danseuse...

— Et Géraldine là-dedans? interrompit Nana.

— Géraldine? répéta Bordenave un peu gêné. Elle a une scène, pas longue, mais très réussie... C'est fait pour toi, je te dis! Signes-tu?

Elle le regardait fixement. Enfin, elle répondit:

— Tout à l'heure, nous verrons ça.

Et elle rejoignit Labordette qui l'attendait dans l'escalier. Tout le théâtre l'avait reconnue. On chuchotait, Prullière scandalisé de cette rentrée, Clarisse très inquiète pour le rôle. Quant à Fontan, il jouait l'indifférence, l'air froid, car ce n'était pas à lui de taper sur une femme qu'il avait aimée; au fond, dans son ancienne toquade tournée à la haine, il lui gardait une rancune féroce de ses dévouements, de sa beauté, de cette vie à deux dont il n'avait plus voulu, par une perversion de ses goûts de monstre.

Cependant, lorsque Labordette reparut et qu'il s'approcha du comte, Rose Mignon, mise en éveil par la présence de Nana, comprit tout d'un coup. Muffat l'assommait, mais la pensée d'être lâchée ainsi la jeta hors d'elle. Elle sortit du silence qu'elle gardait d'ordinaire sur ces choses avec son mari, elle lui dit crûment:

— Tu vois ce qui se passe?... Ma parole, si elle recommence le tour de Steiner, je lui arrache les yeux!

Mignon, tranquille et superbe, haussa les épaules en homme qui voit tout.

— Tais-toi donc! murmura-t-il. Hein? fais-moi le plaisir de te taire!

Lui, savait à quoi s'en tenir. Il avait vidé son Muffat, il le sentait, sur un signe de Nana, prêt à s'allonger pour lui servir de tapis. On ne lutte pas contre des passions pareilles. Aussi, connaissant les hommes, ne songeait-il plus qu'à tirer le meilleur parti possible de la situation. Il fallait voir. Et il attendait.

— Rose, en scène! cria Bordenave, on recommence le deux.

— Allons, va! reprit Mignon. Laisse-moi faire.

Puis, goguenard quand même, il trouva drôle de complimenter Fauchery sur sa pièce. Très forte, cette pièce-là; seulement, pourquoi sa grande dame était-elle si honnête? Ce n'était pas nature. Et il ricanait, en demandant qui avait posé pour le duc de Beaurivage, le ramolli de Géraldine. Fauchery, loin de se fâcher, eut un sourire. Mais Bordenave, jetant un regard du côté de Muffat, parut contrarié, ce qui frappa Mignon, redevenu grave.

— Commençons-nous? nom de Dieu! gueulait le directeur. Allons donc, Barillot!... Hein? Bosc n'est pas là? Est-ce qu'il se fout de moi, à la fin!

Pourtant, Bosc arrivait paisiblement. La répétition recommença, au moment où Labordette emmenait le comte. Celui-ci était tremblant, à l'idée de revoir Nana. Après leur rupture, il avait éprouvé un grand vide, il s'était laissé conduire chez Rose, désœuvré, croyant souffrir du dérangement de ses habitudes. D'ailleurs, dans l'étourdissement où il vivait, il voulut tout ignorer, se défendant de chercher Nana, fuyant une explication avec la comtesse. Il lui semblait devoir cet oubli à sa dignité. Mais un sourd travail s'opérait, et Nana le reconquérait lentement, par les souvenirs, par les lâchetés de sa chair, par des sentiments nouveaux, exclusifs, attendris, presque paternels. La scène abominable s'effaçait; il ne voyait plus Fontan, il n'entendait plus Nana le jeter dehors, en le souffletant de l'adultère de sa femme. Tout cela, c'étaient des mots qui s'envolaient; tandis qu'il lui restait au cœur une étreinte poignante, dont la douceur le serrait toujours plus fort, jusqu'à l'étouffer. Des naïvetés lui venaient, il s'accusait, s'imaginant qu'elle ne l'aurait pas trahi, s'il l'avait aimée réellement. Son angoisse devint intolérable, il fut très malheureux. C'était comme la cuisson d'une blessure ancienne, non plus ce désir aveugle et immédiat, s'accommodant de tout, mais une passion jalouse de cette femme, un besoin d'elle seule, de ses cheveux, de sa bouche, de son corps qui le hantait. Lorsqu'il se rappelait le son de sa voix, un frisson courait ses membres. Il la désirait avec des exigences d'avare et d'infinies délicatesses. Et cet amour l'avait envahi si douloureusement, que, dès les premiers mots de Labordette maquignonnant un rendez-vous, il s'était jeté dans ses bras, d'un mouvement irrésistible, honteux ensuite d'un abandon si ridicule chez un homme de son rang. Mais Labordette savait tout voir. Il donna encore une preuve de son tact, en quittant le comte devant l'escalier, avec ces simples paroles, coulées légèrement:

— Au deuxième, le corridor à droite, la porte n'est que poussée.

Muffat était seul, dans le silence de ce coin de maison. Comme il passait devant le foyer des artistes, il avait aperçu, par les portes ouvertes, le délabrement de la vaste pièce, honteuse de taches et d'usure au grand jour. Mais ce qui le surprenait, en sortant de l'obscurité et du tumulte de la scène, c'étaient la clarté blanche, le calme profond de cette cage d'escalier, qu'il avait vue, un soir, enfumée de gaz, sonore d'un galop de femmes lâchées à travers les étages. On sentait les loges désertes, les corridors vides, pas une âme, pas un bruit; tandis que, par les fenêtres carrées, au ras des marches, le pâle soleil de novembre entrait, jetant des nappes jaunes où dansaient des poussières, dans la paix morte qui tombait d'en haut. Il fut heureux de ce calme et de ce silence, il monta lentement, tâchant de reprendre haleine ; son cœur battait à grands coups, une peur lui venait de se conduire comme un enfant, avec des soupirs et des larmes. Alors, sur le palier du premier étage, il s'adossa contre le mur, certain de n'être pas vu ; et, son mouchoir aux lèvres, il regardait les marches déjetées, la rampe de fer polie par le frottement des mains, le badigeon éraflé, toute cette misère de maison de tolérance, étalée crûment à cette heure blafarde de l'après-midi, où les filles dorment. Pourtant, comme il arrivait au second, il dut njamber un gros chat rouge, couché en rond sur une marche. Les yeux à demi clos, ce chat gardait seul la maison, pris de somnolence dans les odeurs enfermées et refroidies que les femmes laissaient là chaque soir.

Dans le corridor de droite, en effet, la porte de la loge se trouvait simplement poussée. Nana attendait. Cette petite Mathilde, un souillon d'ingénue, tenait sa loge très sale, avec une débandade de pots ébréchés, une toilette grasse, une chaise tachée de rouge, comme si on avait saigné sur la paille. Le papier, collé aux murs et au plafond, était éclaboussé jusqu'en haut de gouttes d'eau savonneuse. Cela sentait si mauvais, un parfum de lavande tourné à l'aigre, que Nana ouvrit la fenêtre. Et elle resta accoudée une minute, respirant, se penchant pour voir, au-dessous, madame Bron, dont elle entendait le balai s'acharner sur les dalles verdies de l'étroite cour, enfoncée dans l'ombre. Un serin, accroché contre une persienne, jetait des roulades perçantes. On n'entendait point les voitures du boulevard ni des rues voisines, il y avait là une paix de province, un large espace où le soleil dormait. En levant les yeux, elle apercevait les petits bâtiments et les vitrages luisants des galeries du passage, puis au delà, en face d'elle, les hautes maisons de la rue Vivienne, dont les façades de derrière se dressaient, muettes et comme vides. Des terrasses s'étageaient, un photographe avait perché sur un toit une grande cage en verre bleu. C'était très gai. Nana s'oubliait, lorsqu'il lui sembla qu'on avait frappé. Elle se tourna, elle cria :

— Entrez !

En voyant le comte, elle referma la fenêtre. Il ne faisait pas chaud, et cette curieuse de madame Bron n'avait pas besoin d'entendre. Tous deux se regardèrent, sérieusement. Puis, comme il demeurait très raide, l'air étranglé, elle se mit à rire, elle dit :

— Eh bien ! te voilà donc, grosse bête !

Son émotion était si forte, qu'il semblait glacé. Il l'appela madame; il s'estimait heureux de la revoir. Alors, pour brusquer les choses, elle se montra plus familière encore.

— Ne la fais pas à la dignité. Puisque tu as désiré me voir, hein? ce n'est pas pour nous regarder comme deux chiens de faïence... Nous avons eu des torts tous les deux. Oh! moi, je te pardonne!

Et il fut convenu qu'on ne parlerait plus de ça. Lui, approuvait de la tête. Il se calmait, ne trouvait encore rien à dire, dans le flot tumultueux qui lui montait aux lèvres. Surprise de cette froideur, elle joua le grand jeu.

— Allons, tu es raisonnable, reprit-elle avec un mince sourire. Maintenant que nous avons fait la paix, donnons-nous une poignée de main, et restons bons amis.

— Comment, bons amis? murmura-t-il, subitement inquiet.

— Oui, c'est peut-être idiot, mais je tenais à ton estime... A cette heure, nous nous sommes expliqués, et au moins, si l'on se rencontre, on n'aura pas l'air de deux cruches...

Il eut un geste pour l'interrompre.

— Laisse-moi finir... Pas un homme, entends-tu, n'a une cochonnerie à me reprocher. Eh bien! ça m'ennuyait de commencer par toi... Chacun son honneur, mon cher.

— Mais ce n'est pas ça! cria-t-il violemment. Assieds-toi, écoute-moi.

Et, comme s'il eût craint de la voir partir, il la poussa sur l'unique chaise. Lui, marchait, dans une agitation croissante. La petite loge, close et pleine de soleil, avait une douceur tiède, une paix moite, que nul bruit du dehors ne troublait. Dans les moments de silence, on entendait seulement les roulades aiguës du serin, pareilles aux trilles d'une flûte lointaine.

— Écoute, dit-il en se plantant devant elle, je suis venu pour te reprendre... Oui, je veux recommencer. Tu le sais bien, pourquoi me parles-tu comme tu le fais?... Réponds. Tu consens?

Elle avait baissé la tête, elle grattait de l'ongle la paille rouge, qui saignait sous elle. Et, le voyant anxieux, elle ne se pressait pas. Enfin, elle leva sa face devenue grave, ses beaux yeux, où elle avait réussi à mettre de la tristesse.

— Oh! impossible, mon petit. Jamais je ne me recollerai avec toi.

— Pourquoi? bégaya-t-il, tandis qu'une contraction d'indicible souffrance passait sur son visage.

— Pourquoi?... dame! parce que... C'est impossible, voilà tout. Je ne veux pas.

Il la regarda quelques secondes encore, ardemment. Puis, les jambes coupées, il s'abattit sur le carreau. Elle, d'un air d'ennui, se contenta d'ajouter :

— Ah! ne fais pas l'enfant!

Mais il le faisait déjà. Tombé à ses pieds, il l'avait prise par la taille, il la serrait étroitement, la face entre ses genoux, qu'il s'enfonçait dans la chair. Quand il la sentit ainsi, quand il la retrouva avec le velours de ses membres, sous l'étoffe mince de sa robe, une convulsion le secoua; et il grelottait la fièvre, éperdu, se meurtrissant davantage contre ses jambes, comme s'il avait voulu entrer en elle. La vieille chaise craquait. Des sanglots de désir s'étouffaient sous le plafond bas, dans l'air aigri par d'anciens parfums.

— Eh bien! après? disait Nana, en le laissant faire. Tout ça ne t'avance à rien. Puisque ce n'est pas possible.... Mon Dieu! que tu es jeune!

Il s'apaisa. Mais il restait par terre, il ne la lâchait pas, disant d'une voix entrecoupée :

— Écoute au moins ce que je venais t'offrir... Déjà, j'ai vu un hôtel, près du parc Monceau. Je réaliserais tous tes désirs. Pour t'avoir sans partage, je donnerais ma fortune... Oui! ce serait l'unique condition : sans partage, entends-tu! Et si tu consentais à n'être qu'à moi, oh! je te voudrais la plus belle, la plus riche, voitures, diamants, toilettes...

Nana, à chaque offre, disait non de la tête, superbement. Puis, comme il continuait, comme il parlait de placer de l'argent sur elle, ne sachant plus quoi mettre à ses pieds, elle parut perdre patience.

— Voyons, as-tu fini de me tripoter?... Je suis bonne fille, je veux bien un moment, puisque ça te rend si malade; mais en voilà assez, n'est-ce pas?... Laisse-moi me lever. Tu me fatigues.

Elle se dégagea. Quand elle fut debout :

— Non, non, non... Je ne veux pas.

Alors, il se ramassa, péniblement; et, sans force, il tomba sur la chaise, accoudé au dossier, le visage entre les mains. Nana marchait à son tour. Un moment, elle regarda le papier taché, la toilette grasse, ce trou sale qui baignait dans un soleil pâle. Puis, s'arrêtant devant le comte, elle parla avec une carrure tranquille.

— C'est drôle, les hommes riches s'imaginent qu'ils peuvent tout avoir pour leur argent... Eh bien! et si je ne veux pas?... Je me fiche de tes cadeaux. Tu me donnerais Paris, ce serait non, toujours non... Vois-tu, ce n'est guère propre, ici. Eh bien! je trouverais ça très gentil, si ça me plaisait d'y vivre avec toi; tandis qu'on crève dans tes palais, si le cœur n'y est pas... Ah! l'argent! mon pauvre chien, je l'ai quelque part! Vois-tu, je danse dessus, l'argent! je crache dessus!

Et elle prenait une mine de dégoût. Puis, elle tourna au sentiment; elle ajouta sur un ton mélancolique :

— Je sais quelque chose qui vaut mieux que l'argent... Ah! si l'on me donnait tout ce que je désire...

Il leva lentement la tête, ses yeux eurent une lueur d'espoir.

— Oh! tu ne peux pas me le donner, reprit-elle; ça ne dépend pas de toi, et c'est pour ça que je t'en parle... Enfin, nous causons... Je voudrais avoir le rôle de la femme honnête, dans leur machine.

— Quelle femme honnête? murmura-t-il étonné.

— Leur duchesse Hélène, donc!... S'ils croient que je vais jouer Géraldine, plus souvent! Un rôle de rien du tout, une scène, et encore!... D'ailleurs, ce n'est pas ça. J'ai assez des cocottes. Toujours des cocottes, on dirait vraiment que j'ai seulement des cocottes dans le ventre. A la fin, c'est vexant, car je vois clair, ils ont l'air de me croire mal élevée... Ah bien! mon petit, en voilà qui se fourrent le doigt dans l'œil! Quand je veux être distinguée, je suis d'un chic! Tiens! regarde un peu ça.

Et elle recula jusqu'à la fenêtre, puis revint en se rengorgeant, en mesurant ses enjambées, avec des airs circonspects de grosse poule hésitant à se salir les pattes. Lui, la suivait, les yeux encore pleins de larmes, hébété par cette brusque scène de comédie qui traversait sa douleur. Elle se promena un instant, pour bien se montrer dans tout son jeu, avec des sourires fins, des battements de paupière, des balancements de jupes; et, plantée de nouveau devant lui :

— Hein? ça y est, je crois!

— Oh! tout à fait, balbutia-t-il, étranglé encore, les regards troubles.

— Quand je te dis que je tiens la femme honnête! J'ai essayé chez moi, pas une n'a mon petit air de duchesse qui se fiche des hommes; as-tu remarqué lorsque j'ai passé devant toi, en te lorgnant? On a cet air-là dans les veines... Et puis, je veux jouer une femme honnête; j'en rêve, j'en suis malheureuse, il me faut le rôle, tu entends!

Elle était devenue sérieuse, la voix dure, très émue, souffrant réellement de son bête de désir. Muffat, toujours sous le coup de ses refus, attendait, sans comprendre. Il y eut un silence. Pas un vol de mouche ne troublait la paix de la maison vide.

— Tu ne sais pas, reprit-elle carrément, tu vas me faire donner le rôle.

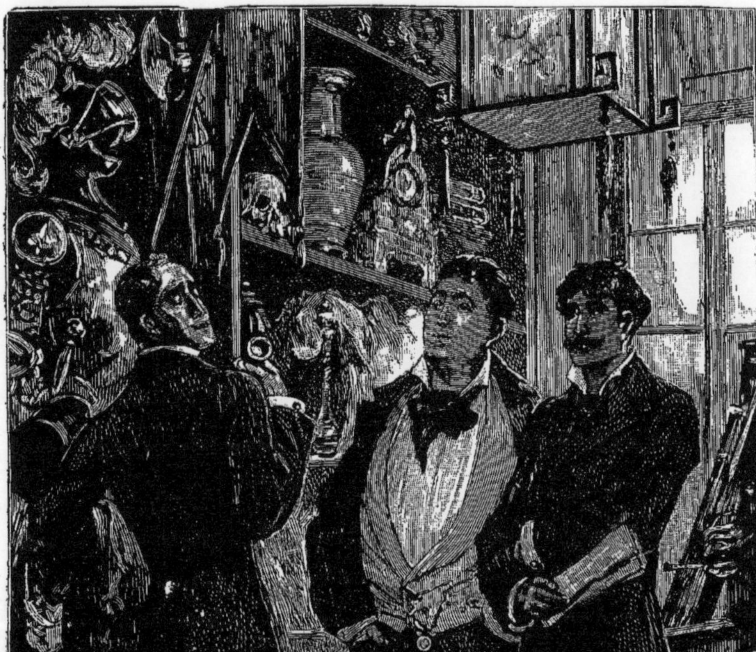

LE MAGASIN DE ACCESSOIRES.

« Et son coquetier à la main, il voulut imiter Nana... » — (Page 287.)

Il resta stupéfait. Puis, avec un geste désespéré :

— Mais c'est impossible! Tu disais toi-même que ça ne dépendait pas de moi.

Elle l'interrompit d'un haussement d'épaules.

— Tu vas descendre et tu diras à Bordenave que tu veux le rôle... Ne sois donc pas si naïf! Bordenave a besoin d'argent. Eh bien! tu lui en prêteras, puisque tu en as à jeter par les fenêtres.

Et, comme il se débattait encore, elle se fâcha.

— C'est bien, je comprends : tu crains de fâcher Rose... Je ne t'en ai pas parlé, de celle-là, lorsque tu pleurais par terre; j'aurais trop long à en dire... Oui, quand on a juré à une femme de l'aimer toujours, on ne prend pas le lendemain la première venue. Oh! la blessure est là, je me souviens!... D'ailleurs, mon cher, ça n'a rien de ragoûtant, le reste des Mignon! Est-ce qu'avant de faire la bête sur mes genoux, tu n'aurais pas dû rompre avec ce sale monde?

Il se récriait, il finit par pouvoir placer une phrase.

— Eh! je me moque de Rose, je vais la lâcher tout de suite.

Nana parut satisfaite sur ce point. Elle reprit :

— Alors, qu'est-ce qui te gêne? Bordenave est le maître .. Tu me diras qu'il y a Fauchery, après Bordenave...

Elle avait ralenti la voix, elle arrivait au point délicat de l'affaire. Muffat les yeux baissés, se taisait. Il était resté dans une ignorance volontaire sur les assiduités de Fauchery auprès de la comtesse, se tranquillisant à la longue, espérant s'être trompé, pendant cette nuit affreuse passée sous une porte de la rue Taitbout. Mais il gardait contre l'homme une répugnance, une colère sourdes.

— Eh bien! quoi, Fauchery, ce n'est pas le diable! répétait Nana, tâtant le terrain, voulant savoir où en étaient les choses entre le mari et l'amant. On en viendra à bout, de Fauchery. Au fond, je t'assure, il est bon garçon... Hein? c'est entendu, tu lui diras que c'est pour moi.

L'idée d'une pareille démarche révolta le comte.

— Non, non, jamais! cria-t-il.

Elle attendit. Cette phrase lui montait aux lèvres : « Fauchery n'a rien à te refuser; » mais elle sentit que ce serait un peu raide comme argument. Seulement, elle eut un sourire, et ce sourire, qui était drôle, disait la phrase. Muffat, ayant levé les yeux sur elle, les baissa de nouveau, gêné et pâle.

— Ah! tu n'es pas complaisant, murmura-t-elle enfin.

— Je ne veux pas! dit-il, plein d'angoisse. Tout ce que tu voudras, mais pas ça, mon amour, oh ! je t'en prie!

Alors, elle ne s'attarda pas à discuter. De ses petites mains, elle lui renversa la tête, puis, se penchant, colla sa bouche sur sa bouche, dans un long baiser. Un frisson le secoua, il tressaillait sous elle, éperdu, les yeux clos. Et elle le mit debout.

— Va, dit-elle, simplement.

Il marcha, il se dirigea vers la porte. Mais, comme il sortait, elle le prit dans ses bras, en se faisant humble et câline, la face levée, frottant son menton de chatte sur son gilet.

— Où est l'hôtel? demanda-t-elle très bas, de l'air confus et rieur d'une enfant qui revient à de bonnes choses dont elle n'a pas voulu.

— Avenue de Villiers.

— Et il y a des voitures?

— Oui.

— Des dentelles? des diamants?

— Oui.

— Oh! que tu es bon, mon chat! Tu sais, tout à l'heure, c'était par jalousie... Et cette fois, je te jure, ce ne sera pas comme la première, puisque maintenant tu comprends ce qu'il faut à une femme. Tu donnes tout, n'est-ce pas? alors je n'ai besoin de personne... Tiens! il n'y en a plus que pour toi! Ça, et ça, et encore ça!

Quand elle l'eut poussé dehors, après l'avoir chauffé d'une pluie de baisers sur les mains et sur la figure, elle souffla un moment. Mon Dieu! qu'il y avait donc une mauvaise odeur, dans la loge de cette sans soin de Mathilde! Il y faisait bon, une de ces tranquilles chaleurs des chambres de Provence, au soleil d'hiver; mais vraiment, ça sentait trop l'eau de lavande gâtée, avec d'autres choses pas propres. Elle ouvrit la fenêtre, elle s'y accouda de nouveau, examinant les vitrages du passage pour tromper son attente.

Dans l'escalier, Muffat descendait en chancelant, la tête bourdonnante. Qu'allait-il dire? de quelle façon entamerait-il cette affaire qui ne le regardait pas? Il arrivait sur la scène, lorsqu'il entendit une querelle. On achevait le second acte, Prullière s'emportait, Fauchery ayant voulu couper une de ses répliques.

— Coupez tout alors, criait-il, j'aime mieux ça!... Comment, je n'ai pas deux cents lignes, et on m'en coupe encore!... Non, j'en ai assez, je rends le rôle.

Il sortit de sa poche un petit cahier froissé, le tourna dans ses mains fiévreuses, en faisant mine de le jeter sur les genoux de Cossard. Sa vanité souffrante convulsait sa face blême, les lèvres amincies, les yeux enflammés sans qu'il pût cacher cette révolution intérieure. Lui, Prullière, l'idole du public, jouer un rôle de deux cents lignes !

— Pourquoi pas me faire apporter des lettres sur un plateau? reprit-il avec amertume.

— Voyons, Prullière, soyez gentil, dit Bordenave qui le ménageait, à cause de son action sur les loges. Ne commencez pas vos histoires... On vous trouvera des effets. N'est-ce pas, Fauchery, vous ajouterez des effets ?... Au troisième acte, on pourrait même allonger une scène.

— Alors, déclara le comédien, je veux le mot du baisser du rideau... On me doit bien ça.

Fauchery eut l'air de consentir par son silence, et Prullière remit le rôle dans sa poche, secoué encore, mécontent quand même. Bosc et Fontan, durant l'explication, avaient pris une mine de profonde indifférence : chacun pour soi, ça ne les regardait pas, ils se désintéressaient. Et tous les acteurs entourèrent Fauchery, le questionnant, quêtant des éloges, pendant que Mignon écoutait les dernières plaintes de Prullière, sans perdre de vue le comte Muffat, dont il avait guetté le retour.

Le comte, dans cette obscurité où il rentrait, s'était arrêté au fond de la scène, hésitant à tomber dans la querelle. Mais Bordenave l'aperçut et se précipita.

— Hein? quel monde! murmura-t-il. Vous ne vous imaginez pas, monsieur le comte, le mal que j'ai avec ce monde-là. Tous plus vaniteux les uns que les autres ; et carotteurs avec ça, mauvais comme la gale, toujours dans de sales histoires, ravis si je me cassais les reins... Pardon, je m'emporte.

Il se tut, un silence régna. Muffat cherchait une transition. Mais il ne trouva rien, il finit par dire carrément, pour en sortir plus vite :

— Nana veut le rôle de la duchesse.

Bordenave eut un soubresaut, en criant :

— Allons donc! c'est fou!

Puis, comme il regardait le comte, il le trouva si pâle, si bouleversé, qu'il se calma aussitôt.

— Diable! dit-il simplement.

Et le silence recommença. Au fond, lui, s'en moquait. Ce serait peut-être drôle, cette grosse Nana dans le rôle de la duchesse. D'ailleurs, avec cette histoire, il tenait Muffat solidement. Aussi sa décision fut-elle bientôt prise. Il se tourna et appela :

— Fauchery!

Le comte avait eu un geste pour l'arrêter. Fauchery n'entendait pas. Poussé contre le manteau d'arlequin par Fontan, il devait subir des explications sur la façon dont le comédien comprenait Tardiveau. Fontan voyait Tardiveau en Marseillais, avec de l'accent; et il imitait l'accent. Des répliques entières y passaient; était-ce bien ainsi? Il ne semblait que soumettre des idées, dont il doutait lui-même. Mais Fauchery se montrant froid et faisant des objections, il se vexa tout de suite. Très bien! Du moment où l'esprit du rôle lui échappait, il vaudrait mieux pour tout le monde qu'il ne le jouât pas.

— Fauchery! cria de nouveau Bordenave.

Alors, le jeune homme se sauva, heureux d'échapper à l'acteur, qui demeura blessé d'une retraite si prompte.

— Ne restons pas là, reprit Bordenave. Venez, messieurs.

Pour se garer des oreilles curieuses, il les mena dans le magasin des accessoires, derrière la scène. Mignon, surpris, les regarda disparaître. On descendait quelques marches. C'était une pièce carrée, dont les deux fenêtres donnaient sur la cour. Un jour de cave entrait par les vitres sales, blafard sous le plafond bas. Là, dans des casiers, qui encombraient la pièce, traînait un bric-à-brac d'objets de toutes sortes, le déballage d'un revendeur de la rue de Lappe qui liquide, un pêle-mêle sans nom d'assiettes, de coupes en carton doré, de vieux parapluies rouges, de cruches italiennes, de pendules de tous les styles, de plateaux et d'encriers, d'armes à feu et de seringues; le tout sous une couche de poussière d'un pouce, méconnaissable, ébréché, cassé, entassé. Et une insupportable odeur de ferraille, de chiffons, de cartonnages humides, montait de ces tas, où les débris des pièces jouées s'amoncelaient depuis cinquante ans.

— Entrez, répétait Bordenave. Nous serons seuls au moins.

Le comte, très gêné, fit quelques pas pour laisser le directeur risquer seul la proposition. Fauchery s'étonnait.

— Quoi donc? demanda-t-il.

— Voilà, dit enfin Bordenave. Une idée nous est venue... Surtout, ne sautez pas. C'est très sérieux... Qu'est-ce que vous pensez de Nana dans le rôle de la duchesse?

L'auteur resta effaré. Puis il éclata.

— Ah! non, n'est-ce pas? c'est une plaisanterie... On rirait trop.

— Eh bien! ce n'est déjà pas si mauvais, quand on rit!... Réfléchissez, mon cher... L'idée plaît beaucoup à monsieur le comte.

Muffat, par contenance, venait de prendre sur une planche, dans la poussière, un objet qu'il ne semblait pas reconnaître. C'était un coquetier dont on avait refait le pied en plâtre. Il regarda, sans en avoir conscience, et s'avança pour murmurer :

— Oui, oui, ce serait très bien.

Fauchery se tourna vers lui, avec un geste de brusque impatience. Le comte n'avait rien à voir dans sa pièce. Et il dit nettement :

— Jamais!... Nana en cocotte, tant qu'on voudra, mais en femme du monde, non, par exemple!

— Vous vous trompez, je vous assure, reprit Muffat qui s'enhardissait. Justement, elle vient de me faire la femme honnête...

— Où donc? demanda Fauchery, dont la surprise augmentait.

— Là haut, dans une loge... Eh bien ! c'était ça. Oh! une distinction! Elle a surtout un coup d'œil... Vous savez, en passant dans ce genre...

Et, son coquetier à la main, il voulut imiter Nana, s'oubliant dans un besoin passionné de convaincre ces messieurs. Fauchery le regardait, stupéfait. Il avait compris, il ne se fâchait plus. Le comte, qui sentit son regard, où il y avait de la moquerie et de la pitié, s'arrêta, pris d'une faible rougeur.

— Mon Dieu! c'est possible, murmura l'auteur par complaisance. Elle serait peut-être très bien... Seulement, le rôle est donné. Nous ne pouvonr le reprendre à Rose.

— Oh! s'il n'y a que ça, dit Bordenave, je me charge d'arranges l'affaire.

Mais alors, les voyant tous les deux contre lui, comprenant que Bordenave avait un intérêt caché, le jeune homme, pour ne pas faiblir, se révolta avec un redoublement de violence, de façon à rompre l'entretien.

— Eh! non, eh! non! Quand même le rôle serait libre, jamais je ne le lui donnerais... Là, est-ce clair? Laissez-moi tranquille... Je n'ai pas envie de tuer ma pièce.

Il se fit un silence embarrassé. Bordenave, jugeant qu'il était de trop, s'éloigna. Le comte restait la tête basse. Il la releva avec effort, il dit d'une voix qui s'altérait :

— Mon cher, si je vous demandais cela comme un service?

— Je ne puis pas, je ne puis pas, répétait Fauchery en se débattant.

La voix de Muffat devint plus dure.

— Je vous en prie... Je le veux!

Et il le regardait fixement. Devant ce regard noir, où il lut une menace, le jeune homme céda tout d'un coup, balbutiant des paroles confuses:

— Faites, après tout, je m'en moque... Ah! vous abusez. Vous verrez, vous verrez...

L'embarras fut alors plus grand. Fauchery s'était adossé à un casier, tapant nerveusement du pied. Muffat paraissait examiner avec attention le coquetier, qu'il tournait toujours.

— C'est un coquetier, vint dire Bordenave obligeamment

— Tiens! oui, c'est un coquetier, répéta le comte.

— Excusez, vous vous êtes empli de poussière, continua le directeur en replaçant l'objet sur une planche. Vous comprenez, s'il fallait épousseter tous les jours, on n'en finirait plus... Aussi n'est-ce guère propre. Hein? quel fouillis!.. Eh bien! vous me croirez si vous voulez, il y en a encore pour de l'argent. Regardez, regardez tout ça.

Il promena Muffat devant les casiers, dans le jour verdâtre qui venait de la cour, lui nommant des ustensiles, voulant l'intéresser à son inventaire de chiffonnier, comme il disait en riant. Puis, d'un ton léger, quand ils furent revenus près de Fauchery:

— Écoutez, puisque nous sommes tous d'accord, nous allons terminer cette affaire... Justement, voilà Mignon.

Depuis un instant, Mignon rôdait dans le couloir. Aux premiers mots de Bordenave, parlant de modifier leur traité, il s'emporta; c'était une infamie, on voulait briser l'avenir de sa femme, il plaiderait. Cependant, Bordenave, très calme, donnait des raisons: le rôle ne lui semblait pas digne de Rose, il préférait la garder pour une opérette qui passerait après la *Petite Duchesse*. Mais, comme le mari criait toujours, il offrit brusquement de résilier, parlant des offres faites à la chanteuse par les Folies-Dramatiques. Alors, Mignon, un moment démonté, sans nier ces offres, afficha un grand dédain de l'argent; on avait engagé sa femme pour jouer la duchesse Hélène, elle la jouerait, quand il devrait, lui, Mignon, y perdre sa fortune; c'était affaire de dignité, d'honneur. Engagée sur ce terrain, la discussion fut interminable. Le directeur en revenait toujours sur ce raisonnement: puisque les Folies offraient trois cents francs par soirée à Rose pendant cent représentations, lorsqu'elle en touchait seulement cent cinquante chez lui, c'était quinze mille francs de gain pour elle, du moment où il la laissait partir. Le mari ne lâchait pas non plus le terrain de l'art: que dirait-on, si l'on voyait enlever le rôle à sa femme? qu'elle n'était pas suffisante, qu'on avait dû la remplacer; de là un tort considérable, une diminution pour l'artiste. Non, non, jamais! la gloire avant la richesse! Et, tout d'un coup, il indiqua une transaction: Rose, par son traité, avait à payer un dédit de dix mille francs, si elle se retirait; eh bien! qu'on lui donnât dix mille francs, et elle irait aux Folies-Dramatiques. Bordenave resta étourdi, pendant que Mignon, qui n'avait pas quitté le comte des yeux, attendait tranquillement.

— Alors, tout s'arrange, murmura Muffat soulagé; on peut s'entendre.

— Ah! non, par exemple! ce serait trop bête! cria Bordenave, emporté par ses instincts d'homme d'affaires. Dix mille francs pour lâcher Rose! on se ficherait de moi!

Mais le comte lui ordonnait d'accepter, en multipliant les signes de tête. Il hésita encore. Enfin, grognant, regrettant les dix mille francs, bien qu'ils ne dussent pas sortir de sa poche, il reprit avec brutalité :

— Après tout, je veux bien. Au moins, je serai débarrassé de vous.

Depuis un quart d'heure, Fontan écoutait dans la cour. Très intrigué, il était descendu se poster à cette place. Quand il eut compris, il remonta et se donna le régal d'avertir Rose. Ah bien! on en faisait un potin sur son compte, elle était rasée. Rose courut au magasin des accessoires. Tous se turent. Elle regarda les quatre hommes. Muffat baissa la tête. Fauchery répondit par un haussement d'épaules désespéré au regard dont elle l'interrogea. Quant à Mignon, il discutait avec Bordenave les termes du traité.

— Qu'y a-t-il? demanda-t-elle d'une voix brève.

— Rien, dit son mari. C'est Bordenave qui donne dix mille francs pour avoir ton rôle.

Elle tremblait, très pâle, ses petits poings serrés. Un moment, elle le dévisagea, dans une révolte de tout son être, elle qui d'habitude s'abandonnait docilement, pour les questions d'affaires, lui laissant la signature des traités avec ses directeurs et ses amants. Et elle ne trouva que ce cri, dont elle lui cingla la face comme d'un coup de fouet.

— Ah! tiens! tu es trop lâche!

Puis, elle se sauva. Mignon, stupéfait, courut derrière elle. Quoi donc? elle devenait folle? Il lui expliquait à demi voix que dix mille francs d'un côté et quinze de l'autre, ça faisait vingt-cinq mille. Une affaire superbe! De toutes les façons, Muffat la lâchait; c'était un joli tour de force d'avoir tiré cette dernière plume de son aile. Mais Rose ne répondait pas, enragée. Alors, Mignon, dédaigneux, la laissa à son dépit de femme. Il dit à Bordenave, qui revenait sur la scène avec Fauchery et Muffat :

— Nous signerons demain matin. Ayez l'argent.

Justement Nana prévenue par Labordette, descendait triomphante. Elle faisait la femme honnête, avec des airs de distinction, pour épater son monde et prouver à ces idiots que, lorsqu'elle voulait pas une n'avait son chic. Mais elle faillit se compromettre. Rose, en l'apercevant, s'était jetée sur elle, étranglée, balbutiant :

— Toi, je te retrouverai... Il faut que ça finisse entre nous, entends-tu!...

Nana, s'oubliant devant cette brusque attaque, allait se mettre les poings aux hanches et la traiter de salope. Elle se retint, elle exagéra le ton flûté de sa voix, avec un geste de marquise qui va marcher sur une pelure d'orange.

— Hein? quoi? dit-elle. Vous êtes folle, ma chère!

Puis, elle continua ses grâces, pendant que Rose partait, suivie de Mignon, qui ne la reconnaissait plus. Clarisse, enchantée, venait d'obtenir de Bordenave le rôle de Géraldine. Fauchery, très sombre, piétinait, sans pouvoir se décider à quitter le théâtre; sa pièce était fichue, il cherchait comment la rattraper. Mais Nana vint le saisir par les poignets, l'approcha tout près d'elle, en demandant s'il la trouvait si atroce. Elle ne la lui mangerait pas, sa pièce; et elle le fit rire, elle laissa entendre qu'il serait bête de se fâcher avec elle, dans sa position chez les Muffat. Si elle manquait de mémoire, elle prendrait du souffleur; on ferait la salle; d'ailleurs, il se trompait sur son compte, il verrait comme elle brûlerait les planches. Alors, on convint que l'auteur remanierait un peu le rôle de la duchesse, pour donner davantage à Prullière. Celui-ci fut ravi. Dans cette joie que Nana apportait naturellement avec elle, Fontan seul restait froid. Planté au milieu du rayon jaune de la servante, il s'étalait, découpant l'arête vive de son profil de bouc, affectant une pose abandonnée. Et Nana, tranquillement, s'approcha, lui donna une poignée de main.

— Tu vas bien?

— Mais oui, pas mal. Et toi?

— Très bien, merci.

Ce fut tout. Ils semblaient s'être quittés la veille, à la porte du théâtre. Cependant, les acteurs attendaient; mais Bordenave dit qu'on ne répéterait pas le troisième acte. Exact par hasard, le vieux Bosc s'en alla en grognant: on les retenait sans nécessité, on leur faisait perdre des après-midi entières. Tout le monde partit. En bas, sur le trottoir, ils battaient des paupières, aveuglés par le plein jour, avec l'ahurissement de gens qui ont passé trois heures au fond d'une cave, à se quereller, dans une tension continuelle des nerfs. Le comte, les muscles brisés, la tête vide, monta en voiture, avec Nana, tandis que Labordette emmenait Fauchery, qu'il réconfortait.

Un mois plus tard, la première représentation de la *Petite Duchesse* fut, pour Nana, un grand désastre. Elle s'y montra atrocement mauvaise ; elle eut des prétentions à la haute comédie, qui mirent le public en gaieté. On ne siffla pas, tant on s'amusait. Dans une avant-scène, Rose Mignon accueillait d'un rire aigu chaque entrée de sa rivale, allumant ainsi la salle entière. C'était une première vengeance. Aussi, lorsque Nana, le soir, se retrouva seule avec Muffat, très chagrin, lui dit-elle furieusement :

— Hein ! quelle cabale ! Tout ça, c'est de la jalousie... Ah ! s'ils savaient comme je m'en fiche ! Est-ce que j'ai besoin d'eux, maintenant !... Tiens ! cent louis que tous ceux qui ont rigolé, je les amène là, à lécher la terre devant moi !... Oui, je vais lui en donner de la grande dame, à ton Paris.

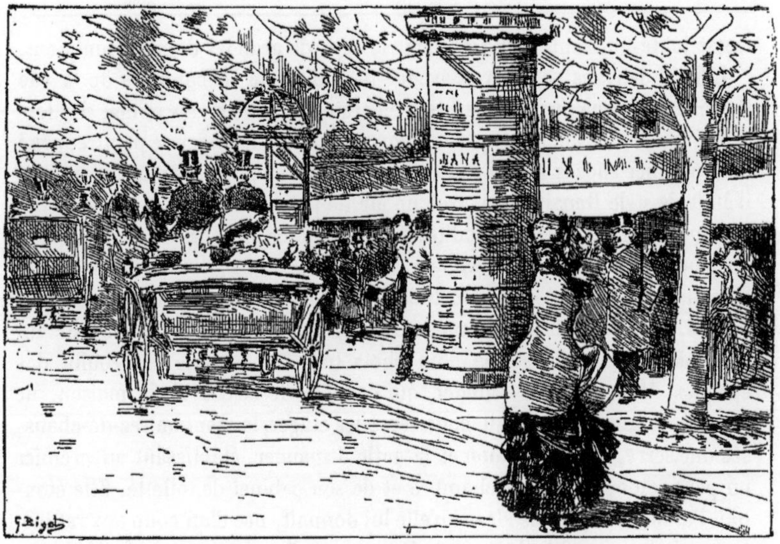

X

Alors, Nana devint une femme chic, rentière de la bêtise et de l'ordure des mâles, marquise des hauts trottoirs. Ce fut un lançage brusque et définitif, une montée dans la célébrité de la galanterie, dans le plein jour des folies de l'argent et des audaces gâcheuses de la beauté. Elle régna tout de suite parmi les plus chères. Ses photographies s'étalaient aux vitrines, on la citait dans les journaux. Quand elle passait en voiture sur les boulevards, la foule se retournait et la nommait, avec l'émotion d'un peuple saluant sa souveraine; tandis que, familière, allongée dans ses toilettes flottantes, elle souriait d'un air gai, sous la pluie de petites frisures blondes, qui noyaient le bleu cerné de ses yeux et le rouge peint de ses lèvres. Et le prodige fut que cette grosse fille, si gauche à la scène, si drôle dès qu'elle voulait faire la femme honnête, jouait à la ville les rôles de charmeuse, sans un effort. C'étaient des souplesses de couleuvre, un deshabillé savant, comme involontaire, exquis d'élégance, une distinction nerveuse de chatte de race, une aristocratie du vice, superbe, révoltée, mettant le pied sur Paris, en maitresse toute-puissante. Elle donnait le ton, de grandes dames l'imitaient.

L'hôtel de Nana se trouvait avenue de Villiers, à l'encoignure de la rue Cardinet, dans ce quartier de luxe, en train de pousser au milieu des terrains vagues de l'ancienne plaine Monceau. Bâti par un jeune peintre, grisé d'un premier succès et qui avait dû le revendre, à peine les plâtres essuyés, il était de style Renaissance, avec un air de palais, une fantaisie de distribution intérieure, des commodités modernes dans un cadre d'une originalité un peu voulue. Le comte Muffat avait acheté l'hôtel tout meublé, empli d'un monde de bibelots, de fort belles tentures d'Orient, de vieilles crédences, de grands fauteuils Louis XIII; et Nana était ainsi tombée sur un fonds de mobilier artistique d'un choix très fin, dans le tohu-bohu des époques. Mais, comme l'atelier, qui occupait le centre de la maison, ne pouvait lui servir, elle avait bouleversé les étages, laissant au rez-de-chaussée une serre, un grand salon et la salle à manger, établissant au premier un petit salon, près de sa chambre et de son cabinet de toilette. Elle étonnait l'architecte par les idées qu'elle lui donnait, née d'un coup aux raffinements du luxe, en fille du pavé de Paris ayant d'instinct toutes les élégances. Enfin, elle ne gâta pas trop l'hôtel, elle ajouta même aux richesses du mobilier, sauf quelques traces de bêtise tendre et de splendeur criarde, où l'on retrouvait l'ancienne fleuriste qui avait rêvé devant les vitrines des passages.

Dans la cour, sous la grande marquise, un tapis montait le perron; et c'était, dès le vestibule, une odeur de violette, un air tiède enfermé dans d'épaisses tentures. Un vitrail aux verres jaunes et roses, d'une pâleur blonde de chair, éclairait le large escalier. En bas, un nègre de bois sculpté tendait un plateau d'argent, plein de cartes de visite; quatre femmes de marbre blanc, les seins nus, haussaient des lampadaires; tandis que des bronzes et des cloisonnés chinois emplis de fleurs, des divans recouverts d'anciens tapis persans, des fauteuils aux vieilles tapisseries, meublaient le vestibule, garnissaient les paliers, faisaient au premier étage comme une antichambre où traînaient toujours des pardessus et des chapeaux d'homme. Les étoffes étouffaient les bruits, un recueillement tombait, on aurait cru entrer dans une chapelle traversée d'un frisson dévot, et dont le silence, derrière les portes closes, gardait un mystère.

Nana n'ouvrait le grand salon du Louis XVI trop riche, que les soirs de gala, quand elle recevait le monde des Tuileries ou des personnages étrangers. D'habitude, elle descendait simplement aux heures des repas, un peu perdue les jours où elle déjeunait seule dans la salle à manger, très haute, garnie de Gobelins, avec une crédence monumentale, égayée de vieilles faïences et de merveilleuses pièces d'argenterie ancienne. Elle remontait vite, elle vivait au premier étage, dans ses trois pièces, la chambre, le cabinet et le petit salon. Deux fois déjà, elle avait refait la chambre, la première en satin mauve, la seconde en application de dentelle sur soie bleue, et elle n'était pas satisfaite, elle trouvait ça fade, cherchant encore, sans pouvoir trouver. Il y avait pour vingt mille francs de point de Venise au lit capitonné, bas comme un sopha. Les meubles étaient de laque blanche et bleue, incrustée de filets d'argent; partout, des peaux d'ours blancs traînaient, si nombreuses, qu'elles couvraient le tapis; un caprice, un raffinement de Nana, qui n'avait pu se déshabituer de s'asseoir à terre pour ôter ses bas. A côté de la chambre, le petit salon offrait un pêle-mêle amusant, d'un art exquis; contre la tenture de soie rose pâle, un rose turc fané, broché de fils d'or, se détachait un monde d'objets de tous les pays et de tous les styles, des cabinets italiens, des coffres espagnols et portugais, des pagodes chinoises, un paravent japonais d'un fini précieux, puis des faïences, des bronzes, des soies brodées, des tapisseries au petit point; tandis que des fauteuils, larges comme des lits, et des canapés profonds comme des alcôves, mettaient là une paresse molle, une vie somnolente de sérail. La pièce gardait le ton du vieil or, fondu de vert et de rouge, sans que rien marquât trop la fille, en dehors de la volupté des sièges; seules, deux statuettes de biscuit, une femme en chemise cherchant ses puces, et une autre absolument nue, marchant sur les mains, les jambes en l'air, suffisaient à salir le salon d'une tache de bêtise originelle. Et, par une porte presque toujours ouverte, on apercevait le cabinet de toilette, tout en marbre et en glace, avec la vasque blanche de sa baignoire, ses pots et ses cuvettes d'argent, ses garnitures de cristal et d'ivoire. Un rideau fermé y faisait un petit jour blanc, qui semblait dormir, comme chauffé d'un parfum de violette, ce parfum troublant de Nana, dont l'hôtel entier, jusqu'à la cour était pénétré.

La grosse affaire fut de monter la maison. Nana avait bien Zoé, cette fille dévouée à sa fortune, qui depuis des mois attendait tranquillement ce brusque lançage, certaine de son flair. Maintenant Zoé triomphait, maîtresse de l'hôtel, faisant sa pelotte, tout en servant madame le plus honnêtement possible. Mais une femme de chambre ne suffisait plus. Il fallait un maître d'hôtel, un cocher, un concierge, une cuisinière. D'autre part, il s'agissait d'installer les écuries. Alors Labordette se rendit fort utile, en se chargeant des courses qui ennuyaient le comte. Il maquignonna l'achat des chevaux, il courut les carrossiers, guida les choix de la jeune femme, qu'on rencontrait à son bras chez les fournisseurs. Même Labordette amena les domestiques: Charles, un grand gaillard de cocher, qui sortait de chez le duc de Corbreuse; Julien, un petit maître d'hôtel tout frisé, l'air souriant; et un ménage, dont la femme, Victorine, était cuisinière, et dont l'homme, François, fut pris comme concierge et valet de pied. Ce dernier, en culotte courte, poudré, portant la livrée de Nana, bleu clair et galon d'argent, recevait les visiteurs dans le vestibule. C'était d'une tenue et d'une correction princières.

Dès le second mois, la maison fut montée. Le train dépassait trois cent mille francs. Il y avait huit chevaux dans les écuries, et cinq voitures dans les remises, dont un landau garni d'argent, qui occupa un instant tout Paris. Et Nana, au milieu de cette fortune, se casait, faisait son trou. Elle avait quitté le théâtre, dès la troisième représentation de la *Petite Duchesse*, laissant Bordenave se débattre sous une menace de faillite, malgré l'argent du comte. Pourtant, elle gardait une amertume de son insuccès. Cela s'ajoutait à la leçon de Fontan, une saleté dont elle rendait tous les hommes responsables. Aussi, maintenant, se disait-elle très forte, à l'épreuve des toquades. Mais les idées de vengeance ne tenaient guère, avec sa cervelle d'oiseau. Ce qui demeurait, en dehors des heures de colère, était, chez elle, un appétit de dépense toujours éveillé, un dédain naturel de l'homme qui payait, un continuel caprice de mangeuse et de gâcheuse, fière de la ruine de ses amants.

D'abord, Nana mit le comte sur un bon pied. Elle établit nettement le programme de leurs relations. Lui, donnait douze mille francs par mois, sans compter les cadeaux, et ne demandait en retour qu'une fidélité absolue. Elle, jura la fidélité. Mais elle exigea des égards, une liberté entière de maîtresse de maison, un respect complet de ses volontés. Ainsi, elle recevrait tous les jours ses amis; il viendrait seulement à des heures réglées; enfin, sur toutes choses, il aurait une foi aveugle en elle. Et, quand il hésitait, pris d'une inquiétude jalouse, elle faisait de la dignité, en menaçant de lui tout rendre, ou bien elle jurait sur la tête du petit Louis. Ça devait suffire. Il n'y avait pas d'amour où il n'y avait pas d'estime. Au bout du premier mois, Muffat la respectait.

Mais elle voulut et elle obtint davantage. Bientôt elle prit sur lui une influence de bonne fille. Quand il arrivait maussade, elle l'égayait, puis le conseillait, après l'avoir confessé. Peu à peu, elle s'occupa des ennuis de son intérieur, de sa femme, de sa fille, de ses affaires de cœur et d'argent,

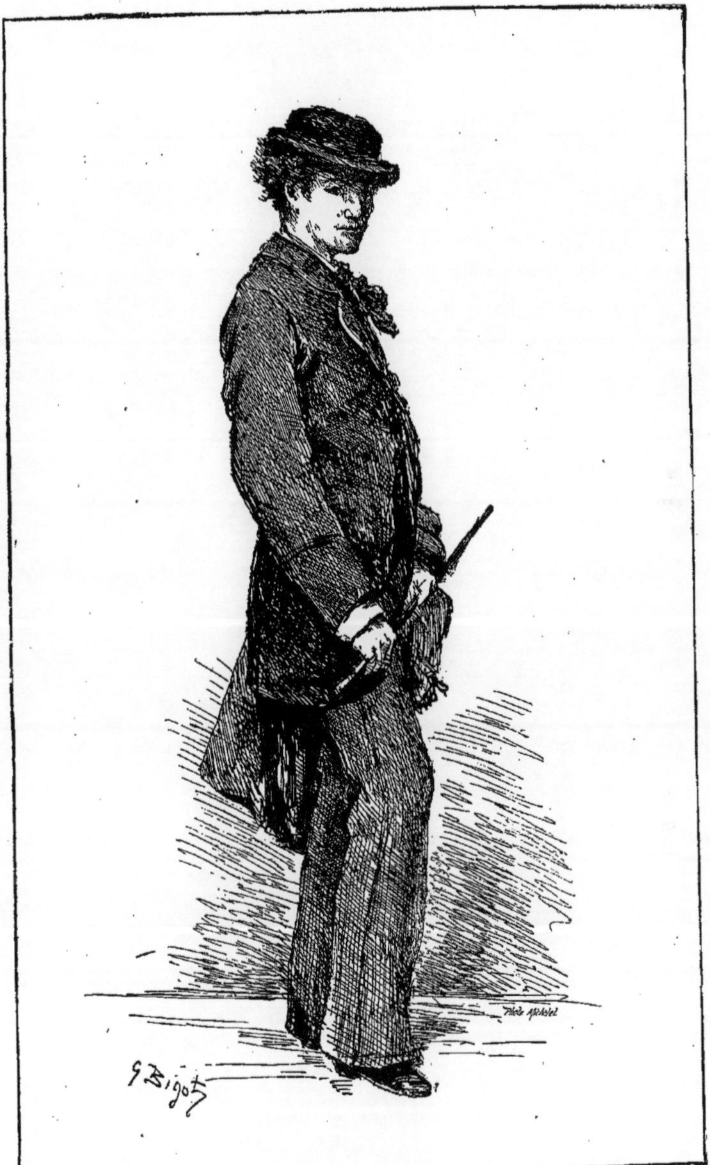

GEORGES HUGON.

très raisonnable, pleine de justice et d'honnêteté. Une seule fois, elle se laissa emporter par la passion, le jour où il lui confia que Daguenet allait sans doute demander en mariage sa fille Estelle. Depuis que le comte s'affichait, Daguenet avait cru habile de rompre, de la traiter en coquine, jurant d'arracher son futur beau-père des griffes de cette créature. Aussi habilla-t-elle d'une jolie manière son ancien Mimi : c'était un coureur qui avait mangé sa fortune avec de vilaines femmes ; il manquait de sens moral, il ne se faisait pas donner d'argent, mais il profitait de l'argent des autres, en payant seulement, de loin en loin, un bouquet ou un dîner ; et, comme le comte semblait excuser ces faiblesses, elle lui apprit crûment que Daguenet l'avait eue, elle donna des détails dégoûtants. Muffat était devenu très pâle. Il ne fut plus question du jeune homme. Ça lui apprendrait à manquer de reconnaissance.

Cependant, l'hôtel n'était pas entièrement meublé, que Nana, un soir où elle avait prodigué à Muffat les serments de fidélité les plus énergiques, retint le comte Xavier de Vandeuvres, qui, depuis quinze jours, lui faisait une cour assidue de visites et de fleurs. Elle céda, non par toquade, plutôt pour se prouver qu'elle était libre. L'idée d'intérêt vint ensuite, lorsque Vandeuvres, le lendemain, l'aida à payer une note, dont elle ne voulait pas parler à l'autre. Elle lui tirerait bien huit à dix mille francs par mois ; ce serait là de l'argent de poche très utile. Il achevait alors sa fortune dans un coup de fièvre chaude. Ses chevaux et Lucy lui avaient mangé trois fermes, Nana allait d'une bouchée avaler son dernier château, près d'Amiens ; et il avait comme une hâte de tout balayer, jusqu'aux décombres de la vieille tour bâtie par un Vandeuvres sous Philippe-Auguste, enragé d'un appétit de ruines, trouvant beau de laisser les derniers besants d'or de son blason aux mains de cette fille, que Paris désirait. Lui aussi accepta les conditions de Nana, une liberté entière, des tendresses à jours fixes, sans même avoir la naïveté passionnée d'exiger des serments. Muffat ne se doutait de rien. Quant à Vandeuvres, il savait à coup sûr ; mais jamais il ne faisait la moindre allusion, il affectait d'ignorer, avec son fin sourire de viveur sceptique, qui ne demande pas l'impossible, pourvu qu'il ait son heure et que Paris le sache.

Dès lors, Nana eut réellement sa maison montée. Le personnel était complet, à l'écurie, à l'office et dans la chambre de madame. Zoé organisait tout, sortait des complications les plus imprévues ; c'était machiné comme un théâtre, réglé comme une grande administration ; et cela fonctionnait avec une précision telle, que, pendant les premiers mois, il n'y eut pas de heurts ni de détraquements. Seulement, madame donnait trop de mal à Zoé, par des imprudences, des coups de tête, des bravades folles. Aussi la femme de chambre se relâchait-elle peu à peu, ayant remarqué d'ailleurs qu'elle tirait de plus gros profits des heures de gâchis, quand madame avait fait une bêtise qu'il fallait réparer. Alors, les cadeaux pleuvaient, elle pêchait des louis dans l'eau trouble.

Un matin, comme Muffat n'était pas encore sorti de la chambre, Zoé introduisit un monsieur tout tremblant dans le cabinet de toilette, où Nana changeait de linge.

— Tiens! Zizi! dit la jeune femme stupéfaite.

C'était Georges, en effet. Mais, en la voyant en chemise, avec ses cheveux d'or sur ses épaules nues, il s'était jeté à son cou, l'avait prise et la baisait partout. Elle se débattait, effrayée, étouffant sa voix, balbutiant:

— Finis donc, il est là! C'est stupide... Et vous, Zoé, êtes-vous folle? Emmenez-le! Gardez-le en bas, je vais tâcher de descendre.

Zoé dut le pousser devant elle. En bas, dans la salle à manger, lorsque Nana put les rejoindre, elle les gronda tous les deux. Zoé pinçait les lèvres; et elle se retira, l'air vexé, en disant qu'elle avait pensé faire plaisir à madame. Georges regardait Nana avec un tel bonheur de la revoir, que ses beaux yeux s'emplissaient de larmes. Maintenant, les mauvais jours étaient passés, sa mère le croyait raisonnable et lui avait permis de quitter les Fondettes; aussi, en débarquant à la gare, venait-il de prendre une voiture pour embrasser plus vite sa bonne chérie. Il parlait de vivre désormais près d'elle, comme là-bas, quand il l'attendait pieds nus, dans la chambre de la Mignotte. Et, tout en contant son histoire, il avançait les doigts, par un besoin de la toucher, après cette cruelle année de séparation; il s'emparait de ses mains, fouillait dans les larges manches du peignoir, remontait jusqu'aux épaules.

— Tu aimes toujours ton bébé? demanda-t-il de sa voix d'enfant.

— Bien sûr que je l'aime! répondit Nana, qui se dégagea d'un mouvement brusque. Mais tu tombes sans crier gare... Tu sais, mon petit, je ne suis pas libre. Il faut être sage.

Georges, descendu de voiture dans l'éblouissement d'un long désir enfin contenté, n'avait pas même vu les lieux où il entrait. Alors, il eut conscience d'un changement autour de lui. Il examina la riche salle à manger, avec son haut plafond décoré, ses Gobelins, son dressoir éblouissant d'argenterie.

— Ah! oui, dit-il tristement.

Et elle lui fit entendre qu'il ne devait jamais venir le matin. L'après-midi, s'il voulait, de quatre à six; c'était l'heure où elle recevait. Puis, comme il la regardait d'un air suppliant d'interrogation, sans rien demander, elle le baisa à son tour sur le front, en se montrant très bonne.

— Sois bien sage, je ferai mon possible, murmura-t-elle.

Mais la vérité était que ça ne lui disait plus rien. Elle trouvait Georges très gentil, elle aurait voulu l'avoir pour camarade, pas davantage. Cependant quand il arrivait tous les jours à quatre heures, il semblait si malheureux, qu'elle cédait souvent encore, le gardait dans ses armoires, lui laissait continuellement ramasser les miettes de sa beauté. Il ne quittait plus l'hôtel, familier comme le petit chien Bijou, l'un et l'autre dans les jupes de maîtresse, ayant un peu d'elle, même lorsqu'elle était avec un autre, attrapant des aubaines de sucre et de caresses, aux heures d'ennui solitaire.

Sans doute madame Hugon apprit la rechute du petit entre les bras de cette mauvaise femme, car elle accourut à Paris, elle vint réclamer l'aide de son autre fils, le lieutenant Philippe, alors en garnison à Vincennes. Georges, qui se cachait de son frère aîné, fut pris de désespoir, craignant quelque coup de force; et, comme il ne pouvait rien garder, dans l'expansion nerveuse de sa tendresse, il n'entretint bientôt plus Nana que de son grand frère, un gaillard solide qui oserait tout.

— Tu comprends, expliquait-il, maman ne viendra pas chez toi, tandis qu'elle peut envoyer mon frère... Bien sûr, elle va envoyer Philippe me chercher.

La première fois, Nana fut blessée. Elle dit sèchement:

— Je voudrais voir ça, par exemple! Il a beau être lieutenant, François te le flanquera à la porte, et raide!

Puis, le petit revenant toujours sur son frère, elle finit par s'occuper de Philippe. Au bout d'une semaine, elle le connut des pieds à la tête, très grand, très fort, gai, un peu brutal; et, avec ça, des détails intimes, des poils sur les bras, un signe à l'épaule. Si bien qu'un jour, toute pleine de l'image de cet homme qu'elle devait faire jeter à la porte, elle s'écria:

— Dis donc, Zizi, il ne vient pas, ton frère... C'est donc un lâcheur!

Le lendemain, comme Georges se trouvait seul avec Nana, François monta pour demander si madame recevrait le lieutenant Philippe Hugon. Il devint tout pâle, il murmura:

— Je m'en doutais, maman m'a parlé ce matin.

Et il suppliait la jeune femme de faire répondre qu'elle ne pouvait recevoir. Mais elle se levait déjà, tout enflammée, en disant:

— Pourquoi donc? il croirait que j'ai peur. Ah bien! nous allons rire...

François, laissez ce monsieur un quart d'heure dans le salon. Ensuite vous me l'amènerez.

Elle ne se rassit pas, elle marchait fiévreuse, allant de la glace de la cheminée à un miroir de Venise, pendu au-dessus d'un coffret italien ; et, chaque fois, elle donnait un coup d'œil, essayait un sourire, tandis que Georges, sans force sur un canapé, tremblait, à l'idée de la scène qui se préparait. Tout en se promenant, elle lâchait des phrases courtes.

— Ça le calmera, ce garçon, d'attendre un quart d'heure... Et puis, s'il croit venir chez une fille, le salon va l'épater... Oui, oui, regarde bien tout, mon bonhomme. Ce n'est pas du toc, ça t'apprendra à respecter la bourgeoise. Il n'y a encore que le respect, pour les hommes... Hein? le quart d'heure est écoulé? Non, à peine dix minutes. Oh! nous avons le temps.

Elle ne tenait pas en place. Au quart, elle renvoya Georges, en lui faisant jurer de ne pas écouter à la porte, car ce serait inconvenant, si les domestiques le voyaient. Comme il passait dans la chambre, Zizi risqua d'une voix étranglée:

— Tu sais, c'est mon frère...

— N'aie pas peur, dit-elle avec dignité, s'il est poli, je serai polie.

François introduisait Philippe Hugon, qui était en redingote. D'abord, Georges traversa la chambre sur la pointe des pieds, pour obéir à la jeune femme. Mais les voix le retinrent, hésitant, si plein d'angoisse, que ses jambes mollissaient. Il s'imaginait des catastrophes, des gifles, quelque chose d'abominable qui le fâcherait pour toujours avec Nana. Aussi ne put-il résister au besoin de revenir coller son oreille contre la porte. Il entendait très mal, l'épaisseur des portières étouffait les bruits. Pourtant, il attrapait quelques mots prononcés par Philippe, des phrases dures où sonnaient les mots d'enfants, de famille, d'honneur. Dans l'anxiété de ce que sa chérie allait répondre, son cœur battait, l'étourdissait d'un bourdonnement confus. A coup sûr, elle lâcherait un « sale mufe! » ou un « foutez-moi la paix, je suis chez moi! » Et rien ne venait, pas un souffle; Nana était comme morte, là-dedans. Bientôt même, la voix de son frère s'adoucit. Il ne comprenait plus, lorsqu'un murmure étrange acheva de le stupéfier. C'était Nana qui sanglotait. Pendant un instant, il fut en proie à des sentiments contraires, se sauver, tomber sur Philippe. Mais, juste à cette minute, Zoé entra dans la chambre, et il s'éloigna de la porte, honteux d'être surpris.

Tranquillement, elle rangeait du linge dans une armoire; tandis que, muet, immobile, il appuyait le front contre une vitre, dévoré d'incertitude. Elle demanda au bout d'un silence:

— C'est votre frère qui est chez madame ?

— Oui, répondit l'enfant d'une voix étranglée.

Il y eut un nouveau silence.

— Et ça vous inquiète, n'est-ce pas ? monsieur Georges

— Oui, répéta-t-il avec la même difficulté souffrante.

Zoé ne se pressait pas. Elle plia des dentelles, elle dit lentement :

— Vous avez tort... Madame va arranger ça.

Et ce fut tout ; ils ne parlèrent plus. Mais elle ne quittait pas la chambre. Un grand quart-d'heure encore, elle tourna, sans voir monter l'exaspération de l'enfant, qui blêmissait de contrainte et de doute. Il jetait des coups d'œil obliques sur le salon. Que pouvaient-ils faire, pendant si longtemps ? Peut-être Nana pleurait-elle toujours. L'autre brutal devait lui avoir fichu des calottes. Aussi, lorsque Zoé s'en alla enfin, courut-il à la porte, collant de nouveau son oreille. Et il resta effaré, la tête décidément perdue, car il entendait une brusque envolée de gaieté, des voix tendres qui chuchotaient, des rires étouffés de femme qu'on chatouille. D'ailleurs, presque aussitôt, Nana reconduisit Philippe jusqu'à l'escalier, avec un échange de paroles cordiales et familières.

Quand Georges osa rentrer dans le salon, la jeune femme, debout devant la glace, se regardait.

— Eh bien ? demanda-t-il, ahuri.

— Eh bien, quoi ? dit-elle sans se retourner.

Puis, négligemment :

— Que disais-tu donc ? il est très gentil, ton frère !

— Alors, c'est arrangé ?

— Bien sûr, c'est arrangé... Ah ! ça, que te prend-il ? On croirait que nous allions nous battre.

Georges ne comprenait toujours pas. Il balbutia :

— Il m'avait semblé entendre... Tu n'as pas pleuré ?

— Pleuré, moi ! cria-t-elle, en le regardant fixement, tu rêves ! Pourquoi veux-tu que j'aie pleuré ?

Et ce fut l'enfant qui se troubla, quand elle lui fit une scène, pour avoir désobéi et s'être arrêté derrière la porte, à moucharder. Comme elle le boudait, il revint, avec une soumission câline, voulant savoir.

— Alors, mon frère... ?

— Ton frère a vu tout de suite où il était... Tu comprends, j'aurais pû être une fille, et dans ce cas son intervention s'expliquait, à cause de ton âge et de l'honneur de ta famille. Oh ! moi, je comprends ces sentiments... Mais un coup d'œil lui a suffi, il s'est conduit en homme du monde... Ainsi, ne t'inquiète plus, tout est fini, il va tranquilliser ta maman.

Et elle continua avec un rire :

— D'ailleurs, tu verras ton frère ici... Je l'ai invité, il reviendra.

— Ah ! il reviendra, dit le petit en pâlissant.

Il n'ajouta rien, on ne causa plus de Philippe. Elle s'habillait pour sortir, et il la regardait de ses grands yeux tristes. Sans doute il était bien content que les choses se fussent arrangées, car il aurait préféré la mort à une rupture, mais, au fond de lui, il y avait une angoisse sourde, une douleur profonde, qu'il ne connaissait pas et dont il n'osait parler. Jamais il ne sut de quelle façon Philippe rassura leur mère. Trois jours plus tard, elle retournait aux Fondettes, l'air satisfait. Le soir même, chez Nana, il tressaillit, lorsque François annonça le lieutenant. Celui-ci, gaiement, plaisanta, le traita en galopin dont il avait favorisé une escapade, qui ne tirait pas à conséquence. Lui, restait le cœur serré, n'osant plus bouger, ayant des rougeurs de fille, aux moindres mots. Il avait peu vécu dans la camaraderie de Philippe, son aîné de dix ans ; il le redoutait à l'égal d'un père, auquel on cache les histoires de femme. Aussi éprouvait-il une honte pleine de malaise, en le voyant si libre près de Nana, riant très haut, lâché dans le plaisir, avec sa belle santé. Cependant, comme son frère se présenta bientôt tous les jours, Georges finit par s'accoutumer un peu. Nana rayonnait. C'était un dernier emménagement en plein gâchis de la vie galante, une crémaillère pendue insolemment dans un hôtel qui crevait d'hommes et de meubles.

Une après-midi que les fils Hugon se trouvaient là, le comte Muffat vint en dehors des heures réglées. Mais Zoé lui ayant répondu que madame était avec des amis, il se retira sans vouloir entrer, affectant une discrétion de galant homme. Lorsqu'il reparut le soir, Nana l'accueillit avec la froide colère d'une femme outragée.

— Monsieur, dit-elle, je ne vous ai donné aucune raison de m'insulter... Entendez-vous ! quand je serai chez moi, je vous prie d'entrer comme tout le monde.

Le comte restait béant.

— Mais, ma chère..., tâcha-t-il d'expliquer.

— Parce que j'avais des visites peut-être ! Oui, il y avait des hommes. Que croyez-vous donc que je fasse avec ces hommes ?... On affiche une femme en prenant de ces airs d'amant discret, et je ne veux pas être affichée, moi !

Il obtint difficilement son pardon. Au fond, il était ravi. C'était par des

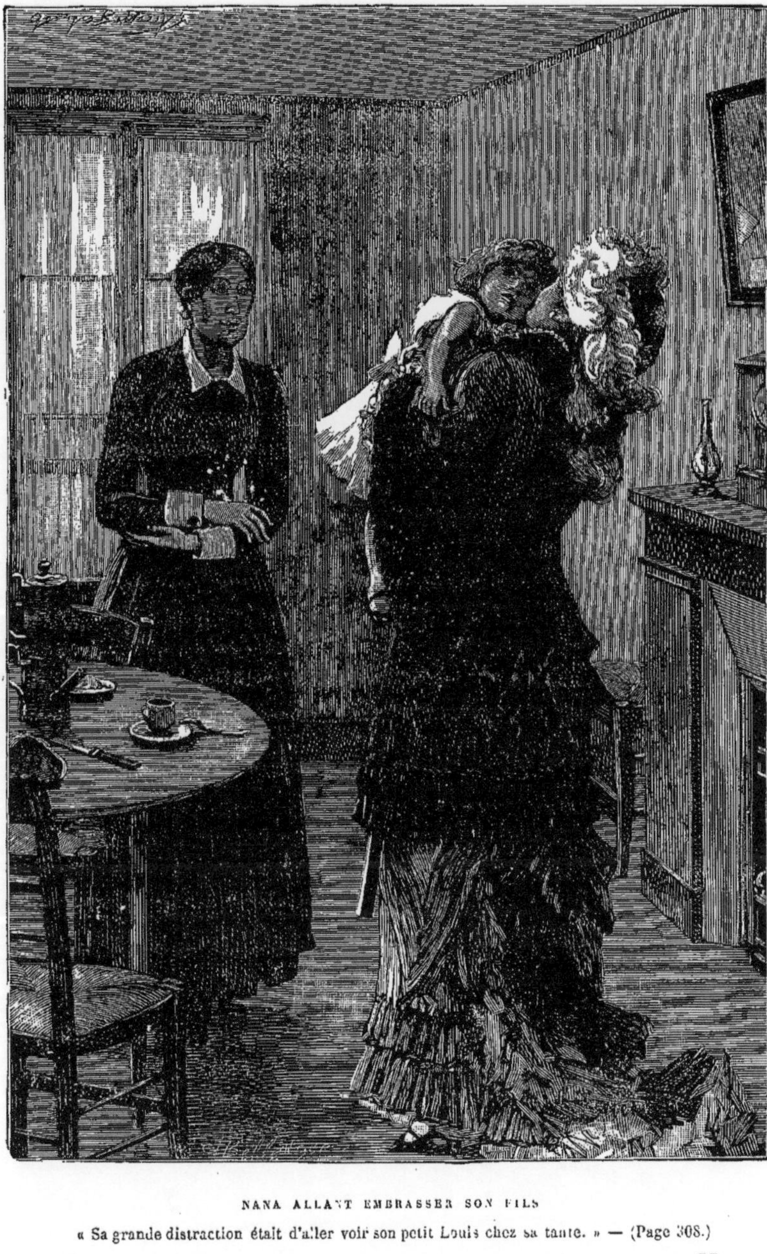

NANA ALLANT EMBRASSER SON FILS

« Sa grande distraction était d'aller voir son petit Louis chez sa tante. » — (Page 308.)

scènes pareilles qu'elle le tenait souple et convaincu. Depuis longtemps, elle lui avait imposé Georges, un gamin qui l'amusait, disait-elle. Elle le fit dîner avec Philippe, et le comte se montra très aimable; au sortir de table, il prit le jeune homme à part, il lui demanda des nouvelles de sa mère. Dès lors, les fils Hugon, Vandeuvres et Muffat furent ouvertement de la maison, où ils se serraient la main en intimes. C'était plus commode. Seul Muffat mettait encore de la discrétion à venir trop souvent, gardant le ton de cérémonie d'un étranger en visite. La nuit, quand Nana, assise à terre, sur les peaux d'ours, retirait ses bas, il parlait amicalement de ces Messieurs, de Philippe surtout, qui était la loyauté même.

— Ça, c'est bien vrai, ils sont gentils, disait Nana, restée par terre à changer sa chemise. Seulement, tu sais, ils voient qui je suis... Un mot, et je te les flanquerais à la porte!

Cependant, dans son luxe, au milieu de cette cour, Nana s'ennuyait à crever. Elle avait des hommes pour toutes les minutes de la nuit, et de l'argent jusque dans les tiroirs de sa toilette, mêlé aux peignes et aux brosses; mais ça ne la contentait plus, elle sentait comme un vide quelque part, un trou qui la faisait bâiller. Sa vie se traînait inoccupée, ramenant les mêmes heures monotones. Le lendemain n'existait pas, elle vivait en oiseau, sûre de manger, prête à coucher sur la première branche venue. Cette certitude qu'on la nourrirait, la laissait allongée la journée entière, sans un effort, au fond de cette oisiveté et de cette soumission de couvent, comme enfermée dans son métier de fille. Ne sortant qu'en voiture, elle perdait l'usage de ses jambes. Elle retournait à des goûts de gamine, baisait Bijou du matin au soir, tuait le temps à des plaisirs bêtes, dans son unique attente de l'homme, qu'elle subissait d'un air de lassitude complaisante; et, au milieu de cet abandon d'elle-même, elle ne gardait guère que le souci de sa beauté, un soin continuel de se visiter, de se laver, de se parfumer partout, avec l'orgueil de pouvoir se mettre nue, à chaque instant et devant n'importe qui, sans avoir à rougir.

Le matin, Nana se levait à dix heures. Bijou, le griffon écossais, la réveillait en lui léchant la figure; et c'était alors un joujou de cinq minutes, des courses du chien à travers ses bras et ses cuisses, qui blessaient le comte Muffat. Bijou fut le premier petit homme dont il eut de la jalousie. Ce n'était pas convenable qu'une bête mît de la sorte le nez sous les couvertures. Puis, Nana passait dans son cabinet de toilette, où elle prenait son bain. Vers onze heures, Francis venait lui relever les cheveux, en attendant la coiffure compliquée de l'après-midi. Au déjeuner, comme elle détestait de manger seule, elle avait presque toujours madame Maloir, qui arrivait le matin de l'inconnu avec ses chapeaux extravagants, et retournait le soir dans ce mystère de sa vie, dont personne d'ailleurs ne s'inquiétait. Mais le moment le plus dur, c'étaient les deux ou trois heures, entre le déjeuner et la toilette. D'ordinaire, elle proposait un bezigue à sa vieille amie; parfois, elle lisait le *Figaro*, où les échos des théâtres et les nouvelles du monde l'intéressaient; même il lui arrivait d'ouvrir un livre, car elle se piquait de littérature. Sa toilette la tenait jusqu'à près de cinq heures. Alors, seulement, elle s'éveillait de sa longue somnolence, sortant en voiture ou recevant chez elle toute une cohue d'hommes, dînant souvent en ville, se couchant très tard, pour se relever le lendemain avec la même fatigue et recommencer des journées toujours semblables.

Sa grosse distraction était d'aller aux Batignolles voir son petit Louis, chez sa tante. Pendant des quinze jours, elle l'oubliait; puis, c'étaient des rages, elle accourait à pied, pleine d'une modestie et d'une tendresse de bonne mère, apportant des cadeaux d'hôpital, du tabac pour la tante, des oranges et des biscuits pour l'enfant; ou bien elle arrivait dans son landau, au retour du Bois, avec des toilettes dont le tapage ameutait la rue solitaire. Depuis que sa nièce était dans les grandeurs, madame Lerat ne dégonflait pas de vanité. Elle se présentait rarement avenue de Villiers, affectant de dire que ce n'était pas sa place; mais elle triomphait dans sa rue, heureuse lorsque la jeune femme venait avec des robes de quatre ou cinq mille francs, occupée tout le lendemain à montrer ses cadeaux et à citer des chiffres qui stupéfiaient les voisines. Le plus souvent, Nana réservait ses dimanches pour la famille; et ces jours-là, si Muffat l'invitait, elle refusait, avec le sourire d'une petite bourgeoise: pas possible, elle dînait chez sa tante, elle allait voir bébé. Avec ça, ce pauvre petit homme de Louiset était toujours malade. Il marchait sur ses trois ans, ça faisait un gaillard. Mais il avait eu un eczéma sur la nuque, et maintenant des dépôts se formaient dans ses oreilles, ce qui faisait craindre une carie des os du crâne. Quand elle le voyait si pâle, le sang gâté, avec sa chair molle, tachée de jaune, elle devenait sérieuse; et il y avait surtout chez elle de l'étonnement. Que pouvait-il avoir, cet amour, pour s'abîmer ainsi? Elle, sa mère, se portait si bien!

Les jours où son enfant ne l'occupait pas, Nana retombait dans la monotonie bruyante de son existence, promenades au Bois, premières représentations, dîners et soupers à la Maison-d'Or ou au Café-Anglais, puis tous les lieux publics, tous les spectacles où la foule se ruait, Mabille, les revues, les courses. Et elle gardait quand même ce trou d'oisiveté bête, qui lui donnait comme des crampes d'estomac. Malgré les continuelles toquades qu'elle avait au cœur, elle s'étirait les bras, dès qu'elle était seule, dans un geste de fatigue immense. La solitude l'attristait tout de suite, car elle s'y retrouvait avec le vide et l'ennui d'elle-même. Très gaie par métier et par nature, elle devenait alors lugubre, résumant sa vie dans ce cri qui revenait sans cesse, entre deux bâillements :

— Oh ! que les hommes m'embêtent !

Une après-midi comme elle rentrait d'un concert, Nana remarqua, sur un trottoir de la rue Montmartre, une femme qui trottait, les bottines éculées, les jupes sales, avec un chapeau détrempé par les pluies. Tout d'un coup, elle la reconnut.

— Arrêtez, Charles ! cria-t-elle au cocher.

Et, appelant :

— Satin ! Satin !

Les passants tournèrent la tête, la rue entière regarda. Satin s'était approchée et se salissait encore aux roues de la voiture.

— Monte donc, ma fille, dit Nana tranquille, se moquant du monde.

Et elle la ramassa, elle l'emmena, dégoûtante, dans son landau bleu clair, à côté de sa robe de soie gris perle, garnie de chantilly ; tandis que la rue souriait de la haute dignité du cocher.

Dès lors, Nana eut une passion qui l'occupa. Satin fut son vice. Installée dans l'hôtel de l'avenue de Villiers, débarbouillée, nippée, pendant trois jours elle raconta Saint-Lazare, et les embêtements avec les sœurs, et ces salauds de la police qui l'avaient mise en carte. Nana s'indignait, la consolait, jurait de la tirer de là, quand elle devrait elle-même aller trouver le ministre. En attendant, rien ne pressait, on ne viendrait pas la chercher chez elle, bien sûr. Et des après-midi de tendresse commencèrent entre les deux femmes, des mots caressants, des baisers coupés de rires. C'était le petit jeu interrompu par l'arrivée des agents, rue de Laval, qui reprenait, sur un ton de plaisanterie. Puis, un beau soir, ça devint sérieux. Nana, si dégoûtée chez Laure, comprenait maintenant. Elle en fut bouleversée, enragée ; d'autant plus que, justement, le matin du quatrième jour, Satin disparut. Personne ne l'avait vue sortir. Elle avait filé, avec sa robe neuve, prise d'un besoin d'air, ayant la nostalgie de son trottoir.

Ce jour-là, il y eut une tempête si rude dans l'hôtel, que tous les domestiques baissaient le nez, sans souffler mot. Nana avait failli battre François qui ne s'était pas mis en travers de la porte. Elle tâchait pourtant de se contenir, elle traitait Satin de sale grue ; ça lui apprendrait à ramasser de pareilles ordures dans le ruisseau. L'après-midi, comme madame s'enfermait, Zoé l'entendit sangloter. Brusquement, le soir, elle demanda sa voiture et se fit conduire chez Laure. L'idée lui était venue qu'elle trouverait Satin à la table d'hôte de la rue des Martyrs. Ce n'était pas pour la ravoir, c'était pour lui coller la main sur la figure. En effet, Satin dînait à une petite table, avec madame Robert. En apercevant Nana, elle se mit à rire. Celle-ci, frappée au cœur, ne fit pas de scène, très douce et très souple au contraire. Elle paya du champagne, grisa cinq ou six tables, puis enleva Satin, comme madame Robert était aux cabinets. Dans la voiture seulement, elle la mordit, elle la menaça, une autre fois, de la tuer.

Alors, continuellement, le même tour recommença. A vingt reprises, tragique dans ses fureurs de femme trompée, Nana courut à la poursuite de cette gueuse, qui s'envolait par toquade, ennuyée du bien-être de l'hôtel. Elle parlait de souffleter madame Robert; un jour même elle rêva de duel; il y en avait une de trop. Maintenant, quand elle dînait chez Laure, elle mettait ses diamants, emmenant parfois Louise Violaine, Maria Blond, Tatan Néné, toutes resplendissantes; et, dans le graillon des trois salles, sous le gaz jaunissant, ces dames encanaillaient leur luxe, heureuses d'épater les petites filles du quartier, qu'elles levaient au sortir de table. Ces jours-là, Laure, sanglée et luisante, baisait tout son monde d'un air de maternité plus large. Satin pourtant, au milieu de ces histoires, gardait son calme, avec ses yeux bleus et son pur visage de vierge; mordue, battue, tiraillée entre les deux femmes, elle disait simplement que c'était drôle, qu'elles auraient bien mieux fait de s'entendre. Ça n'avançait à rien de la gifler; elle ne pouvait se couper en deux, malgré sa bonne volonté d'être gentille pour tout le monde. A la fin, ce fut Nana qui l'emporta, tellement elle combla Satin de tendresses et de cadeaux; et, pour se venger, madame Robert écrivit aux amants de sa rivale des lettres anonymes abominables.

Depuis quelque temps, le comte Muffat paraissait soucieux. Un matin, très ému, il mit sous les yeux de Nana une lettre anonyme, où celle-ci, dès les premières lignes, lut qu'on l'accusait de tromper le comte avec Vandeuvres et les fils Hugon.

— C'est faux! c'est faux! cria-t-elle énergiquement, d'un accent de franchise extraordinaire.

— Tu le jures? demanda Muffat, déjà soulagé.

— Oh! sur ce que tu voudras... Tiens! sur la tête de mon enfant!

Mais la lettre était longue. Ensuite ses rapports avec Satin s'y trouvaient racontés en termes d'une crudité ignoble. Quand elle eut fini, elle eut un sourire.

— Maintenant, je sais d'où ça vient, dit-elle simplement.

Et, comme Muffat voulait un démenti, elle reprit avec tranquillité :

— Ça, mon loup, c'est une chose qui ne te regarde pas... Qu'est-ce que ça peut te faire?

Elle ne niait point. Il eut des paroles révoltées. Alors, elle haussa les épaules. D'où sortait-il? Ça se faisait partout, et elle nomma ses amies, elle jura que les dames du monde en étaient. Enfin, à l'entendre, il n'y avait rien de plus commun ni de plus naturel. Ce qui n'était pas vrai, n'était pas vrai; ainsi, tout à l'heure, il avait vu comme elle s'indignait, au sujet de Vandeuvres et des fils Hugon. Ah! pour ça, il aurait eu raison de l'étrangler. Mais à quoi bon lui mentir sur une chose sans conséquence? Et elle répétait sa phrase :

— Qu'est-ce que ça peut te faire, voyons?

Puis, la scène continuant, elle coupa court d'une voix rude.

— D'ailleurs, mon cher, si ça ne te convient pas, c'est bien simple... Les portes sont ouvertes... Voilà! il faut me prendre comme je suis.

Il baissa la tête. Au fond, il restait heureux des serments de la jeune femme. Elle, voyant sa puissance, commença à ne plus le ménager. Et dès lors, Satin fut installée dans la maison, ouvertement, sur le même pied que ces messieurs. Vandeuvres n'avait pas eu besoin des lettres anonymes pour comprendre ; il plaisantait, il cherchait des querelles de jalousie à Satin ; tandis que Philippe et Georges la traitaient en camarade, avec des poignées de main et des plaisanteries très raides.

Nana eut une aventure, un soir que, lâchée par cette gueuse, elle était allée dîner rue des Martyrs, sans pouvoir mettre la main sur elle. Comme elle mangeait seule, Daguenet avait paru ; bien qu'il se fût rangé, il venait parfois repris d'un besoin de vice, espérant n'être pas rencontré dans ces coins noirs des ordures de Paris. Aussi la présence de Nana sembla-t-elle le gêner d'abord. Mais il n'était pas homme à battre en retraite. Il s'avança avec un sourire. Il demanda si madame voulait bien lui permettre de dîner à sa table. En le voyant plaisanter, Nana prit son grand air froid, et répondit sèchement :

— Placez-vous où il vous plaira, monsieur Nous sommes dans un lieu public.

Commencée sur ce ton, la conversation fût drôle. Mais, au dessert, Nana ennuyée, brûlant de triompher, mit les coudes sur la table; puis, reprenant le tutoiement :

— Eh bien! et ton mariage, mon petit, ça marche'

— Pas fort, avoua Daguenet.

En effet, au moment de risquer sa demande chez les Muffat, il avait senti une telle froideur de la part du comte, qu'il s'était prudemment abstenu. Ça lui semblait une affaire manquée. Nana le regardait fixement de ses yeux clairs, le menton dans la main, un pli ironique aux lèvres.

— Ah! je suis une coquine, reprit-elle avec lenteur; ah! il faudra arracher le futur beau-père de mes griffes... Eh bien! vrai, pour un garçon intelligent, tu es joliment bête! Comment! tu vas faire des cancans à un homme qui m'adore et qui me répète tout!... Écoute, tu te marieras si tu veux, mon petit.

Depuis un instant, il le sentait bien, tout un projet de soumission poussait en lui. Cependant, il plaisantait toujours, ne voulant pas laisser tomber l'affaire dans le sérieux; et, après avoir mis ses gants, il lui demanda avec les formes strictes la main de mademoiselle Estelle de Beuville. Elle finit par rire, comme chatouillée. Oh! ce Mimi! il n'y avait pas moyen de lui garder rancune. Les grands succès de Daguenet auprès de ces dames étaient dus à la douceur de sa voix, une voix d'une pureté et d'une souplesse musicales, qui l'avait fait surnommer chez les filles Bouche-de-Velours. Toutes cédaient, dans la caresse sonore dont il les enveloppait. Il connaissait cette force, il l'endormit d'un bercement sans fin de paroles, lui contant des histoires imbéciles. Quand ils quittèrent la table d'hôte, elle était toute rose, vibrante à son bras, reconquise. Comme il faisait très beau, elle renvoya sa voiture, l'accompagna à pied jusque chez lui, puis monta, naturellement. Deux heures plus tard, elle dit, en se rhabillant :

— Alors, Mimi, tu y tiens, à ce mariage?

— Dame! murmura-t-il, c'est encore ce que je ferais de mieux... Tu sais que je n'ai plus le sac.

Elle l'appela pour boutonner ses bottines. Et, au bout d'un silence :

— Mon Dieu! moi, je veux bien... Je te pistonnerai... Elle est sèche comme un échalas, cette petite. Mais puisque ça fait votre affaire à tous... Oh! je suis complaisante, je vais te bâcler ça.

Puis, se mettant à rire, la gorge nue encore :

— Seulement, qu'est-ce que tu me donnes?

Il l'avait saisie, il lui baisait les épaules, dans un élan de reconnaissance. Elle, très gaie, frémissante, se débattait, se renversait.

— Ah! je sais, cria-t-elle, excitée par ce jeu. Écoute ce que je veux pour ma commission... Le jour de ton mariage, tu m'apporteras l'étrenne de ton innocence... Avant ta femme, entends-tu!

— C'est ça! c'est ça! dit-il, riant plus fort qu'elle.

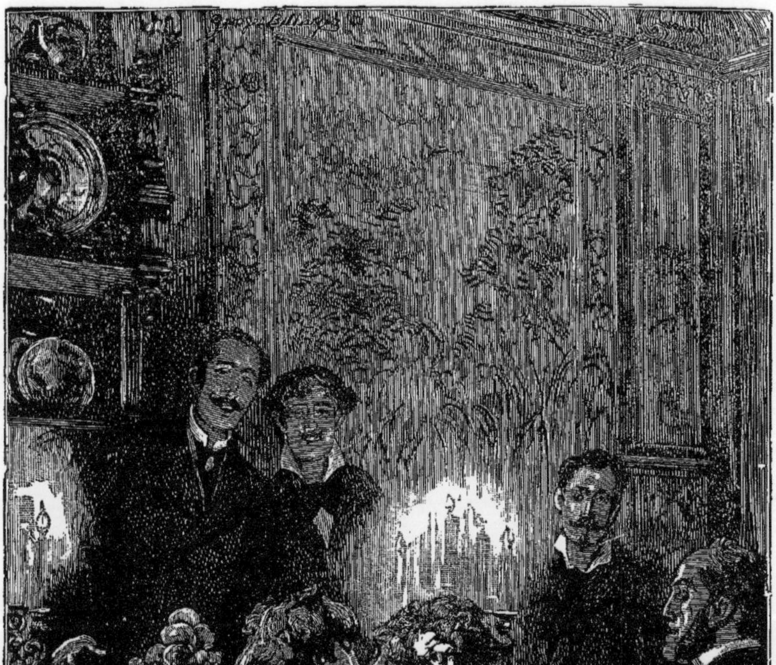

UN DINER CHEZ NANA

« Satin et Nana achevaient le fruit dans un baiser. » — (Page 317.)

Ce marché les amusa. Ils trouvaient l'histoire bien bonne.

Justement, le lendemain, il y avait un dîner chez Nana ; d'ailleurs, le dîner habituel du jeudi, Muffat, Vandeuvres, les fils Hugon et Satin. Le comte arriva de bonne heure. Il avait besoin de quatre-vingt mille francs pour débarrasser la jeune femme de deux ou trois créances et lui donner une parure de saphirs dont elle mourait d'envie. Comme il venait déjà d'entamer fortement sa fortune, il cherchait un prêteur, n'osant encore vendre une propriété. Sur les conseils de Nana elle-même, il s'était donc adressé à Labordette ; mais celui-ci, trouvant l'affaire trop lourde, avait voulu en parler au coiffeur Francis, qui, volontiers, s'occupait d'obliger ses clientes. Le comte se mettait entre les mains de ces messieurs, par un désir formel de ne paraître en rien ; tous deux prenaient l'engagement de garder en portefeuille le billet de cent mille francs qu'il signerait ; et ils s'excusaient de ces vingt mille francs d'intérêt, ils criaient contre les gredins d'usuriers, où ils avaient dû frapper, disaient-ils. Lorsque Muffat se fit annoncer, Francis achevait de coiffer Nana. Labordette se trouvait aussi dans le cabinet, avec sa familiarité d'ami sans conséquence. En voyant le comte, il posa discrètement un fort paquet de billets de banque parmi les poudres et les pommades ; et le billet fut signé sur le marbre de la toilette. Nana voulait retenir Labordette à dîner ; il refusa, il promenait un riche étranger dans Paris. Cependant, Muffat l'ayant pris à part pour le supplier de courir chez Becker, le joaillier, et de lui rapporter la parure de saphir, dont il voulait faire le soir même une surprise à la jeune femme, Labordette se chargea volontiers de la commission. Une demi-heure plus tard, Julien remettait l'écrin au comte, mystérieusement.

Pendant le dîner, Nana fut nerveuse. La vue des quatre-vingt mille francs l'avait agitée. Dire que toute cette monnaie allait passer à des fournisseurs ! Ça la dégoûtait. Dès le potage, dans cette salle à manger superbe, éclairée du reflet de l'argenterie et des cristaux, elle tourna au sentiment, elle célébra les bonheurs de la pauvreté. Les hommes étaient en habit, elle-même portait une robe de satin blanc brodé, tandis que Satin, plus modeste, en soie noire, avait simplement au cou un cœur d'or, un cadeau de sa bonne amie. Et, derrière les convives, Julien et François servaient, aidés de Zoé, tous les trois très dignes.

— Bien sûr que je m'amusais davantage quand je n'avais pas le sou, répétait Nana.

Elle avait placé Muffat à sa droite et Vandeuvres à sa gauche ; mais elle ne les regardait guère, occupée de Satin, qui trônait en face d'elle, entre Philippe et Georges.

— N'est-ce pas, mon chat? disait-elle à chaque phrase. Avons-nous ri, à cette époque, lorsque nous allions à la pension de la mère Josse, rue Polonceau!

On servait le rôti. Les deux femmes se lancèrent dans leurs souvenirs. Ça les prenait par crises bavardes; elles avaient un brusque besoin de remuer cette boue de leur jeunesse; et c'était toujours quand il y avait là des hommes, comme si elles cédaient à une rage de leur imposer le fumier où elles avaient grandi. Ces messieurs pâlissaient, avec des regards gênés. Les fils Hugon tâchaient de rire, pendant que Vandeuvres frisait nerveusement sa barbe et que Muffat redoublait de gravité.

— Tu te souviens de Victor? dit Nana. En voilà un enfant vicieux, qui menait les petites filles dans les caves!

— Parfaitement, répondit Satin. Je me rappelle très bien la grande cour, chez toi. Il y avait une concierge, avec un balai...

— La mère Boche; elle est morte.

— Et je vois encore votre boutique... Ta mère était une grosse. Un soir que nous jouions, ton père est rentré pochard, mais pochard!

A ce moment, Vandeuvres tenta une diversion, en se jetant à travers les souvenirs de ces dames.

— Dites donc, ma chère, je reprendrais volontiers des truffes... Elles sont exquises. J'en ai mangé hier chez le duc de Corbreuse, qui ne les valaient pas.

— Julien, les truffes! dit rudement Nana.

Puis, revenant:

— Ah! dame, papa n'était guère raisonnable... Aussi, quelle dégringolade! Si tu avais vu ça, un plongeon, une dèche!... Je peux dire que j'en ai supporté de toutes les couleurs, et c'est miracle si je n'y ai pas laissé ma peau, comme papa et maman.

Cette fois, Muffat, qui jouait avec un couteau, énervé, se permit d'intervenir.

— Ce n'est pas gai, ce que vous racontez là.

— Hein? quoi? pas gai! cria-t-elle en le foudroyant d'un regard. Je crois bien que ce n'est pas gai!... Il fallait nous apporter du pain, mon cher... Oh! moi, vous savez, je suis une bonne fille, je dis les choses comme elles sont. Maman était blanchisseuse, papa se soûlait, et il en est mort. Voilà! Si ça ne vous convient pas, si vous avez honte de ma famille...

Tous protestèrent. Qu'allait-elle chercher là! on respectait sa famille. Mais elle continuait:

— Si vous avez honte de ma famille, eh bien! laissez-moi, parce que je ne suis pas une de ces femmes qui renient leur père et leur mère... Il faut me prendre avec eux, entendez-vous!

Ils la prenaient, ils acceptaient le papa, la maman, le passé, ce qu'elle voudrait. Les yeux sur la table, tous quatre maintenant se faisaient petits, tandis qu'elle les tenait sous ses anciennes savates boueuses de la rue de la Goutte-d'Or, avec l'emportement de sa toute-puissance. Et elle ne désarma pas encore: on aurait beau lui apporter des fortunes, lui bâtir des palais, elle regretterait toujours l'époque où elle croquait des pommes. Une blague, cet idiot d'argent! c'était fait pour les fournisseurs. Puis son accès se termina dans un désir sentimental d'une vie simple, le cœur sur la main, au milieu d'une bonté universelle.

Mais, à ce moment, elle aperçut Julien, les bras ballants, qui attendait.

— Eh bien! quoi? servez le champagne, dit-elle. Qu'avez-vous à me regarder comme une oie?

Pendant la scène, les domestiques n'avaient pas eu un sourire. Ils semblaient ne pas entendre, plus majestueux à mesure que madame se lâchait davantage. Julien, sans broncher, se mit à verser le champagne. Par malheur, François, qui présentait les fruits, pencha trop le compotier, et les pommes, les poires, le raisin, roulèrent sur la table.

— Fichu maladroit! cria Nana.

Le valet eut le tort de vouloir expliquer que les fruits n'étaient pas montés solidement. Zoé les avait ébranlés, en prenant des oranges.

— Alors, dit Nana, c'est Zoé qui est une dinde.

— Mais, madame..., murmura la femme de chambre blessée.

Du coup, madame se leva, et la voix brève, avec un geste de royale autorité:

— Assez, n'est-ce pas?... Sortez tous!... Nous n'avons plus besoin de vous.

Cette exécution la calma. Elle se montra tout de suite très douce, très aimable. Le dessert fut charmant, ces messieurs s'égayaient à se servir eux-mêmes. Mais Satin, qui avait pelé une poire, était venue la manger derrière sa chérie, appuyée à ses épaules, lui disant dans le cou des choses dont elles riaient très fort; puis, elle voulut partager son dernier morceau de poire, elle le lui présenta entre les dents; et toutes deux se mordillaient les lèvres, achevaient le fruit dans un baiser. Alors, ce fut une protestation comique de la part de ces messieurs. Philippe leur cria de ne pas se gêner. Vandeuvres demanda s'il fallait sortir. Georges était venu prendre Satin par la taille et l'avait ramenée à sa place.

— Êtes-vous bêtes! dit Nana, vous la faites rougir, cette pauvre mignonne... Va, ma fille, laisse-les blaguer. Ce sont nos petites affaires

Et, tournée vers Muffat, qui regardait, de son air sérieux:

— N'est-ce pas, mon ami?

— Oui, certainement, murmura-t-il, en approuvant d'un lent signe de tête.

Il n'avait plus une protestation. Au milieu de ces messieurs, de ces grands noms, de ces vieilles honnêtetés, les deux femmes, face à face, échangeant un regard tendre, s'imposaient et régnaient, avec le tranquille abus de leur sexe et leur mépris avoué de l'homme. Ils applaudirent.

On monta prendre le café dans le petit salon. Deux lampes éclairaient d'une lueur molle les tentures roses, les bibelots aux tons de laque et de vieil or. C'était, à cette heure de nuit, au milieu des coffres, des bronzes, des faïences, un jeu de lumière discret allumant une incrustation d'argent ou d'ivoire, détachant le luisant d'une baguette sculptée, moirant un panneau d'un reflet de soie. Le feu de l'après-midi se mourait en braise, il faisait très chaud, une chaleur alanguie, sous les rideaux et les portières. Et, dans cette pièce toute pleine de la vie intime de Nana, où traînaient ses gants, un mouchoir tombé, un livre ouvert, on la retrouvait au déshabillé, avec son odeur de violette, son désordre de bonne fille, d'un effet charmant parmi ses richesses; tandis que les fauteuils larges comme des lits et les canapés profonds comme des alcôves invitaient à des somnolences oublieuses de l'heure, à des tendresses rieuses, chuchotées dans l'ombre des coins.

Satin alla s'étendre près de la cheminée, au fond d'un canapé. Elle avait allumé une cigarette. Mais Vandeuvres s'amusait à lui faire une scène atroce de jalousie, en la menaçant de lui envoyer des témoins, si elle détournait encore Nana de ses devoirs. Philippe et Georges se mettaient de la partie, la taquinaient, la pinçaient si fort, qu'elle finit par crier:

— Chérie! chérie! fais-les donc tenir tranquilles! Ils sont encore après moi.

— Voyons, laissez-la, dit Nana sérieusement. Je ne veux pas qu'on la tourmente, vous le savez bien... Et toi, mon chat, pourquoi te fourres-tu toujours avec eux, puisqu'ils sont si peu raisonnables?

Satin, toute rouge, tirant la langue, alla dans le cabinet de toilette, dont la porte grande ouverte laissait voir la pâleur des marbres, éclairée par la lumière laiteuse d'un globe dépoli, où brûlait une flamme de gaz. Alors,

Nana causa avec les quatre hommes, en maîtresse de maison pleine de charme. Elle avait lu dans la journée un roman qui faisait grand bruit, l'histoire d'une fille; et elle se révoltait, elle disait que tout cela était faux, témoignant d'ailleurs une répugnance indignée contre cette littérature immonde, dont la prétention était de rendre la nature; comme si l'on pouvait tout montrer! comme si un roman ne devait pas être écrit pour passer une heure agréable! En matière de livres et de drames, Nana avait des opinions très arrêtées : elle voulait des œuvres tendres et nobles, des choses pour la faire rêver et lui grandir l'âme. Puis, la conversation était tombée sur les troubles qui agitaient Paris, des articles incendiaires, des commencements d'émeute à la suite d'appels aux armes, lancés chaque soir dans les réunions publiques; elle s'emporta contre les républicains. Que voulaient-ils donc, ces sales gens qui ne se lavaient jamais? Est-ce qu'on n'était pas heureux, est-ce que l'empereur n'avait pas tout fait pour le peuple? Une jolie ordure, le peuple? Elle le connaissait, elle pouvait en parler; et, oubliant les respects qu'elle venait d'exiger à table pour son petit monde de la rue de la Goutte-d'Or, elle tapait sur les siens avec des dégoûts et des peurs de femme arrivée. L'après-midi, justement, elle avait lu dans le *Figaro* le compte rendu d'une séance de réunion publique, poussée au comique, dont elle riait encore, à cause des mots d'argot et de la sale tête d'un pochard qui s'était fait expulser.

— Oh! ces ivrognes! dit-elle d'un air répugné. Non, voyez-vous, ce serait un grand malheur pour tout le monde, leur république... Ah! que Dieu nous conserve l'empereur le plus longtemps possible!

— Dieu vous entendra ma chère, répondit gravement Muffat. Allez, l'empereur est solide.

Il aimait à lui voir ces bons sentiments. Tous deux s'entendaient en politique. Vandeuvres et le capitaine Hugon, eux aussi, ne tarissaient pas en plaisanteries contre les « voyous », des braillards qui fichaient le camp, dès qu'ils apercevaient une baïonnette. Georges, ce soir-là, restait pâle, l'air sombre.

— Qu'a-t-il donc, ce bébé? demanda Nana, en s'apercevant de son malaise.

— Moi, rien, j'écoute, murmura-t-il.

Mais il souffrait. Au sortir de table, il avait entendu Philippe plaisanter avec la jeune femme; et, maintenant, c'était Philippe, ce n'était pas lui qui se trouvait près d'elle. Toute sa poitrine se gonflait et éclatait, sans qu'il sût pourquoi. Il ne pouvait les tolérer l'un auprès de l'autre, des idées si vilaines le serraient à la gorge, qu'il éprouvait une honte, dans son angoisse. Lui, qui riait de Satin, qui avait accepté Steiner, puis Muffat, puis tous les autres, il se révoltait, il voyait rouge, à la pensée que Philippe pourrait un jour toucher à cette femme.

— Tiens ! prends Bijou, dit-elle pour le consoler, en lui passant le petit chien endormi sur sa jupe.

Et Georges redevint gai, tenant quelque chose d'elle, cette bête toute chaude de ses genoux.

La conversation était tombée sur une perte considérable, éprouvée par Vandeuvres, la veille, au Cercle Impérial. Muffat n'était pas joueur et s'étonnait. Mais Vandeuvres, souriant, fit une allusion à sa ruine prochaine, dont Paris causait déjà : peu importait le genre de mort, le tout était de bien mourir. Depuis quelque temps, Nana le voyait nerveux, avec un pli cassé de la bouche et de vacillantes lueurs au fond de ses yeux clairs. Il gardait sa hauteur aristocratique, la fine élégance de sa race appauvrie ; et ce n'était encore, par moments, qu'un court vertige tournant sous ce crâne, vidé par le jeu et les femmes. Une nuit, couché près d'elle, il l'avait effrayée en lui contant une histoire atroce : il rêvait de s'enfermer dans son écurie et de se faire flamber avec ses chevaux, quand il aurait tout mangé. Son unique espérance, à cette heure, était dans un cheval, Lusignan, qu'il préparait pour le Prix de Paris. Il vivait sur ce cheval, qui portait son crédit ébranlé. A chaque exigence de Nana, il la remettait au mois de juin, si Lusignan gagnait.

— Bah ! dit-elle en plaisantant, il peut bien perdre, puisqu'il va tous les nettoyer aux courses.

Il se contenta de répondre par un mince sourire mystérieux. Puis, légèrement :

— A propos, je me suis permis de donner votre nom à mon outsider, une pouliche... Nana. Nana, cela sonne bien. Vous n'êtes point fâchée ?

— Fâchée, pourquoi ? dit-elle, ravie au fond.

La causerie continuait, on parlait d'une prochaine exécution capitale, où la jeune femme brûlait d'aller, lorsque Satin parut à la porte du cabinet de toilette, en l'appelant d'un ton de prière. Elle se leva aussitôt, elle laissa ces messieurs mollement étendus, achevant leur cigare, discutant une grave question, la part de responsabilité chez un meurtrier atteint d'alcoolisme chronique. Dans le cabinet de toilette, Zoé tombée sur une chaise, pleurait à chaudes larmes, tandis que Satin vainement tâchait de la consoler.

— Quoi donc ? demanda Nana surprise.

— Oh ! chérie, parle-lui, dit Satin. Il y a vingt minutes que je veux lui faire entendre raison... Elle pleure parce que tu l'as appelée dinde.

— Oui, madame..., c'est bien dur..., bégaya Zoé, étranglée par une nouvelle crise de sanglots.

Du coup, ce spectacle attendrit la jeune femme. Elle eut de bonnes paroles. Et, comme l'autre ne se calmait pas, elle s'accroupit devant elle, la prit à la taille, dans un geste de familiarité affectueuse.

— Mais, bête, j'ai dit dinde comme j'aurais dit autre chose. Est-ce que je sais? J'étais en colère... Là, j'ai eu tort, calme-toi.

— Moi qui aime tant madame..., balbutiait Zoé. Après tout ce que j'ai fait pour madame...

Alors, Nana embrassa la femme de chambre. Puis, voulant montrer qu'elle n'était pas fâchée, elle lui donna une robe qu'elle avait mise trois fois. Leurs querelles finissaient toujours par des cadeaux. Zoé se tamponnait les yeux avec son mouchoir. Elle emporta la robe sur son bras, elle dit encore qu'on était bien triste à la cuisine, que Julien et François n'avaient pas pu manger, tant la colère de madame leur coupait l'appétit. Et madame leur envoya un louis, comme un gage de réconciliation. Le chagrin, autour d'elle, la faisait trop souffrir.

Nana retournait au salon, heureuse d'avoir arrangé cette brouille qui l'inquiétait sourdement pour le lendemain, lorsque Satin lui parla vivement à l'oreille. Elle se plaignait, elle menaçait de s'en aller, si ces hommes la taquinaient encore, et elle exigeait que sa chérie les flanquât tous à la porte, cette nuit-là. Ça leur apprendrait. Puis, ce serait si gentil de rester seules, toutes les deux! Nana, reprise de souci, jurait que ce n'était pas possible. Alors, l'autre la rudoya en enfant violente, imposant son autorité.

— Je veux, entends-tu?... Renvoie-les, ou c'est moi qui file!

Et elle rentra dans le salon, elle s'étendit au fond d'un divan, à l'écart, près de la fenêtre, silencieuse et comme morte, ses grands yeux fixés sur Nana, attendant.

Ces messieurs concluaient contre les nouvelles théories criminalistes; avec cette belle invention de l'irresponsabilité dans certains cas pathologiques, il n'y avait plus de criminels, il n'y avait que des malades. La jeune femme, qui approuvait de la tête, cherchait de quelle façon elle congédierait le comte. Les autres allaient partir; mais lui s'entêterait sûrement. En effet, lorsque Philippe se leva pour se retirer, Georges le suivit aussitôt: sa seule inquiétude était de laisser son frère derrière lui. Vandeuvres resta quelques minutes encore; il tâtait le terrain, il attendait de savoir si, par hasard, une affaire n'obligerait pas Muffat à lui céder la place; puis quand il le vit s'installer carrément pour la nuit, il n'insista pas, il prit congé en homme de tact. Mais, comme il se dirigeait vers la porte, il aperçut Satin, avec son regard fixe; et, comprenant sans doute, amusé, il vint lui serrer la main.

— Hein? nous ne sommes pas fâchés? murmura-t-il. Pardonne-moi. Tu es la plus chic, parole d'honneur!

Satin dédaigna de répondre. Elle ne quittait pas des yeux Nana et le comte restés seuls. Ne se gênant plus, Muffat était venu se mettre près de la jeune femme, et lui avait pris les doigts qu'il baisait. Alors, elle, cherchant une transition, demanda si sa fille Estelle allait mieux. La veille, il s'était plaint de la tristesse de cette enfant; il ne pouvait vivre une journée heureuse chez lui, avec sa femme toujours dehors et sa fille enfermée dans un silence glacé. Nana, pour ces affaires de famille, se montrait toujours pleine de bons avis. Et, comme Muffat, s'abandonnant, la chair et l'esprit détendus, recommençait ses doléances:

— Si tu la mariais? dit-elle en se souvenant de la promesse qu'elle avait faite.

Tout de suite, elle osa parler de Daguenet. Le comte, à ce nom, eut une révolte. Jamais, après ce qu'elle lui avait appris!

Elle fit l'étonnée, puis éclata de rire; et le prenant par le cou:

— Oh! le jaloux, si c'est possible!... Raisonne un peu. On t'avait dit du mal de moi, j'étais furieuse... Aujourd'hui je serais désolée...

Mais par-dessus l'épaule de Muffat, elle rencontra le regard de Satin. Inquiète, elle le lâcha, elle continua gravement:

— Mon ami, il faut que ce mariage se fasse, je ne veux pas empêcher le bonheur de ta fille... Ce jeune homme est très bien, tu ne saurais trouver mieux.

Et elle se lança dans un éloge extraordinaire de Daguenet. Le comte lui avait repris les mains, il ne disait plus non, il verrait, on causerait de cela. Puis, comme il parlait de se coucher, elle baissa la voix, elle donna des raisons. Impossible, elle était indisposée; s'il l'aimait un peu, il n'insisterait pas. Pourtant, il s'entêtait, il refusait de partir, et elle faiblissait lorsque de nouveau elle rencontra le regard de Satin. Alors, elle fut inflexible. Non, ça ne se pouvait pas. Le comte, très ému, l'air souffrant, s'était levé et cherchait son chapeau. Mais à la porte, il se rappela la parure de saphirs, dont il sentait l'écrin dans sa poche; il voulait la cacher au fond du lit pour qu'elle la trouvât avec ses jambes, en se couchant la première; une surprise de grand enfant qu'il méditait depuis le dîner. Et, dans son trouble, dans son angoisse d'être renvoyé ainsi, il lui remit brusquement l'écrin.

— Qu'est-ce que c'est? demanda-t-elle. Tiens! des saphirs... Ah! oui, cette parure. Comme tu es aimable!... Dis donc, mon chéri, tu crois que c'est la même? Dans la vitrine ça faisait plus d'effet.

Ce fut tout son remercîment, elle le laissa partir. Il venait d'apercevoir Satin, allongée dans son attente silencieuse. Alors, il regarda les deux femmes et, n'insistant plus, se soumettant, il descendit. La porte du vestibule n'était pas refermée, que Satin empoigna Nana par la taille, dansa, chanta. Puis, courant vers la fenêtre :

— Faut voir la tête qu'il a sur le trottoir!

Dans l'ombre des rideaux, les deux femmes s'accoudèrent à la rampe de fer forgé. Une heure sonnait. L'avenue de Villiers, déserte, allongeait la double file de ses becs de gaz, au fond de cette nuit humide de mars, que balayaient de grands coups de vent chargés de pluie. Des terrains vagues faisaient des trous de ténèbres; des hôtels en construction dressaient leurs échafaudages sous le ciel noir. Et elles eurent un fou rire, en voyant le dos rond de Muffat, qui s'en allait le long du trottoir mouillé, avec le reflet éploré de son ombre, au travers de cette plaine glaciale et vide du nouveau Paris. Mais Nana fit taire Satin.

— Prends garde, les sergents de ville!

Alors, elles étouffèrent leurs rires, regardant avec une peur sourde, de l'autre côté de l'avenue, deux figures noires qui marchaient d'un pas cadencé. Nana, dans son luxe, dans sa royauté de femme obéie, avait conservé une épouvante de la police, n'aimant pas à en entendre parler, pas plus que de la mort. Elle éprouvait un malaise, quand un sergent de ville levait les yeux sur son hôtel. On ne savait jamais avec ces gens-là. Ils pourraient très bien les prendre pour des filles, s'ils les entendaient rire, à cette heure de nuit. Satin s'était serrée contre Nana, dans un petit frisson. Pourtant, elles restèrent, intéressées par l'approche d'une lanterne, dansante au milieu des flaques de la chaussée. C'était une vieille chiffonnière qui fouillait les ruisseaux. Satin la reconnut.

— Tiens! dit-elle, la reine Pomaré avec son cachemire d'osier!

Et, tandis qu'un coup de vent leur fouettait à la face une poussière d'eau, elle racontait à sa chérie l'histoire de la reine Pomaré. Oh! une fille superbe autrefois, qui occupait tout Paris de sa beauté; et un chien, et un toupet, les hommes conduits comme des bêtes, de grands personnages pleurant dans son escalier! A présent, elle se soûlait, les femmes du quartier, pour rire un peu, lui faisaient boire de l'absinthe; puis, sur les trottoirs, les galopins la poursuivaient à coups de pierre. Enfin, une vraie dégringolade, une reine tombée dans la crotte! Nana écoutait, toute froide.

— Tu vas voir, ajouta Satin.

Elle siffla comme un homme. La chiffonnière, qui se trouvait sous la fenêtre, leva la tête et se montra, à la lueur jaune de sa lanterne. C'était, dans ce paquet de haillons, sous un foulard en loques, une face bleuie, couturée, avec le trou édenté de la bouche et les meurtrissures enflammées des yeux. Et Nana, devant cette vieillesse affreuse de fille noyée dans le vin, eut un brusque souvenir, vit passer au fond des ténèbres la vision de Chamont, cette Irma d'Anglars, cette ancienne roulure comblée d'ans et d'honneurs, montant le perron de son château au milieu d'un village prosterné. Alors, comme Satin sifflait encore, riant de la vieille qui ne la voyait pas :

— Finis donc, les sergents de ville! murmura-t-elle, d'une voix changée. Rentrons vite, mon chat.

Les pas cadencés revenaient. Elles fermèrent la fenêtre. En se retournant, Nana, grelottante, les cheveux mouillés, resta un instant saisie devant son salon, comme si elle avait oublié et qu'elle fût rentrée dans un endroit inconnu. Elle retrouvait là un air si tiède, si parfumé, qu'elle en éprouvait une surprise heureuse. Les richesses entassées, les meubles anciens, les étoffes de soie et d'or, les ivoires, les bronzes, dormaient dans la lumière rose des lampes; tandis que, de tout l'hôtel muet, montait la sensation pleine d'un grand luxe, la solennité des salons de réception, l'ampleur confortable de la salle à manger, le recueillement du vaste escalier, avec la douceur des tapis et des sièges. C'était un élargissement brusque d'elle-même, de ses besoins de domination et de jouissance, de son envie de tout avoir pour tout détruire. Jamais elle n'avait senti si profondément la force de son sexe. Elle promena un lent regard, elle dit d'un air de grave philosophie :

— Ah bien! on a tout de même joliment raison de profiter, quand on est jeune!

Mais déjà Satin, sur les peaux d'ours de la chambre à coucher, se roulait et l'appelait.

— Viens donc! viens donc!

Nana se déshabilla dans le cabinet de toilette. Pour aller plus vite, elle avait pris à deux mains son épaisse chevelure blonde, et elle la secouait au-dessus de la cuvette d'argent, pendant qu'une grêle de longues épingles tombaient, sonnant un carillon sur le métal clair.

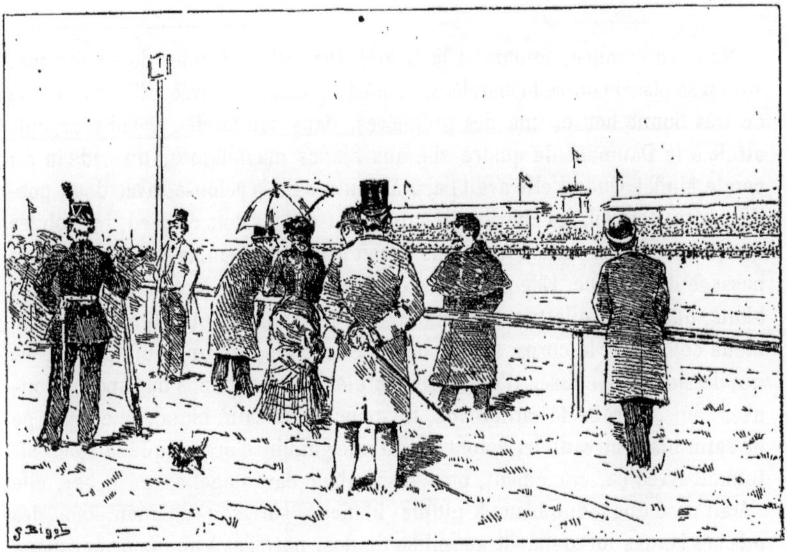

XI

Ce dimanche-là, par un ciel orageux des premières chaleurs de juin, on courait le Grand Prix de Paris au bois de Boulogne. Le matin, le soleil s'était levé dans une poussière rousse. Mais, vers onze heures, au moment où les voitures arrivaient à l'Hippodrome de Longchamps, un vent du sud avait balayé les nuages; des vapeurs grises s'en allaient en longues déchirures, des trouées d'un bleu intense s'élargissaient d'un bout à l'autre de l'horizon. Et, dans les coups de soleil qui tombaient entre deux nuées, tout flambait brusquement, la pelouse peu à peu emplie d'une cohue d'équipages, de cavaliers et de piétons, la piste encore vide, avec la guérite du juge, le poteau d'arrivée, les mâts des tableaux indicateurs, puis en face, au milieu de l'enceinte du pesage, les cinq tribunes symétriques, étageant leurs galeries de briques et de charpentes. Au delà, la vaste plaine s'aplatissait, se noyait dans la lumière de midi, bordée de petits arbres, fermée à l'ouest par les coteaux boisés de Saint-Cloud et de Suresnes, que dominait le profil sévère du Mont-Valérien.

Nana passionnée, comme si le Grand Prix allait décider de sa fortune, voulut se placer contre la barrière, à côté du poteau d'arrivée. Elle était venue de très bonne heure, une des premières, dans son landau garni d'argent, attelé à la Daumont de quatre chevaux blancs magnifiques, un cadeau du comte Muffat. Quand elle avait paru à l'entrée de la pelouse, avec deux postillons trottant sur les chevaux de gauche, et deux valets de pied, immobiles derrière la voiture, une bousculade s'était produite parmi la foule, comme au passage d'une reine. Elle portait les couleurs de l'écurie Vandeuvres, bleu et blanc, dans une toilette extraordinaire : le petit corsage et la tunique de soie bleue collant sur le corps, relevés derrière les reins en un pouf énorme, ce qui dessinait les cuisses d'une façon hardie, par ces temps de jupes balonnées ; puis, la robe de satin blanc, les manches de satin blanc, une écharpe de satin blanc en sautoir, le tout orné d'une guipure d'argent que le soleil allumait. Avec ça, crânement, pour ressembler davantage à un jockey, elle s'était posé une toque bleue à plume blanche sur son chignon, dont les mèches jaunes lui coulaient au milieu du dos, pareilles à une énorme queue de poils roux.

Midi sonnait. C'était plus de trois heures à attendre, pour la course du Grand Prix. Lorsque le landau se fut rangé contre la barrière, Nana se mit à l'aise, comme chez elle. Elle avait eu le caprice d'amener Bijou et Louiset. Le chien, couché dans ses jupes, tremblait de froid, malgré la chaleur ; tandis que l'enfant, attifé de rubans et de dentelles, avait une pauvre petite figure de cire, muette, pâlie par le grand air. Cependant, la jeune femme, sans s'inquiéter des voisins, causait très haut avec Georges et Philippe Hugon, assis devant elle, sur l'autre banquette, parmi un tel tas de bouquets, des roses blanches et des myosotis bleus, qu'ils disparaissaient jusqu'aux épaules.

— Alors, disait-elle, comme il m'assommait, je lui ai montré la porte... Et voilà deux jours qu'il boude.

Elle parlait de Muffat, seulement elle n'avouait pas aux jeunes gens la vraie cause de cette première querelle. Un soir, il avait trouvé dans sa chambre un chapeau d'homme, une toquade bête, un passant ramené par ennui.

— Vous ne savez pas comme il est drôle, continua-t-elle, s'amusant des détails qu'elle donnait. Au fond, c'est un cagot fini... Ainsi, il dit sa prière tous les soirs. Parfaitement. Il croit que je ne m'aperçois de rien, parce que je me couche la première, ne voulant pas le gêner ; mais je le guigne de l'œil, il bredouille, il fait son signe de croix en se tournant pour m'enjamber et aller se mettre au fond...

— Tiens ! c'est malin, murmura Philippe. Avant et après, alors?

Elle eut un beau rire.

— Oui, c'est ça, avant et après. Quand je m'endors, je l'entends de nouveau qui bredouille... Mais ce qui devient embêtant, c'est que nous ne pouvons plus nous disputer sans qu'il retombe dans les curés. Moi, j'ai toujours eu de la religion. Sans doute blaguez, si vous voulez, ça ne m'empêchera pas de croire ce que je crois... Seulement, il est trop raseur, il sanglote, il parle de ses remords. Ainsi, avant-hier, après notre attrapage, il a eu une vraie crise, je n'étais pas rassurée du tout...

Mais elle s'interrompit pour dire :

— Regardez donc, voilà les Mignon qui arrivent. Tiens! ils ont amené les enfants... Sont-ils fagottés, ces petits!

Les Mignon étaient dans un landau aux couleurs sévères, un luxe cossu de bourgeois enrichis. Rose en robe de soie grise, garnie de bouillonnés et de nœuds rouges, souriait, heureuse de la joie d'Henri et de Charles, assis sur la banquette de devant, engoncés dans leurs tuniques trop larges de collégien. Mais, quand le landau fut venu se ranger près de la barrière, es qu'elle aperçut Nana triomphante au milieu de ses bouquets, avec ses quatre chevaux et sa livrée, elle pinça les lèvres, très raide, tournant la tête. Mignon, au contraire, la mine fraîche, l'œil gai, envoya un salut de la main. Lui, par principe, restait en dehors des querelles de femmes.

— A propos, reprit Nana, connaissez-vous un petit vieux bien propre, avec des dents mauvaises?... Un monsieur Venot... Il est venu me voir ce matin.

— Monsieur Venot, dit Georges stupéfait. Pas possible ! C'est un jésuite.

— Précisément, j'ai flairé ça. Oh! vous n'avez pas idée de la conversa tion! Ç'a été d'un drôle! Il m'a parlé du comte, de son ménage désuni, me suppliant de rendre le bonheur à une famille... Très poli d'ailleurs très souriant... Alors, moi, je lui ai répondu que je ne demandais pas mieux, et je me suis engagée à remettre le comte avec sa femme... Vous savez, ce n'est pas une blague, je serais enchantée de les voir tous heureux, ces gens! Puis, ça me soulagerait, car il y a des jours, vrai! où il m'assomme.

Sa lassitude des derniers mois lui échappait dans ce cri de son cœur. Avec ça, le comte paraissait avoir de gros embarras d'argent; il était soucieux, le billet signé à Labordette menaçait de n'être pas payé.

— Justement, la comtesse est là-bas, dit Georges, dont les regards parcouraient les tribunes.

— Où donc? s'écria Nana. A-t-il des yeux, ce bébé!... Tenez mon ombrelle, Philippe.

Mais Georges, d'un mouvement brusque, avait devancé son frère, ravi de porter l'ombrelle de soie bleue à frange d'argent. Nana promenait une énorme jumelle.

— Ah! oui, je la vois, dit-elle enfin. Dans la tribune de droite, près d'un pilier, n'est-ce pas? Elle est en mauve, avec sa fille en blanc, à côté d'elle.. Tiens! Daguenet qui va les saluer.

Alors, Philippe parla du prochain mariage de Daguenet avec cette perche d'Estelle. C'était une chose faite, on publiait les bans. La comtesse résistait d'abord; mais le comte, disait-on, avait imposé sa volonté. Nana souriait.

— Je sais, je sais, murmura-t-elle. Tant mieux pour Paul. C'est un gentil garçon, il mérite ça.

Et, se penchant vers Louiset:

— Tu t'amuses, dis?... Quelle mine sérieuse!

L'enfant, sans un sourire, regardait tout ce monde, l'air très vieux, comme plein de réflexions tristes sur ce qu'il voyait. Bijou, chassé des jupes de la jeune femme qui remuait beaucoup, était allé trembler contre le petit.

Cependant, la pelouse s'emplissait. Des voitures, continuellement, arrivaient par la porte de la Cascade, en une file compacte, interminable. C'étaient de grands omnibus, la Pauline partie du boulevard des Italiens, chargée de ses cinquante voyageurs, et qui allait se ranger à droite des tribunes; puis, des dog-cart, des victorias, des landaus d'une correction superbe, mêlés à des fiacres lamentables que des rosses secouaient; et des four-in-hand, poussant leurs quatre chevaux, et des mail-coach, avec les maîtres en l'air, sur les banquettes, laissant à l'intérieur les domestiques garder les paniers de champagne; et encore des araignées dont les roues immenses jetaient un éblouissement d'acier, des tandems légers, fins comme des pièces d'horlogerie, qui filaient au milieu d'un bruit de grelots. Par moments, un cavalier passait, un flot de piétons courait, effaré, à travers les équipages. Sur l'herbe, tout d'un coup, le roulement lointain qui venait des allées du Bois cessait dans un frôlement sourd; on n'entendait plus que le brouhaha de la foule croissante, des cris, des appels, des claquements de fouet, envolés dans le plein air. Et, lorsque le soleil, sous les coups de vent, reparaissait au bord d'un nuage, une traînée d'or courait, allumait les harnais et les panneaux vernis, incendiait les toilettes; tandis que, dans cette poussière de clarté, les cochers, très haut sur leurs sièges, flambaient avec leurs grands fouets.

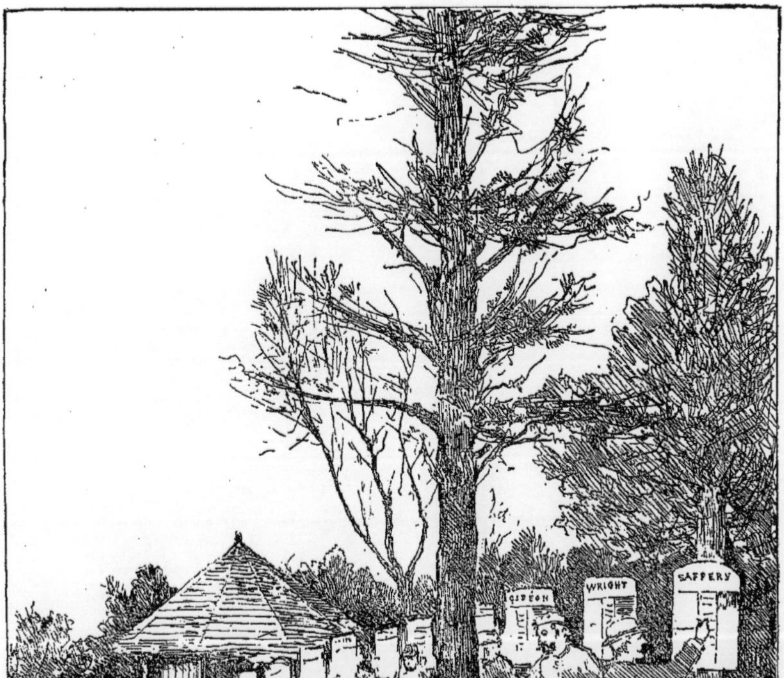

« Les forts paris se faisaient dans l'enceinte du pesage. »

Mais Labordette descendait d'une calèche où Gaga, Clarisse et Blanche de Sivry lui avaient réservé une place. Comme il se hâtait pour traverser la piste et entrer dans l'enceinte du pesage, Nana le fit appeler par Georges. Puis, quand il fut là :

— A combien suis-je ? demanda-t-elle en riant.

Elle voulait parler de Nana, la pouliche, cette Nana qui s'était laissé battre honteusement dans le prix de Diane, et qui même, en avril et en mai derniers, n'avait pas été placée, en courant le prix Des Cars et la Grande Poule des Produits, gagnés par Lusignan, l'autre cheval de l'écurie Vandeuvres. Du coup, Lusignan était passé grand favori ; depuis la veille, on le prenait couramment à deux contre un.

— Toujours à cinquante, répondit Labordette.

— Diable ! je ne vaux pas cher, reprit Nana, que cette plaisanterie amusait. Alors, je ne me prends pas... Non, fichtre ! je ne mets pas un louis sur moi.

Labordette, très pressé, repartait ; mais elle le rappela. Elle voulait un conseil. Lui, qui gardait des relations dans le monde des entraîneurs et des jockeys, avait des renseignements particuliers sur les écuries. Vingt fois déjà ses pronostics s'étaient réalisés. Le roi des tipsters, comme on le nommait.

— Voyons, quels chevaux dois-je prendre ? répétait la jeune femme. A combien est l'Anglais ?

— Spirit, à trois... Valerio II, à trois également... Puis, tous les autres, Cosinus à vingt-cinq, Hasard à quarante, Boum à trente, Pichenette à trente-cinq, Frangipane à dix.

— Non, je ne parie pas pour l'Anglais, moi. Je suis patriote.... Hein ? peut-être Valerio II ; le duc de Corbreuse avait l'air rayonnant tout à l'heure... Eh ! non ! après tout. Cinquante louis sur Lusignan, qu'en dis-tu ?

Labordette la regardait d'un air singulier Elle se pencha, elle l'interrogea à voix basse, car elle savait que Vandeuvres le chargeait de prendre pour lui aux bookmakers, afin de parier plus à l'aise. S'il avait appris quelque chose, il pouvait bien le dire. Mais Labordette, sans s'expliquer, la décida à s'en remettre à son flair ; il placerait ses cinquante louis comme il l'entendrait, et elle ne s'en repentirait pas.

— Tous les chevaux que tu voudras ! cria-t-elle gaiement, en le laissant aller ; mais pas de Nana, c'est une rosse !

Ce fut un accès de fou rire dans la voiture. Les jeunes gens trouvaient le mot très drôle ; tandis que Louiset, sans comprendre, levait ses yeux pâles vers sa mère, dont les éclats de voix le surprenaient. Labordette, d'ailleurs, ne put encore s'échapper. Rose Mignon lui avait fait un signe ; et elle lui donnait des ordres, il inscrivait des chiffres sur un calepin. Puis, ce furent Clarisse et Gaga qui le rappelèrent, pour changer leurs paris ; elles avaient entendu des mots dans la foule, elles ne voulaient plus de Valerio II et prenaient Lusignan ; lui, impassible, écrivait. Enfin il se sauva, on le vit qui disparaissait de l'autre côté de la piste, entre deux tribunes.

Les voitures arrivaient toujours. Maintenant, elles se rangeaient sur une cinquième file, s'élargissant le long de la barrière en une masse profonde, toute bariolée par les taches claires des chevaux blancs. Puis, au-delà, c'était une débandade d'autres voitures, isolées, comme échouées dans l'herbe, un pêle-mêle de roues, d'attelages jetés en tous sens, côte à côte, de biais, en travers, tête contre tête. Et, sur les nappes de gazon restées libres, les cavaliers trottaient, les gens à pied mettaient des groupes noirs continuellement en marche. Au-dessus de ce champ de foire, dans la chinure brouillée de la foule, les buvettes haussaient leurs tentes de toile grise, que les coups de soleil blanchissaient. Mais la bousculade, des tas de monde, des remous de chapeaux, avait surtout lieu autour des bookmakers, montés dans des voitures découvertes, gesticulant comme des dentistes, avec leurs cotes près d'eux, collées sur de hautes planches.

— C'est bête tout de même, de ne pas savoir pour quel cheval on parie, disait Nana. Faut que je risque quelques louis moi-même.

Elle s'était mise debout pour choisir un bookmaker qui eût une bonne figure. Cependant, elle oublia son désir, en apercevant toute une foule de sa connaissance. Outre les Mignon, outre Gaga, Clarisse et Blanche, il y avait là, à droite, à gauche, en arrière, au milieu de la masse des voitures qui maintenant emprisonnait son landau, Tatan Néné, en compagnie de Maria Blond dans une victoria, Caroline Héquet avec sa mère et deux messieurs dans une calèche, Louise Violaine toute seule, conduisant elle-même un petit panier enrubanné aux couleurs de l'écurie Méchain, orange et vert, Léa de Horn sur une banquette haute de mail-coach, où une bande de jeunes gens faisait un vacarme. Plus loin, dans un huit-ressorts d'une tenue aristocratique, Lucy Stewart, en robe de soie noire très simple, prenait des airs de distinction, à côté d'un grand jeune homme qui portait l'uniforme des aspirants de marine. Mais ce qui stupéfia Nana, ce fut de voir arriver Simonne dans un tandem que Steiner conduisait, avec un laquais derrière, immobile, les bras croisés ; elle était éblouissante, toute en satin blanc rayé de jaune, couverte de diamants depuis la ceinture jusqu'au chapeau ; tandis que le banquier, allongeant un fouet immense, lançait les deux chevaux attelés en flèche, le premier un petit alezan doré, au trot de souris, le second un grand bai brun, un stepper, qui trottait les jambes hautes.

— Bigre ! dit Nana, ce voleur de Steiner vient donc une fois encore de nettoyer la Bourse !... Hein? Simonne a-t-elle un chic ! C'est trop, on va l'empoigner.

Pourtant elle échangea un salut de loin. Elle agitait la main, elle souriait, se tournait, n'oubliait personne pour se faire voir de tous. Et elle continuait de causer.

— Mais c'est son fils que Lucy traîne avec elle ! Il est gentil, en uniforme... Voilà donc pourquoi elle prend son air ! Vous savez qu'elle a peur de lui et qu'elle se fait passer pour une actrice... Pauvre jeune homme, tout de même ! il ne semble pas se douter.

— Bah ! murmura Philippe en riant, quand elle voudra, elle lui trouvera une héritière en province.

Nana se taisait. Elle venait d'apercevoir, au plus épais des équipages, la Tricon. Arrivée dans un fiacre, d'où elle ne voyait rien, la Tricon était tranquillement montée sur le siège du cocher. Et, là haut, redressant sa grande taille, avec sa figure noble aux longues anglaises, elle dominait la foule, elle semblait régner sur son peuple de femmes. Toutes lui souriaient, discrètement. Elle, supérieure, affectait de ne pas les connaître. Elle n'était pas là pour travailler, elle suivait les courses par plaisir, joueuse enragée, ayant la passion des chevaux.

— Tiens ! cet idiot de la Faloise ! dit Georges tout à coup.

Ce fut un étonnement. Nana ne reconnaissait plus son la Faloise. Depuis qu'il avait hérité, il était devenu d'un chic extraordinaire. Le col brisé, vêtu d'une étoffe de couleur tendre qui collait à ses maigres épaules, coiffé de petits bandeaux, il affectait un dandinement de lassitude, une voix molle, avec des mots d'argot, des phrases qu'il ne se donnait pas la peine de finir.

— Mais il est très bien ! déclara Nana, séduite.

Gaga et Clarisse avaient appelé la Faloise, se jetant à sa tête, tâchant de le reprendre. Il les quitta tout de suite, avec un déhanchement de blague et de dédain. Nana l'éblouit, il accourut, se tint sur le marche-pied de la voiture ; et, comme elle le plaisantait au sujet de Gaga, il murmura :

— Ah ! non, fini, la vieille garde ! Faut plus me la faire ! Et puis, vous savez, c'est vous, maintenant, ma Juliette...

Il avait mis la main sur son cœur. Nana riait beaucoup de cette déclaration si brusque, en plein air. Mais elle reprit :

— Dites donc, ce n'est pas tout ça. Vous me faites oublier que je veux parier... Georges, tu vois ce bookmaker là-bas, le gros rouge, avec des cheveux crépus. Il a une tête de sale canaille qui me plaît... Tu vas aller lui prendre... Hein? que peut-on bien lui prendre?

— Moi, pas patriote, oh! non! bégayait la Faloise, moi, tout sur l'Anglais... Très chic, si l'Anglais gagne! à Chaillot, les Français!

Nana fut scandalisée. Alors, on discuta les mérites des chevaux. La Faloise, pour affecter d'être très au courant, les traitait tous de rosses, Frangipane, au baron Verdier, était par The Truth et Lenore; un grand bai, qui aurait eu des chances, si on ne l'avait pas fourbu à l'entraînement. Quant à Valerio II, de l'écurie Corbreuse, il n'était pas prêt, il avait eu des tranchées en avril; oh! on cachait ça, mais lui en était sûr, parole d'honneur! Et il finit par conseiller Hasard, un cheval de l'écurie Méchain, le plus défectueux de tous, dont personne ne voulait. Fichtre! Hasard, une forme superbe, et une action! Voilà une bête qui allait surprendre son monde!

— Non, dit Nana. Je vais mettre dix louis sur Lusignan et cinq sur Boum.

Du coup, la Faloise éclata.

— Mais, ma chère, infect, Boum! prenez pas ça! Gasc lui-même lâche son cheval... Et votre Lusignan, jamais! Des blagues! Par Lamb et Princess, songez donc! Jamais par Lamb et Princess! tous trop courts de jambes!

Il s'étranglait. Philippe fit remarquer que pourtant Lusignan avait gagné le prix Des Cars et la Grande Poule des Produits. Mais l'autre repartit: Qu'est-ce que ça prouvait? Rien du tout. Au contraire, il fallait se défier. Et, d'ailleurs, c'était Gresham qui montait Lusignan; alors, qu'on lui fichât la paix! Gresham avait la guigne, jamais il n'arrivait.

Et, d'un bout à l'autre de la pelouse, la discussion qui s'élevait dans le landau de Nana semblait s'élargir. Des voix glapissantes montaient, la passion du jeu soufflait, allumant les visages, détraquant les gestes; tandis que des bookmakers, perchés sur leurs voitures, criaient des cotes, inscrivaient les chiffres, furieusement. Il n'y avait là que le fretin des parieurs, les forts paris se faisaient dans l'enceinte du pesage; et c'était une âpreté des petites bourses risquant cent sous, toutes les convoitises étalées pour un gain possible de quelques louis. En somme, la grande bataille se livrait entre Spirit et Lusignan. Des Anglais, reconnaissables, se promenaient parmi les groupes, comme chez eux, la face enflammée, triomphant déjà. Bramah, un cheval de lord Reading, avait gagné le Grand Prix, l'année précédente: défaite dont les cœurs saignaient encore. Cette année, ce serait un désastre, si la France était battue de nouveau. Aussi toutes ces dames se passionnaient-elles, par orgueil national. L'écurie Vandeuvres devenait le rempart de notre honneur, on poussait Lusignan, on le défendait, on l'acclamait. Gaga, Blanche, Caroline et les autres pariaient pour Lusignan. Lucy Stewart s'abstenait, à cause de son fils; mais le bruit courait que Rose Mignon avait donné commission à Labordette pour deux cents louis. Seule, la Tricon, assise près de son cocher, attendait la dernière minute; très froide au milieu des querelles, dominant le tapage croissant où les noms des chevaux revenaient, dans des phrases vives de Parisiens, mêlées aux exclamations gutturales des Anglais, elle écoutait, elle prenait des notes, d'un air de majesté.

— Et Nana? dit Georges. Personne n'en demande?

Personne n'en demandait, en effet; on n'en parlait même pas. L'outsider de l'écurie Vandeuvres disparaissait dans la popularité de Lusignan. Mais la Faloise leva les bras en l'air, disant:

— J'ai une inspiration... Je mets un louis sur Nana.

— Bravo! je mets deux louis, dit Georges.

— Moi, trois louis, ajouta Philippe.

Et ils montèrent, ils firent leur cour, plaisamment, lançant des chiffres, comme s'ils s'étaient disputé Nana aux enchères. La Faloise parlait de la couvrir d'or. D'ailleurs, tout le monde devait mettre, on allait racoler des parieurs. Mais, comme les trois jeunes gens s'échappaient, pour faire de la propagande, Nana leur cria :

— Vous savez, je n'en veux pas, moi! Pour rien au monde!... Georges, dix louis sur Lusignan et cinq sur Valerio II.

Cependant, ils s'étaient lancés. Égayée, elle les regardait se couler entre les roues, se baisser sous les têtes des chevaux, battre la pelouse entière. Dès qu'ils reconnaissaient quelqu'un dans une voiture, ils accouraient, ils poussaient Nana. Et c'étaient des éclats de rire qui passaient sur la foule, lorsque parfois ils se retournaient, triomphants, indiquant des nombres avec le doigt, tandis que la jeune femme, debout, agitait son ombrelle. Pourtant, ils faisaient d'assez pauvre besogne. Quelques hommes se laissaient convaincre; par exemple, Steiner, que la vue de Nana remuait, risqua trois louis. Mais les femmes refusaient, absolument. Merci, pour perdre à coup sûr! Puis, ce n'était pas pressé de travailler au succès d'une sale fille qui les écrasait toutes, avec ses quatre chevaux blancs, ses postillons, son air d'avaler le monde. Gaga et Clarisse, très pincées, demandèrent à la Faloise s'il se fichait d'elles. Quand Georges, hardiment, se présenta devant le landau des Mignon, Rose, outrée, tourna la tête, sans répondre. Il fallait être une jolie ordure, pour laisser donner son nom à un cheval! Au contraire, Mignon suivit le jeune homme, l'air amusé, disant que les femmes portaient toujours bonheur.

— Eh bien! demanda Nana, quand les jeunes gens revinrent, après une visite aux bookmakers.

— Vous êtes à quarante, dit la Faloise.

— Comment? à quarante! cria-t-elle, stupéfaite. J'étais à cinquante... Que se passe-t-il?

Labordette, justement, avait reparu. On fermait la piste, une volée de cloche annonçait la première course. Et, dans le brouhaha d'attention, elle le questionna sur cette hausse brusque de la cote. Mais il répondit évasivement; sans doute des demandes s'étaient produites. Elle dut se contenter de cette explication. D'ailleurs, Labordette, l'air préoccupé, lui annonça que Vandeuvres allait venir, s'il pouvait s'échapper.

La course s'achevait, comme inaperçue dans l'attente du Grand Prix, lorsqu'un nuage creva sur l'Hippodrome. Depuis un instant, le soleil avait disparu, un jour livide assombrissait la foule. Le vent se leva, ce fut un brusque déluge, des gouttes énormes, des paquets d'eau qui tombaient. Il y eut une minute de confusion, des cris, des plaisanteries, des jurements, au milieu du sauve-qui-peut des piétons galopant et se réfugiant sous les tentes des buvettes. Dans les voitures, les femmes tâchaient de s'abriter, tenaient à deux mains leurs ombrelles, pendant que les laquais effarés couraient aux capotes. Mais l'averse cessait déjà, le soleil resplendissait dans la poussière de pluie qui volait encore. Une déchirure bleue s'ouvrait derrière la nuée, emportée au-dessus du Bois. Et c'était comme une gaieté du ciel, soulevant les rires des femmes rassurées; tandis que la nappe d'or, dans l'ébrouement des chevaux, dans la débandade et l'agitation de cette foule trempée qui se secouait, allumait la pelouse toute ruisselante de gouttes de cristal.

— Ah! ce pauvre Louiset! dit Nana. Es-tu beaucoup mouillé, mon chéri?

Le petit, sans parler, se laissa essuyer les mains. La jeune femme avait pris son mouchoir, elle tamponna ensuite Bijou, qui tremblait plus fort. Ce ne serait rien, quelques taches sur le satin blanc de sa toilette; mais elle s'en fichait. Les bouquets, rafraîchis, avaient un éclat de neige; et elle en respirait un, heureuse, mouillant ses lèvres comme dans de la rosée.

Cependant, ce coup de pluie avait brusquement empli les tribunes. Nana regardait avec sa jumelle. A cette distance, on distinguait seulement une masse compacte et brouillée, entassée sur les gradins, un fond sombre

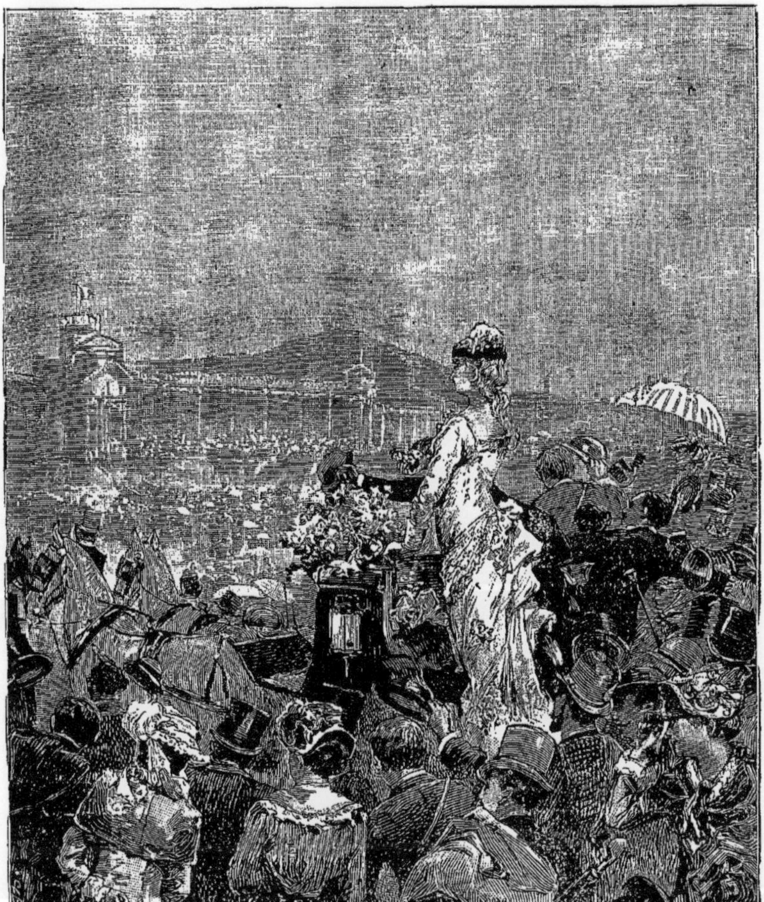

NANA SUR LE SIÈGE DE SON COCHER, ENTOURÉE DE TOUT SON MONDE

« Alors, Nana, debout sur son landau, crut que c'était elle qu'on acclamait. »

que les taches pâles des figures éclairaient. Le soleil glissait par des coins de toiture, écornait la foule assise d'un angle de lumière, où les toilettes semblaient s'éteindre. Mais Nana s'amusait surtout des dames que l'averse avait chassées des rangées de chaises, alignées sur le sable, au pied des tribunes. Comme l'entrée de l'enceinte du pesage était absolument interdite aux filles, Nana faisait des remarques pleines d'aigreur sur toutes ces femmes comme il faut, qu'elle trouvait fagottées, avec de drôles de têtes.

Une rumeur courut, l'impératrice entrait dans la petite tribune centrale, un pavillon en forme de châlet, dont le large balcon était garni de fauteuils rouges.

— Mais c'est lui! dit Georges. Je ne le croyais pas de service, cette semaine.

La figure raide et solennelle du comte Muffat avait paru derrière l'impératrice. Alors, les jeunes gens plaisantèrent, regrettant que Satin ne fût pas là, pour aller lui taper sur le ventre. Mais Nana rencontra au bout de sa jumelle la tête du prince d'Écosse, dans la tribune impériale.

— Tiens! Charles! cria-t-elle.

Elle le trouvait engraissé. En dix-huit mois, il s'était élargi. Et elle donna des détails: oh! un gaillard bâti solidement.

Autour d'elle, dans les voitures de ces dames, on chuchotait que le comte l'avait lâchée. C'était toute une histoire. Les Tuileries se scandalisaient de la conduite du chambellan, depuis qu'il s'affichait. Alors, pour garder sa situation, il venait de rompre. La Faloise, carrément, rapporta cette histoire à la jeune femme, s'offrant de nouveau, en l'appelant « sa Juliette ». Mais elle eut un beau rire, elle dit:

— C'est imbécile... Vous ne le connaissez pas; je n'ai qu'à faire pst! pour qu'il lâche tout.

Depuis un instant, elle examinait la comtesse Sabine et Estelle. Daguenet était encore près de ces dames. Fauchery, qui arrivait, dérangeait le monde pour les saluer; et lui aussi restait là, l'air souriant. Alors, elle continua, en montrant les tribunes d'un geste dédaigneux :

— Puis, vous savez, ces gens ne m'épatent plus, moi!... Je les connais trop. Faut voir ça au déballage!... Plus de respect! fini le respect! Saleté en bas, saleté en haut, c'est toujours saleté et compagnie... Voilà pourquoi je ne veux pas qu'on m'embête.

Et son geste s'élargissait, montrant des palefreniers qui amenaient les chevaux sur la piste, jusqu'à la souveraine causant avec Charles, un prince, mais un salaud de même.

— Bravo, Nana!... très chic, Nana!... cria la Faloise enthousiasmé.

Des coups de cloche se perdaient dans le vent, les courses continuaient. On venait de courir le prix d'Ispahan, que Berlingot, un cheval de l'écurie de Méchain, avait gagné. Nana rappela Labordette, pour demander des nouvelles de ses cent louis; il se mit à rire, il refusa de lui faire connaître ses chevaux, afin de ne pas déranger la chance, disait-il. Son argent était bien placé, elle verrait tout à l'heure. Et comme elle lui avouait ses paris, dix louis sur Lusignan et cinq sur Valerio II, il haussa les épaules, ayant l'air de dire que les femmes faisaient quand même des bêtises. Cela l'étonna, elle ne comprenait plus.

A ce moment, la pelouse s'animait davantage. Des lunchs s'organisaient en plein air, en attendant le Grand Prix. On mangeait, on buvait plus encore, un peu partout, sur l'herbe, sur les banquettes élevées des four-in-hand et des mail-coach, dans les victorias les coupés, les landaus. C'était un étalage de viandes froides, une débandade de paniers de champagne, qui sortaient des caissons, aux mains des valets de pied. Les bouchons partaient avec de faibles détonations, emportées par le vent; des plaisanteries se répondaient, des bruits de verres qui se brisaient mettaient des notes fêlées dans cette gaieté nerveuse. Gaga et Clarisse faisaient avec Blanche un repas sérieux, mangeant des sandwichs sur une couverture étalée, dont elles couvraient leurs genoux. Louise Violaine, descendue de son panier, avait rejoint Caroline Héquet; et, à leurs pieds, dans le gazon, des messieurs installaient une buvette, où venaient boire Tatan, Maria, Simonne et les autres; tandis que, près de là, en l'air, on vidait des bouteilles sur le mail-coach de Léa de Horn, toute une bande se grisant dans le soleil, avec des bravades et des poses, audessus de la foule. Mais bientôt on se pressa surtout devant le landau de Nana. Debout, elle s'était mise à verser des verres de champagne aux hommes qui la saluaient. L'un des valets de pied, François, passait les bouteilles, pendant que la Faloise, tâchant d'attraper une voix canaille, lançait un boniment.

— Approchez, messieurs... C'est pour rien... Tout le monde en aura.

—Taisez-vous donc, mon cher, finit par dire Nana. Nous avons l'air de saltimbanques.

Elle le trouvait bien drôle, elle s'amusait beaucoup. Un instant, elle eut l'idée d'envoyer par Georges un verre de champagne à Rose Mignon, qui affectait de ne pas boire. Henri et Charles s'ennuyaient à crever; ils auraient voulu du champagne, les petits. Mais Georges but le verre, craignant une dispute. Alors, Nana se souvint de Louiset qu'elle oubliait derrière elle. Peut-être avait-il soif; et elle le força de prendre quelques gouttes de vin, ce qui le fit horriblement tousser.

— Approchez, approchez, messieurs, répétait la Faloise. Ce n'est pas deux sous, ce n'est pas un sou... Nous le donnons...

Mais Nana l'interrompit par une exclamation.

— Eh! Bordenave, là-bas!... Appelez-le, oh! je vous en prie, courez!

C'était Bordenave, en effet, se promenant les mains derrière le dos, avec un chapeau que le soleil rougissait, et une redingote graisseuse, blanchie aux coutures; un Bordenave décati par la faillite, mais quand même furieux, étalant sa misère parmi le beau monde, avec la carrure d'un homme toujours prêt à violer la fortune.

— Bigre! quel chic! dit-il, lorsque Nana lui tendit la main, en bonne fille.

Puis, après avoir vidé un verre de champagne, il eut ce mot de profond regret:

— Ah! si j'étais femme!... Mais, nom de Dieu! ça ne fait rien! Veux-tu rentrer au théâtre? J'ai une idée, je loue la Gaîté! nous claquons Paris à nous deux... Hein? tu me dois bien ça.

Et il resta, grognant, heureux pourtant de la revoir; car, disait-il, cette sacrée Nana lui mettait du baume dans le cœur, rien qu'à vivre devant lui. C'était sa fille, son vrai sang.

Le cercle grandissait. Maintenant, la Faloise versait, Philippe et Georges racolaient des amis. Une poussée lente amenait peu à peu la pelouse entière. Nana jetait à chacun un rire, un mot drôle. Les bandes de buveurs se rapprochaient, tout le champagne épars marchait vers elle, il n'y avait bientôt plus qu'une foule, qu'un vacarme, autour de son landau; et elle régnait parmi les verres qui se tendaient, avec ses cheveux jaunes envolés, son visage de neige, baigné de soleil. Alors, au sommet, pour faire crever les autres femmes qu'enrageait son triomphe, elle leva son verre plein, dans son ancienne pose de Vénus victorieuse.

Mais quelqu'un la touchait par derrière, et elle fut surprise, en se retournant, d'apercevoir Mignon sur la banquette. Elle disparut un instant, elle s'assit à son côté, car il venait lui communiquer une chose grave. Mignon disait partout que sa femme était ridicule d'en vouloir à Nana; il trouvait ça bête et inutile.

— Voici, ma chère, murmura-t-il. Méfie-toi, ne fais pas trop enrager Rose... Tu comprends, j'aime mieux te prévenir... Oui, elle a une arme, et comme elle ne t'a jamais pardonné l'affaire de la *Petite Duchesse*...

— Une arme, dit Nana, qu'est-ce que ça me fiche?

— Écoute donc, c'est une lettre qu'elle a dû trouver dans la poche de Fauchery, une lettre écrite à cette rosse de Fauchery par la comtesse Muffat. Et, dame! là-dedans, c'est clair, ça y est en plein... Alors, Rose veut envoyer la lettre au comte, pour se venger de lui et de toi.

— Qu'est-ce que ça me fiche! répéta Nana. C'est drôle, ça... Ah! ça y est avec Fauchery. Eh bien! tant mieux, elle m'agaçait. Nous allons rire.

— Mais non, je ne veux pas, reprit vivement Mignon. Un joli scandale! Puis, nous n'avons rien à y gagner...

Il s'arrêta, craignant d'en trop dire. Elle s'écriait que, bien sûr, elle n'irait pas repêcher une femme honnête. Mais, comme il insistait, elle le regarda fixement. Sans doute il avait peur de voir Fauchery retomber dans son ménage, s'il rompait avec la comtesse; c'était ce que Rose voulait, tout en se vengeant, car elle gardait une tendresse pour le journaliste. Et Nana devint rêveuse, elle songeait à la visite de M. Venot, un plan poussait en elle, tandis que Mignon tâchait de la convaincre.

— Mettons que Rose envoie la lettre, n'est-ce pas? il y a un esclandre. Tu es mêlée là-dedans, on dit que tu es la cause de tout... D'abord, le comte se sépare de sa femme...

— Pourquoi ça, dit-elle, au contraire...

A son tour, elle s'interrompit. Elle n'avait pas besoin de penser tout haut. Enfin, elle eut l'air d'entrer dans les vues de Mignon, pour se débarrasser de lui; et, comme il lui conseillait une soumission auprès de Rose, par exemple une petite visite sur le champ de courses, devant tous, elle répondit qu'elle verrait, qu'elle réfléchirait.

Un tumulte la fit se relever. Sur la piste, des chevaux arrivaient, dans un coup de vent. C'était le prix de la Ville de Paris, que gagnait Cornemuse. Maintenant le Grand Prix allait être couru, la fièvre augmentait, une anxiété fouettait la foule, piétinant, ondulant, dans un besoin de hâter les minutes. Et, à cette heure dernière, une surprise effarait les parieurs, la hausse continue de la cote de Nana, l'outsider de l'écurie Vandeuvres. Des messieurs revenaient à chaque instant avec une cote nouvelle : Nana était à trente, Nana était à vingt-cinq, puis à vingt, puis à quinze. Personne ne comprenait. Une pouliche battue sur tous les Hippodromes, une pouliche dont le matin pas un parieur ne voulait à cinquante! Que signifiait ce brusque affolement? Les uns se moquaient, en parlant d'un joli nettoyage pour les nigauds qui donnaient dans cette farce. D'autres, sérieux, inquiets, flairaient là-dessous quelque chose de louche. Il y avait un coup peut-être. On faisait allusion à des histoires, aux vols tolérés des champs de courses; mais cette fois le grand nom de Vandeuvres arrêtait les accusations, et les sceptiques l'emportaient, en somme, lorsqu'ils prédisaient que Nana arriverait belle dernière.

— Qui est-ce qui monte Nana? demanda la Faloise.

Justement, la vraie Nana reparaissait. Alors, ces messieurs donnèrent à la question un sens malpropre, en éclatant d'un rire exagéré. Nana saluait.

— C'est Price, répondit-elle.

Et la discussion recommença. Price était une célébrité anglaise, inconnue en France. Pourquoi Vandeuvres avait-il fait venir ce jockey, lorsque Gresham montait Nana d'ordinaire? D'ailleurs, on s'étonnait de le voir confier Lusignan à ce Gresham, qui n'arrivait jamais, selon la Faloise. Mais toutes ces remarques se noyaient dans les plaisanteries, les démentis, le brouhaha d'un pêle-mêle d'opinions extraordinaires. On se remettait à vider des bouteilles de champagne pour tuer le temps. Puis, un chuchotement courut, les groupes s'écartèrent. C'était Vandeuvres. Nana affecta d'être fâchée.

— Eh bien! vous êtes gentil, d'arriver à cette heure !... Moi qui brûle de voir l'enceinte du pesage.

— Alors, venez, dit-il, il est temps encore. Vous ferez un tour. J'ai justement sur moi une entrée pour dame.

Et il l'emmena à son bras, heureuse des regards jaloux dont Lucy, Caroline et les autres la suivaient. Derrière elle, les fils Hugon et la Faloise, restés dans le landau, continuaient à faire les honneurs de son champagne. Elle leur criait qu'elle revenait tout de suite.

Mais Vandeuvres, ayant aperçu Labordette, l'appela ; et quelques paroles brèves furent échangées.

— Vous avez tout ramassé?

— Oui.

— Pour combien?

— Quinze cents louis, un peu partout.

Comme Nana tendait curieusement l'oreille, ils se turent. Vandeuvres, très nerveux, avait ses yeux clairs, allumés de petites flammes, qui l'effrayaient la nuit, lorsqu'il parlait de se faire flamber avec ses chevaux. En traversant la piste, elle baissa la voix, elle le tutoya.

— Dis donc, explique-moi... Pourquoi la cote de ta pouliche monte-t-elle? Ça fait un boucan!

Il tressaillit, il laissa échapper :

— Ah! ils causent... Quelle race, ces parieurs! Quand j'ai un favori, ils se jettent tous dessus, et il n'y en a plus pour moi. Puis, quand un outsider est demandé, ils clabaudent, ils crient comme si on les écorchait.

— C'est qu'il faudrait me prévenir, j'ai parié, reprit-elle. Est-ce qu'elle a des chances?

Une colère soudaine l'emporta, sans raison.

— Hein? fiche-moi la paix... Tous les chevaux ont des chances. La cote monte, parbleu! parce qu'on en a pris. Qui? je ne sais pas... J'aime mieux te laisser, si tu dois m'assommer avec tes questions idiotes.

Ce ton n'était ni dans son tempérament ni dans ses habitudes. Elle fut plus étonnée que blessée. Lui, d'ailleurs, restait honteux; et, comme elle le priait sèchement d'être poli, il s'excusa. Depuis quelque temps, il avait ainsi de brusques changements d'humeur. Personne n'ignorait, dans le Paris galant et mondain, qu'il jouait ce jour-là son dernier coup de cartes. Si ses chevaux ne gagnaient pas, s'ils lui emportaient encore les sommes considérables pariées sur eux, c'était un désastre, un écroulement, l'échafaudage de son crédit, les hautes apparences que gardait son existence minée par dessous, comme vidée par le désordre et la dette, s'abîmaient dans une ruine retentissante. Et Nana, personne non plus ne l'ignorait, était la mangeuse d'hommes qui avait achevé celui-là, venue la dernière dans cette fortune ébranlée, nettoyant la place. On racontait des caprices fous, de l'or semé au vent, une partie à Bade où elle ne lui avait pas laissé de quoi payer l'hôtel, une poignée de diamants jetée sur un brasier, un soir d'ivresse, pour voir si ça brûlait comme du charbon. Peu à peu, aves ses gros membres, ses rires canailles de faubourienne, elle s'était imposée à ce fils, si appauvri et si fin, d'une antique race. A cette heure, il risquait tout, si envahi par son goût du bête et du sale, qu'il avait perdu jusqu'à la force de son scepticisme. Huit jours auparavant, elle s'était fait promettre un château sur la côte normande entre le Havre et Trouville; et il mettait son dernier honneur à tenir parole. Seulement, elle l'agaçait, il l'aurait battue, tant il la sentait stupide.

Le gardien les avait laissés entrer dans l'enceinte du pesage, n'osant arrêter cette femme au bras du comte. Nana, toute gonflée de poser enfin le pied sur cette terre défendue, s'étudiait, marchait avec lenteur, devant les dames assises au pied des tribunes. C'était, sur dix rangées de chaises, une masse profonde de toilettes, mêlant leurs couleurs vives dans la gaieté du plein air; des chaises s'écartaient, des cercles familiers se formaient au hasard des rencontres, comme sous un quinconce de jardin public, avec des enfants lâchés, courant d'un groupe à un autre; et, plus haut, les tribunes étageaient

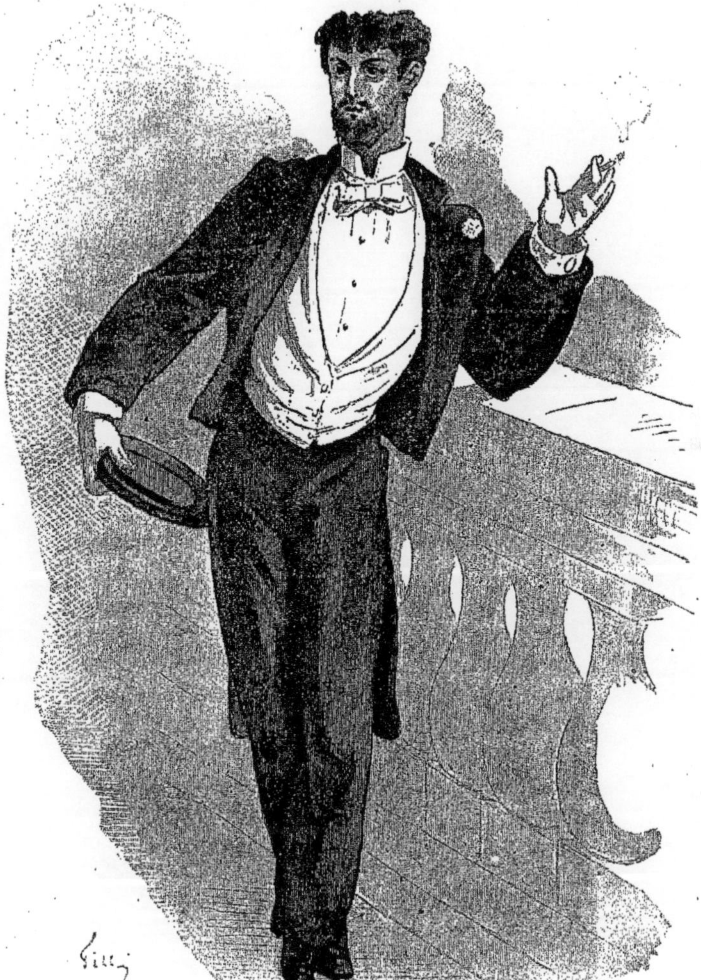

DAGUENET

leurs gradins chargés de foule, où les étoffes claires se fondaient dans l'ombre fine des charpentes. Nana dévisageait ces dames. Elle affecta de regarder fixement la comtesse Sabine. Puis, comme elle passait devant la tribune impériale, la vue de Muffat, debout près de l'impératrice, dans sa raideur officielle, l'égaya.

— Oh ! qu'il a l'air bête! dit-elle très haut à Vandeuvres.

Elle voulait tout visiter. Ce bout de parc, avec ses pelouses, ses massifs d'arbres, ne lui semblait pas si drôle. Un glacier avait installé un grand buffet près des grilles. Sous un champignon rustique, couvert de chaume, des gens en tas gesticulaient et criaient; c'était le ring. A côté, se trouvaient des boxes vides; et, désappointée, elle y découvrit seulement le cheval d'un gendarme. Puis, il y avait le padock, une piste de cent mètres de tour, où un garçon d'écurie promenait Valerio II, encapuchonné. Et voilà! beaucoup d'hommes sur le gravier des allées, avec la tache orange de leur carte à la boutonnière, une promenade continue de gens dans les galeries ouvertes des tribunes, ce qui l'intéressa une minute; mais, vrai! ça ne valait pas la peine de se faire de la bile, parce qu'on vous empêchait d'entrer là-dedans.

Daguenet et Fauchery, qui passaient, la saluèrent. Elle leur fit un signe, ils durent s'approcher. Et elle bêcha l'enceinte du pesage. Puis, s'interrompant :

— Tiens! le marquis de Chouard, comme il vieillit! S'abîme-t-il, ce vieux-là! Il est donc toujours enragé?

Alors, Daguenet raconta le dernier coup du vieux, une histoire de l'avant-veille que personne ne savait encore. Après avoir tourné des mois, il venait d'acheter à Gaga sa fille Amélie, trente mille francs, disait-on.

— Eh bien! c'est du propre! cria Nana, révoltée. Ayez donc des filles!... Mais j'y songe! ça doit être Lili qui est là-bas, sur la pelouse, dans un coupé avec une dame. Aussi, je reconnaissais cette figure... Le vieux l'aura sortie.

Vandeuvres n'écoutait pas, impatient, désireux de se débarrasser d'elle. Mais Fauchery ayant dit, en s'en allant, que, si elle n'avait pas vu les bookmakers, elle n'avait rien vu, le comte dut la conduire, malgré une répugnance visible. Et, du coup, elle fut contente; ça, en effet, c'était curieux.

Une rotonde s'ouvrait, entre des pelouses bordées de jeunes marronniers; et là, formant un vaste cercle, abrités sous les feuilles d'un vert tendre, une ligne serrée de bookmakers attendaient les parieurs, comme dans une foire. Pour dominer la foule, ils se haussaient sur des bancs de bois; ils affichaient leurs cotes près d'eux, contre les arbres; tandis que, l'œil au guet, ils inscrivaient des paris, sur un geste, sur un clignement de paupières, si rapidement, que des curieux, béants, les regardaient sans comprendre. C'était une confusion, des chiffres criés, des tumultes accueillant les changements de cote inattendus. Et, par moments, redoublant le tapage, des avertisseurs débouchaient en courant, s'arrêtaient à l'entrée de la rotonde, jetaient violemment un cri, un départ, une arrivée, qui soulevait de longues rumeurs, dans cette fièvre du jeu battant au soleil.

— Sont-ils drôles! murmura Nana, très amusée. Ils ont des figures à l'envers... Tiens, ce grand-là, je ne voudrais pas le rencontrer toute seule, au fond d'un bois.

Mais Vandeuvres lui montra un bookmaker, un commis de nouveautés, qui avait gagné trois millions en deux ans. La taille grêle, délicat et blond, il était entouré d'un respect; on lui parlait en souriant, des gens stationnaient pour le voir.

Enfin, ils quittaient la rotonde, lorsque Vandeuvres adressa un léger signe de tête à un autre bookmaker, qui se permit alors de l'appeler. C'était un de ses anciens cochers, énorme, les épaules d'un bœuf, la face haute en couleur Maintenant qu'il tentait la fortune aux courses, avec des fonds d'origine louche, le comte tâchait de le pousser, le chargeant de ses paris secrets, le traitant toujours en domestique dont on ne se cache pas. Malgré cette protection, cet homme avait perdu coup sur coup des sommes très lourdes, et lui aussi jouait ce jour-là sa carte suprême, les yeux pleins de sang, crevant d'apoplexie.

— Eh bien! Maréchal, demanda tout bas Vandeuvres, pour combien en avez-vous donné?

— Pour cinq mille louis, monsieur le comte, répondit le bookmaker en baissant également la voix. Hein? c'est joli... Je vous avouerai que j'ai baissé la cote, je l'ai mise à trois.

Vandeuvres eut l'air très contrarié.

— Non, non, je ne veux pas, remettez-la à deux tout de suite... Je ne vous dirai plus rien, Maréchal.

— Oh! maintenant, qu'est-ce que ça peut faire à monsieur le comte? reprit l'autre avec un sourire humble de complice. Il me fallait bien attirer le monde pour donner vos deux mille louis.

Alors, Vandeuvres le fit taire. Mais, comme il s'éloignait, Maréchal, pris d'un souvenir, regretta de ne pas l'avoir questionné sur la hausse de sa pouliche. Il était propre, si la pouliche avait des chances, lui qui venait de la donner pour deux cents louis à cinquante.

Nana, qui ne comprenait rien aux paroles chuchotées par le comte, n'osa pourtant demander de nouvelles explications. Il paraissait plus nerveux, il la confia brusquement à Labordette, qu'ils trouvèrent devant la salle du pesage.

— Vous la ramènerez, dit-il. Moi, j'ai à faire... Au revoir.

Et il entra dans la salle, une pièce étroite, basse de plafond, encombrée d'une grande balance. C'était comme une salle des bagages, dans une station de banlieue. Nana eut encore là une grosse déception, elle qui se figurait quelque chose de très vaste, une machine monumentale pour peser les chevaux. Comment! on ne pesait que les jockeys! Alors, ça ne valait pas la peine de faire tant d'embarras, avec leur pesage! Dans la balance, un jockey, l'air idiot, ses harnais sur les genoux, attendait qu'un gros homme en redingote eût vérifié son poids; tandis qu'un garçon d'écurie, à la porte, tenait le cheval, Cosinus, autour duquel la foule s'attroupait, silencieuse, absorbée.

On allait fermer la piste. Labordette pressait Nana; mais il revint sur ses pas pour lui montrer un petit homme, causant avec Vandeuvres, à l'écart.

— Tiens, voilà Price, dit-il.

— Ah! oui, celui qui me monte, murmura-t-elle en riant.

Et elle le trouva joliment laid. Tous les jockeys lui avaient l'air crétin; sans doute, disait-elle, parce qu'on les empêchait de grandir. Celui-là, un homme de quarante ans, paraissait un vieil enfant desséché, avec une longue figure maigre, creusée de plis, dure et morte. Le corps était si noueux, si réduit, que la casaque bleue, aux manches blanches, semblait jetée sur du bois.

— Non, tu sais, reprit-elle en s'en allant, il ne ferait pas mon bonheur.

Une cohue emplissait encore la piste, dont l'herbe, mouillée et piétinée, était devenue noire. Devant les deux tableaux indicateurs, très hauts sur leur colonne de fonte, la foule se pressait, levant la tête, accueillant d'un brouhaha chaque numéro de cheval, qu'un fil électrique, relié à la salle du pesage, faisait apparaître. Des messieurs pointaient sur des programmes. Pichenette, retirée par son propriétaire, causait une rumeur. D'ailleurs, Nana ne fit que traverser, au bras de Labordette. La cloche, pendue au mât de l'oriflamme, sonnait avec persistance, pour qu'on évacuât la piste.

— Ah! mes enfants, dit-elle en remontant dans son landau, une blague, leur enceinte du pesage!

On l'acclamait, on battait des mains autour d'elle: « Bravo! Nana!... Nana nous est rendue!... » Qu'ils étaient bêtes! Est-ce qu'ils la prenaient pour une lâcheuse? Elle revenait au bon moment. Attention! ça commençait. Et le champagne en était oublié, on cessa de boire.

Mais Nana restait surprise de trouver Gaga dans sa voiture, avec Bijou et Louiset sur les genoux; Gaga s'était décidée, pour se rapprocher de la Faloise, tout en racontant qu'elle avait voulu embrasser bébé. Elle adorait les enfants.

— A propos, et Lili? demanda Nana. C'est bien elle qui est là-bas, dans le coupé de ce vieux?... On vient de m'apprendre quelque chose de propre.

Gaga avait pris une figure éplorée.

— Ma chère, j'en suis malade, dit-elle avec douleur. Hier, j'ai dû garder le lit, tant j'avais pleuré, et aujourd'hui je ne croyais pas pouvoir venir... Hein? tu sais quelle était mon opinion? Je ne voulais pas, je l'avais fait élever dans un couvent, pour un bon mariage. Et des conseils sévères, et une surveillance continuelle... Eh bien! ma chère, c'est elle qui a voulu. Oh! une scène, des larmes, des mots désagréables, au point même que je lui ai allongé une calotte. Elle s'ennuyait trop, elle voulait y passer... Alors, quand elle s'est mise à dire: « C'est pas toi, après tout, qui as le droit de m'en empêcher, » je lui ai dit: « Tu es une misérable, tu nous déshonores, va-t'en! » Et ça s'est fait, j'ai consenti à arranger ça... Mais voilà mon dernier espoir fichu, moi qui avais rêvé, ah! des choses si bien!

Le bruit d'une querelle les fit se lever. C'était Georges qui défendait Vandeuvres contre des rumeurs vagues courant dans les groupes.

— Pourquoi dire qu'il lâche son cheval? criait le jeune homme. Hier, au salon des courses, il a pris Lusignan pour mille louis.

— Oui, j'étais là, affirma Philippe. Et il n'a pas mis un seul louis sur Nana... Si Nana est à dix, il n'y est pour rien. C'est ridicule de prêter aux gens tant de calculs. Où serait son intérêt?

Labordette écoutait d'un air tranquille; et, haussant les épaules:

— Laissez donc, il faut bien qu'on parle... Le comte vient encore de parier cinq cents louis au moins sur Lusignan, et s'il a demandé une centaine de louis de Nana, c'est parce qu'un propriétaire doit toujours avoir l'air de croire à ses chevaux.

— Et zut! qu'est-ce que ça nous fiche! clama la Faloise en agitant les bras. C'est Spirit qui va gagner... Enfoncée la France! bravo l'Angleterre!

Un long frémissement secouait la foule, pendant qu'une nouvelle volée de la cloche annonçait l'arrivée des chevaux dans la piste. Alors, Nana, pour bien voir, monta debout sur une banquette de son landau, foulant aux pieds les bouquets, les myosotis et les roses. D'un regard circulaire, elle embrassait l'horizon immense. A cette heure dernière de fièvre, c'était d'abord la piste vide, fermée de ses barrières grises, où s'alignaient des sergents de ville, de deux en deux poteaux; et la bande d'herbe, boueuse devant elle, s'en allait reverdie, tournait au loin en un tapis de velours tendre. Puis, au centre, en baissant les yeux, elle voyait la pelouse, toute grouillante d'une foule haussée sur les pieds, accrochée aux voitures, soulevée et heurtée dans un coup de passion, avec les chevaux qui hennissaient, les toiles des tentes qui claquaient, les cavaliers qui lançaient leurs bêtes, parmi les piétons courant s'accouder aux barrières; tandis que, de l'autre côté, quand elle se tournait vers les tribunes, les figures se rapetissaient, les masses profondes de têtes n'étaient plus qu'un bariolage emplissant les allées, les gradins, les terrasses, où un entassement de profils noirs se détachait dans le ciel. Et, au delà encore, autour de l'hippodrome, elle dominait la plaine. Derrière le moulin couvert de lierre, à droite, il y avait un enfoncement de prairies, coupées de grands ombrages; en face, jusqu'à la Seine, coulant au bas du coteau, se croisaient des avenues de parc, où attendaient des files immobiles d'équipages; puis, vers Boulogne, à gauche, le pays, élargi de nouveau, ouvrait une trouée sur les lointains bleuâtres de Meudon, que barrait une allée de pawlonias, dont les têtes roses, sans une feuille, faisaient une nappe de laque vive. Du monde arrivait toujours, une traînée de fourmilière venait de là-bas, par le mince ruban d'un chemin, à travers les terres; pendant que, très loin, du côté de Paris, le public qui ne payait pas, un troupeau campant dans les futaies, mettait une ligne mouvante de points sombres, au ras du Bois, sous les arbres.

Mais une gaieté, tout d'un coup, chauffa les cent mille âmes qui couvraient ce bout de champ d'un remuement d'insectes, affolés sous le vaste ciel. Le soleil, caché depuis un quart d'heure, reparut, s'épandit en un lac de lumière. Et tout flamba de nouveau, les ombrelles des femmes étaient comme des boucliers d'or, innombrables, au-dessus de la foule. On applaudit le soleil, des rires le saluaient, des bras se tendaient pour écarter les nuages.

Cependant, un officier de paix s'en allait seul, au milieu de la piste déserte. Plus haut, vers la gauche, un homme parut, un drapeau rouge à la main.

— C'est le starter, le baron de Mauriac, répondit Labordette à une question de Nana.

Autour de la jeune femme, parmi les hommes qui se pressaient jusque sur les marche-pied de sa voiture, des exclamations s'élevaient, une conversation continuait, sans suite, par mots jetés sous le coup immédiat des impressions. Philippe et Georges, Bordenave, la Faloise, ne pouvaient se taire.

— Ne poussez donc pas!... Laissez-moi voir!... Ah! le juge entre dans sa guérite... Vous dites que c'est monsieur de Souvigny? Hein? il faut de bons yeux pour pincer une longueur de nez, dans une pareille mécanique! Taisez-vous donc, on lève l'oriflamme... Les voilà, attention!... C'est Cosinus qui est le premier.

Une oriflamme jaune et rouge battait dans l'air, au bout du mât. Les chevaux arrivaient un à un, conduits par des garçons d'écurie, avec les jockeys en selle, les bras abandonnés, faisant au soleil des taches claires. Après Cosinus, Hasard et Boum parurent. Puis un murmure accueillit Spirit, un grand bai brun superbe, dont les couleurs dures, citron et noir, avaient une tristesse britannique. Valerio II obtint un succès d'entrée, petit, très vif en vert tendre. Enfin derrière Frangipane, les couleurs bleues et blanches se montrèrent. Mais Lusignan, un bai très foncé, d'une forme irréprochable, fut presque oublié dans la surprise que causa Nana. On ne l'avait pas vue ainsi, le coup de soleil dorait la pouliche alezane d'une blondeur de fille rouge. Elle luisait à la lumière comme un louis neuf, la poitrine profonde, la tête et l'encolure légères, dans l'élancement nerveux et fin de sa longue échine

— Tiens! elle a mes cheveux! cria Nana ravie. Dites donc, vous savez que j'en suis fière!

On escaladait le landau, Bordenave faillit mettre le pied sur Louiset, que sa mère oubliait. Il le prit avec des grognements paternels, il le haussa sur son épaule en murmurant:

— Ce pauvre mioche, faut qu'il en soit.. Attends je vais te faire voir maman... Hein? là-bas, regarde le dada.

Et, comme Bijou lui grattait les jambes, il s'en chargea également; tandis que Nana, heureuse de cette bête qui portait son nom, jetait un regard aux autres femmes, pour voir leur tête. Toutes enrageaient. A ce moment, sur son fiacre, la Tricon, immobile jusque-là, agitait les mains, donnait des ordres à un bookmaker, par dessus la foule. Son flair venait de parler, elle prenait Nana.

La Faloise, cependant, menait un bruit insupportable. Il se toquait de Frangipane.

— J'ai une inspiration, répétait-il. Regardez donc Frangipane, Hein! quelle action!... Je prends Frangipane à huit. Qui est-ce qui en a?

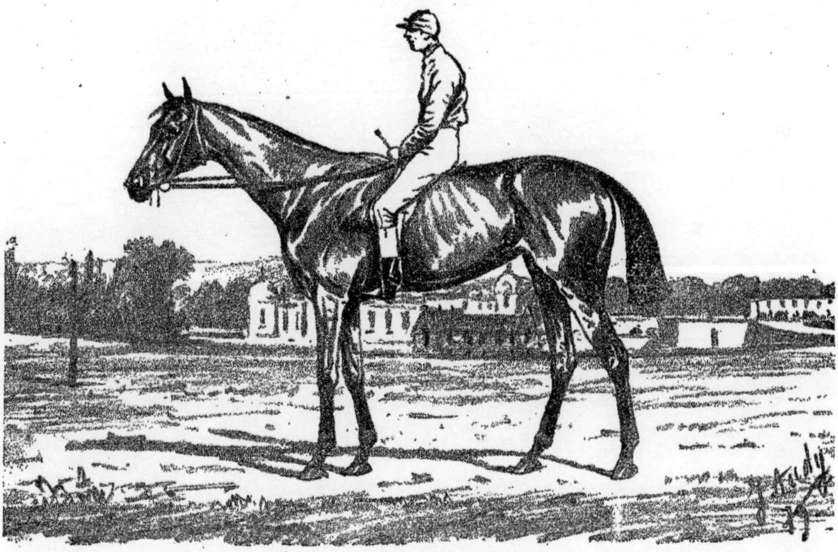

NANA, POULICHE ALEZAN

« — Tiens ! elle a mes cheveux ! cria Nana, ravie. » — (Page 352.)

— Tenez-vous donc tranquille, finit par dire Labordette. Vous vous donnez des regrets.

— Une rosse, Frangipane, déclara Philippe. Il est déjà tout mouillé... Vous allez voir le canter.

Les chevaux étaient remontés à droite, et ils partirent pour le galop d'essai, passant débandés devant les tribunes. Alors, il y eut une reprise passionnée, tous parlaient à la fois.

— Trop long d'échine, Lusignan, mais bien prêt... Vous savez, pas un liard sur Valerio II; il est nerveux, il galope la tête haute, c'est mauvais signe... Tiens! c'est Burne qui monte Spirit... Je vous dis qu'il n'a pas d'épaule. L'épaule bien construite, tout est là... Non, décidément, Spirit est trop calme... Écoutez, je l'ai vue, Nana, après la grande Poule des Produits, trempée, le poil mort, un battement de flanc à crever. Vingt louis qu'elle n'est pas placée !... Assez donc ! nous embête-t-il, celui-là avec son Frangipane ! Il n'est plus temps, voilà le départ.

C'était la Faloise qui, pleurant presque, se débattait pour trouver un bookmaker. On dut le raisonner. Tous les cous se tendaient. Mais le premier départ ne fut pas bon ; le starter, qu'on apercevait au loin comme un mince trait noir, n'avait pas abaissé son drapeau rouge. Les chevaux revinrent, après un temps de galop. Il y eut encore deux faux départs. Enfin le starter, rassemblant les chevaux, les lança avec une adresse qui arracha des cris.

— Superbe !... Non, c'est le hasard !... N'importe, ça y est!

La clameur s'étouffa dans l'anxiété qui serrait les poitrines. Maintenant, les paris s'arrêtaient, le coup se jouait sur l'immense piste. Un silence régna d'abord, comme si les haleines étaient suspendues. Des faces se haussaient, blanches, avec des tressaillements. Au départ Hasard et Cosinus avaient fait le jeu, prenant la tête ; Valerio II suivait de près, les autres venaient en peloton confus. Quand ils passèrent devant les tribunes, dans un ébranlement du sol, avec le brusque vent d'orage de leur course, le peloton s'allongeait déjà sur une quarantaine de longueurs. Frangipane était dernier, Nana se trouvait un peu en arrière de Lusignan et de Spirit.

— Fichtre ! murmura Labordette, comme l'Anglais se débarbouille là-dedans !

Tout le landau retrouvait des mots, des exclamations. On se grandissait, on suivait des yeux les taches éclatantes des jockeys qui filaient dans le soleil. A la montée, Valerio II prit la tête, Cosinus et Hasard perdaient du terrain. tandis que Lusignan et Spirit, nez contre nez, avaient toujours Nana derrière eux.

— Pardieu ! l'Anglais a gagné, c'est visible, dit Bordenave. Lusignan se fatigue et Valerio II ne peut tenir.

— Eh bien ! c'est du propre, si l'Anglais gagne ! s'écria Philippe, dans un élan de douleur patriotique.

C'était un sentiment d'angoisse qui commençait à étrangler tout ce monde entassé. Encore une défaite ! et une ardeur de vœu extraordinaire, presque religieuse, montait pour Lusignan, pendant qu'on injuriait Spirit, avec son jockey d'une gaieté de croque-mort. Parmi la foule éparse dans l'herbe, un souffle enlevait des bandes, les semelles en l'air. Des cavaliers coupaient la pelouse d'un galop furieux. Et Nana, qui tournait lentement sur elle-même, voyait à ses pieds cette houle de bêtes et de gens, cette mer de têtes battue et comme emportée autour de la piste par le tourbillon de la course, rayant l'horizon du vif éclair des jockeys. Elle les avait suivis de dos, dans la fuite des croupes, dans la vitesse allongée des jambes, qui se perdaient et prenaient des finesses de cheveux. Maintenant, au fond, ils filaient de profil, tout petits, délicats, sur les lointains verdâtres du Bois. Puis, brusquement, ils disparurent, derrière un grand bouquet d'arbres, plantés au milieu de l'hippodrome.

— Laissez donc ! cria Georges, toujours plein d'espoir. Ce n'est pas fini... L'Anglais est touché.

Mais la Faloise, repris de son dédain national, devenait scandaleux, en acclamant Spirit. Bravo ! c'est bien fait ! la France avait besoin de ça ! Spirit premier et Frangipane second ! ça embêterait sa patrie ! Labordette, qu'il exaspérait, le menaça sérieusement de le jeter en bas de la voiture.

— Voyons combien ils mettront de minutes, dit paisiblement Bordenave, qui, tout en soutenant Louiset, avait tiré sa montre.

Un à un, derrière le bouquet d'arbres, les chevaux reparaissaient. Ce fut une stupeur, la foule eut un long murmure. Valerio II tenait encore la tête; mais Spirit le gagnait, et derrière lui Lusignan avait lâché, tandis qu'un autre cheval prenait la place. On ne comprit pas tout de suite, on confondait les casaques. Des exclamations partaient.

— Mais c'est Nana !... Allons donc, Nana ! je vous dis que Lusignan n'a pas bougé... Eh ! oui c'est Nana. On la reconnaît bien, à sa couleur d'or... La voyez-vous maintenant ! Elle est en feu... Bravo, Nana ! en voilà une mâtine !... Bah ! ça ne signifie rien. Elle fait le jeu de Lusignan.

Pendant quelques secondes, ce fut l'opinion de tous. Mais, lentement, la pouliche gagnait toujours, dans un effort continu. Alors, une émotion immense se déclara. La queue des chevaux, en arrière, n'intéressait plus.

Une lutte suprême s'engageait entre Spirit, Nana, Lusignan et Valerio II. On les nommait, on constatait leur progrès ou leur défaillance, dans des phrases sans suite, balbutiées. Et Nana, qui venait de monter sur le siège de son cocher, comme soulevée, restait toute blanche, prise d'un tremblement, si empoignée, qu'elle se taisait. Près d'elle, Labordette avait retrouvé son sourire.

— Hein? l'Anglais a du mal, dit joyeusement Philippe, il ne va pas bien.

— En tous cas, Lusignan est fini, cria la Faloise. C'est Valerio II qui vient... Tenez! voilà les quatre en peloton.

Un même mot sortait de toutes les bouches.

— Quel train, mes enfants!... Un rude train, sacristi!

A présent, le peloton arrivait de face, dans un coup de foudre. On en sentait l'approche et comme l'haleine, un ronflement lointain, grandi de seconde en seconde. Toute la foule, impétueusement, s'était jetée aux barrières; et, précédant les chevaux, une clameur profonde s'échappait des poitrines, gagnait de proche en proche, avec un bruit de mer qui déferle. C'était la brutalité dernière d'une colossale partie, cent mille spectateurs, tournés à l'idée fixe, brûlant du même besoin de hasard, derrière ces bêtes dont le galop emportait des millions. On se poussait, on s'écrasait, les poings fermés la bouche ouverte, chacun pour soi, chacun fouettant son cheval de la voix et du geste. Et le cri de tout ce peuple, un cri de fauve reparu sous les redingotes, roulait de plus en plus distinct:

— Les voilà! les voilà!.. Les voilà!

Mais Nana gagnait encore du terrain; maintenant Valerio II était distancé, elle tenait la tête avec Spirit, à deux ou trois encolures. Le roulement de tonnerre avait grandi. Ils arrivaient, une tempête de jurons les accueillait dans le landau.

— Hue donc, Lusignan, grand lâche, sale rosse!... Très chic, l'Anglais. Encore, encore, mon vieux!... Et ce Valerio, c'est dégoûtant!... Ah! la charogne! Fichus mes dix louis!... Il n'y a que Nana, Bravo! Nana! Bravo, bougresse!

Et, sur le siège, Nana, sans le savoir, avait pris un balancement des cuisses et des reins, comme si elle-même eût couru. Elle donnait des coups de ventre, il lui semblait que ça aidait la pouliche. A chaque coup elle lâchait un soupir de fatigue, elle disait d'une voix pénible et basse:

— Va donc... va donc... va donc...

On vit alors une chose superbe. Price, debout sur les étriers, la cravache haute, fouaillait Nana d'un bras de fer. Ce vieil enfant desséché, cette longue figure, dure et morte, jetait des flammes. Et, dans un élan de furieuse audace, de volonté triomphante, il donnait de son cœur à la pouliche, il la soutenait, il la portait, trempée d'écume, les yeux sanglants. Tout le train passa avec son roulement de foudre, coupant les respirations, balayant l'air; tandis que le juge, très froid, l'œil à la mire, attendait. Puis, une immense acclamation retentit. D'un effort suprême, Price venait de jeter Nana au poteau, battant Spirit d'une longueur de tête.

Ce fut comme la clameur montante d'une marée. Nana! Nana! Nana! Le cri roulait, grandissait, avec une violence de tempête, emplissant peu à peu l'horizon, des profondeurs du Bois au mont Valérien, des prairies de Longchamps à la plaine de Boulogne. Sur la pelouse, un enthousiasme fou s'était déclaré. Vive Nana! vive la France! à bas l'Angleterre! Les femmes brandissaient leurs ombrelles; des hommes sautaient, tournaient en vociférant; d'autres, avec des rires nerveux, lançaient des chapeaux. Et, de l'autre côté de la piste, l'enceinte du pesage répondait, une agitation remuait les tribunes, sans qu'on vît distinctement autre chose qu'un tremblement de l'air, comme la flamme invisible d'un brasier, au-dessus de ce tas vivant de petites figures détraquées, les bras tordus, avec les points noirs des yeux et de la bouche ouverte. Cela ne cessait plus, s'enflait, recommençait au fond des allées lointaines, parmi le peuple campant sous les arbres, pour s'épandre et s'élargir dans l'émotion de la tribune impériale, où l'impératrice avait applaudi. Nana! Nana! Nana! Le cri montait dans la gloire du soleil, dont la pluie d'or battait le vertige de la foule.

Alors, Nana, debout sur le siège de son landau, grandie, crut que c'était elle qu'on acclamait. Elle était restée un instant immobile, dans la stupeur de son triomphe, regardant la piste envahie par un flot si épais, qu'on ne voyait plus l'herbe, couverte d'une mer de chapeaux noirs. Puis, quand tout ce monde se fut rangé, ménageant une haie jusqu'à la sortie, saluant de nouveau Nana, qui s'en allait avec Price, cassé sur l'encolure, éteint et comme vide, elle se tapa les cuisses violemment, oubliant tout, triomphant en phrases crues:

— Ah! nom de Dieu! c'est moi, pourtant... Ah! nom de Dieu! quelle veine!

Et, ne sachant comment traduire la joie qui la bouleversait, elle empoigna et baisa Louiset qu'elle venait de trouver en l'air, sur l'épaule de Bordenave.

— Trois minutes et quatorze secondes, dit celui-ci, en remettant sa montre dans la poche.

Nana écoutait toujours son nom, dont la plaine entière lui renvoyait l'écho. C'était son peuple qui l'applaudissait, tandis que, droite dans le soleil, elle dominait, avec ses cheveux d'astre et sa robe blanche et bleue, couleur du ciel. Labordette, en s'échappant, venait de lui annoncer un gain de deux mille louis, car il avait placé ses cinquante louis sur Nana, à quarante. Mais cet argent la touchait moins que cette victoire inattendue, dont l'éclat la faisait reine de Paris. Ces dames perdaient toutes. Rose Mignon, dans un mouvement de rage, avait cassé son ombrelle ; et Caroline Héquet, et Clarisse, et Simonne, et Lucy Stewart elle-même, malgré son fils, juraient sourdement, exaspérées par la chance de cette grosse fille ; pendant que la Tricon, qui s'était signée au départ et à l'arrivée des chevaux, redressait sa haute taille au-dessus d'elles, ravie de son flair, sacrant Nana, en matrone d'expérience.

Autour du landau, cependant, la poussée des hommes grandissait encore. La bande avait jeté des clameurs féroces. Georges, étranglé, continuait tout seul à crier, d'une voix qui se brisait. Comme le champagne manquait, Philippe, emmenant les valets de pied, venait de courir aux buvettes. Et la cour de Nana s'élargissait toujours, son triomphe décidait les retardataires ; le mouvement qui avait fait de sa voiture le centre de la pelouse s'achevait en apothéose, la reine Vénus dans le coup de folie de ses sujets. Bordenave, derrière elle, mâchait des jurons avec un attendrissement de père. Steiner lui-même, reconquis, avait lâché Simonne et se hissait sur l'un des marchepied. Quand le champagne fut arrivé, quand elle leva son verre plein, ce furent de tels applaudissements, on reprenait si fort : Nana! Nana! que la foule étonnée cherchait la pouliche ; et l'on ne savait plus si c'était la bête ou la femme qui emplissait les cœurs.

Cependant Mignon accourait, malgré les regards terribles de Rose. Cette sacrée fille le mettait hors de lui, il voulait l'embrasser. Puis, après l'avoir baisee sur les deux joues, paternellement :

— Ce qui m'embête, c'est que, pour sûr, à présent, Rose va envoyer la lettre... Elle rage trop.

— Tant mieux! ça m'arrange! laissa échapper Nana.

Mais, le voyant stupéfait, elle se hâta de reprendre :

— Ah! non, qu'est-ce que je dis?... Vrai, je ne sais plus ce que je dis... Je suis grise.

Et grise, en effet, grise de joie, grise de soleil, le verre toujours levé, elle s'acclama elle-même.

— A Nana! à Nana! criait-elle, au milieu d'un redoublement de vacarme, de rires, de bravos, qui peu à peu avait gagné tout l'Hippodrome.

Les courses s'achevaient, on courait le prix Vaublanc. Des voitures partaient, une à une. Cependant, le nom de Vandeuvres revenait, au milieu de querelles. Maintenant, c'était clair : Vandeuvres, depuis deux ans, ménageait son coup, en chargeant Gresham de retenir Nana ; et il n'avait produit Lusignan que pour faire le jeu de la pouliche. Les perdants se fâchaient, tandis que les gagnants haussaient les épaules. Après? n'était-ce pas permis? Un propriétaire conduisait son écurie comme il l'entendait. On en avait vu bien d'autres! Le plus grand nombre trouvait Vandeuvres très fort d'avoir fait ramasser par des amis tout ce qu'il avait pu prendre sur Nana, ce qui expliquait la hausse brusque de la cote ; on parlait de deux mille louis, à trente en moyenne, douze cent mille francs de gain, un chiffre dont l'ampleur frappait de respect et excusait tout.

Mais d'autres bruits, très graves, qu'on chuchotait, arrivaient de l'enceinte du pesage. Les hommes qui en revenaient précisaient des détails ; les voix montaient, on racontait tout haut un scandale affreux. Ce pauvre Vandeuvres était fini ; il avait gâté son coup superbe par une plate bêtise, un vol idiot, en chargeant Maréchal, un bookmaker véreux, de donner pour son compte deux mille louis contre Lusignan, histoire de rattraper ses mille et quelques louis ouvertement pariés, une misère ; et cela prouvait la fêlure, au milieu du dernier craquement de sa fortune. Le bookmaker, prévenu que le favori ne gagnerait pas, avait réalisé une soixantaine de mille francs sur ce cheval. Seulement, Labordette, faute d'instructions exactes et détaillées, était allé justement lui prendre deux cents louis sur Nana, que l'autre continuait à donner à cinquante, dans son ignorance du vrai coup. Nettoyé de cent mille francs sur la pouliche, en perte de quarante mille, Maréchal, qui sentait tout crouler sous ses pieds, avait brusquement compris, en voyant Labordette et le comte causer ensemble, après la course, devant la salle du pesage ; et dans une fureur d'ancien cocher, dans une brutalité d'homme volé, il venait de faire publiquement une scène affreuse, racontant l'histoire avec des mots atroces, ameutant le monde. On ajoutait que le jury des courses allait s'assembler.

Nana, que Philippe et Georges mettaient tout bas au courant, lâchait des réflexions, sans cesser de rire et de boire. C'était possible, après tout ; elle se rappelait des choses ; puis, ce Maréchal avait une sale tête. Pourtant, elle doutait encore, lorsque Labordette parut. Il était très pâle.

— Eh bien? lui demanda-t-elle à demi-voix.

— Foutu! répondit-il simplement.

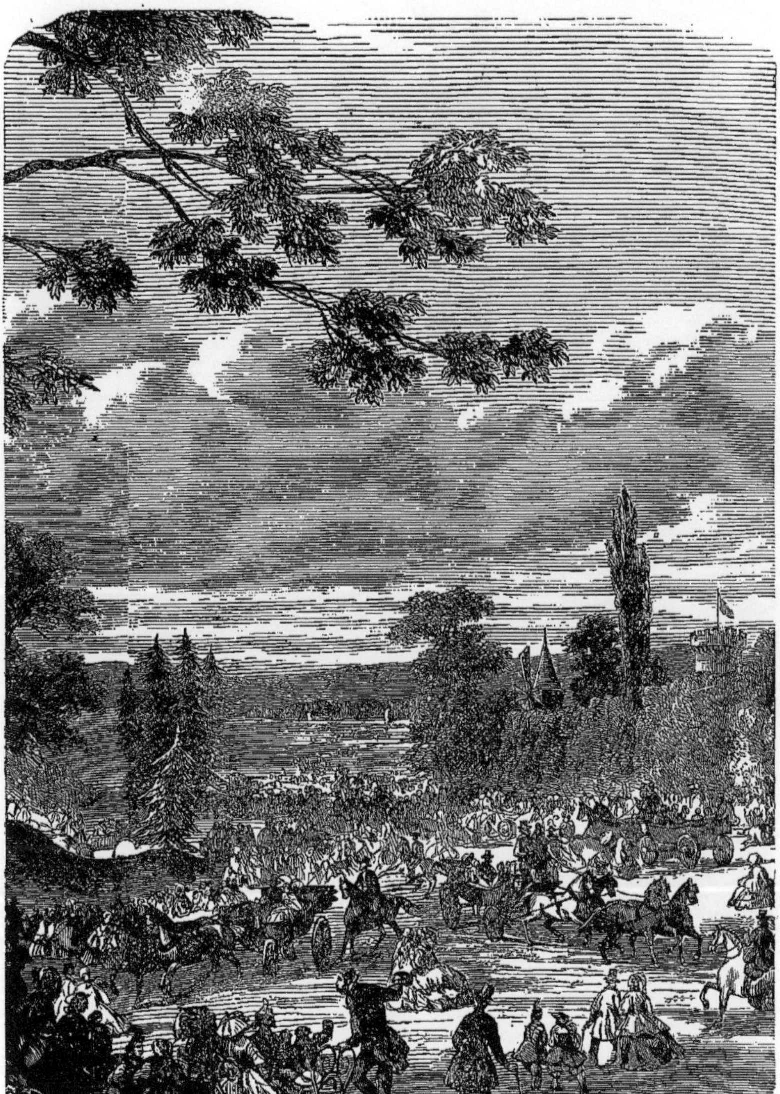

LE RETOUR DES COURSES.

Et il haussait les épaules. Un enfant, ce Vandeuvres! Elle eut un geste d'ennui.

Le soir, à Mabille, Nana obtint un succès colossal. Lorsqu'elle parut, vers dix heures, le tapage était déjà formidable. Cette classique soirée de folie réunissait toute la jeunesse galante, un beau monde se ruant dans une brutalité et une imbécillité de laquais. On s'écrasait sous les guirlandes de gaz; des habits noirs, des toilettes excessives, des femmes venues décolletées, avec de vieilles robes bonnes à salir, tournaient, hurlaient, fouettées par une soûlerie énorme. A trente pas, on n'entendait plus les cuivres de l'orchestre. Personne ne dansait. Des mots bêtes, répétés on ne savait pourquoi, circulaient parmi les groupes. On se battait les flancs saus réussir à être drôle. Sept femmes, enfermées dans le vestiaire, pleuraient pour qu'on les délivrât. Une échalote trouvée et mise aux enchères était poussée jusqu'à deux louis. Justement, Nana arrivait, encore vêtue de sa toilette de course, bleue et blanche. On lui donna l'échalote, au milieu d'un tonnerre de bravos. On l'empoigna malgré elle : trois messieurs la portèrent en triomphe dans le jardin, à travers les pelouses saccagées, les massifs de verdure éventrés; et, comme l'orchestre faisait obstacle, on le prit d'assaut, on cassa les chaises et les pupitres. Une police paternelle organisait le désordre.

Ce fut seulement le mardi que Nana se remit des émotions de sa victoire. Elle causait le matin avec madame Lerat, venue pour lui donner des nouvelles de Louiset, que le grand air avait rendu malade. Toute une histoire qui occupait Paris la passionnait. Vandeuvres, exclu des champs de courses, exécuté le soir même au Cercle Impérial, s'était, le lendemain, fait flamber dans son écurie avec ses chevaux.

— Il me l'avait bien dit, répétait la jeune femme. Un vrai fou, cet homme-là!... C'est moi, qui ai eu une venette, lorsqu'on m'a raconté ça, hier soir! Tu comprends, il aurait très bien pu m'assassiner, une nuit... Et puis, est-ce qu'il ne devait pas me prévenir pour son cheval? J'aurais fait ma fortune, au moins!... Il a dit à Labordette que, si je savais l'affaire, je renseignerais tout de suite mon coiffeur et un tas d'hommes. Comme c'est poli!... Ah! non, vrai, je ne peux pas le regretter beaucoup.

Après réflexion, elle était devenue furieuse. Justement, Labordette entra; il avait réglé ses paris, il lui apportait une quarantaine de mille francs. Cela ne fit qu'augmenter sa mauvaise humeur, car elle aurait dû gagner un million. Labordette, qui faisait l'innocent dans toute cette aventure, abandonnait carrément Vandeuvres. Ces anciennes familles étaient vidées, elles finissaient d'une façon bête.

— Eh! non, dit Nana, ce n'est pas bête, de s'allumer comme ça, dans une écurie. Moi je trouve qu'il a fini crânement... Oh! tu sais, je ne défends pas son histoire avec Maréchal. C'est imbécile. Quand je pense que Blanche a eu le toupet de vouloir me mettre ça sur le dos! J'ai répondu : « Est-ce que je lui ai dit de voler! » N'est-ce pas? on peut demander de l'argent à un homme, sans le pousser au crime... S'il m'avait dit : « Je n'ai plus rien, » je lui aurais dit : « C'est bon, quittons-nous. » Et ça ne serait pas allé plus loin.

— Sans doute, dit la tante gravement. Lorsque les hommes s'obstinent, tant pis pour eux!

— Mais quant à la petite fête de la fin, oh! très chic! reprit Nana. Il paraît que ç'a été terrible, à vous donner la chair de poule. Il avait écarté tout le monde, il s'était enfermé là-dedans, avec du pétrole... Et ça brûlait, fallait voir! Pensez donc, une grande machine presque toute en bois, pleine de paille et de foin!... Les flammes montaient comme des tours... Le plus beau, c'étaient les chevaux qui ne voulaient pas rôtir. On les entendait qui ruaient, qui se jetaient dans les portes, qui poussaient de vrais cris de personne... Oui, des gens en ont gardé la petite mort sur la peau.

Labordette laissa échapper un léger souffle d'incrédulité. Lui, ne croyait pas à la mort de Vandeuvres. Quelqu'un jurait l'avoir vu se sauver sur une fenêtre. Il avait allumé son écurie, dans un détraquement de cervelle. Seulement, dès que ça s'était mis à chauffer trop fort, ça devait l'avoir dégrisé. Un homme si bête avec les femmes, si vidé, ne pouvait pas mourir avec cette crânerie.

Nana l'écoutait, désillusionnée. Et elle ne trouva que cette phrase :

— Oh! le malheureux! c'était si beau!

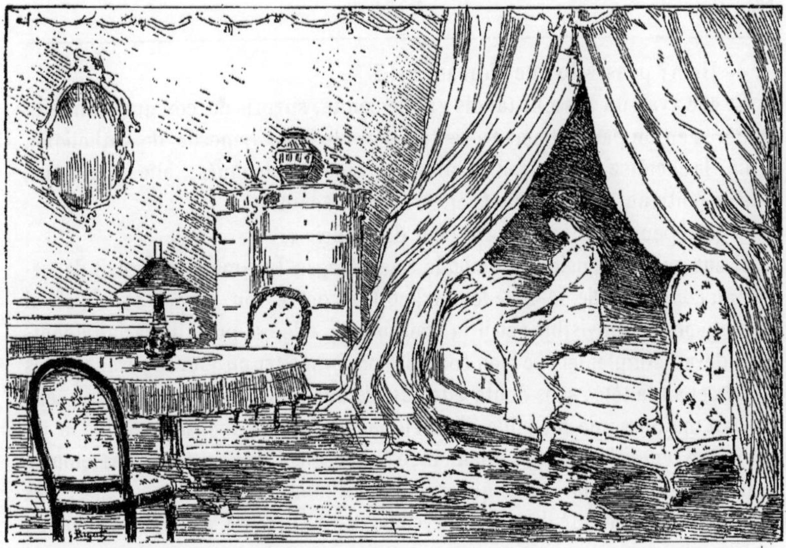

XII

Vers une heure du matin, dans le grand lit drapé de point de Venise, Nana et le comte ne dormaient pas encore. Il était revenu le soir, après une bouderie de trois jours. La chambre, faiblement éclairée par une lampe, sommeillait, chaude et toute moite d'une odeur d'amour, avec les pâleurs vagues de ses meubles de laque blanche, incrustée d'argent. Un rideau rabattu noyait le lit d'un flot d'ombre. Il y eut un soupir, puis un baiser coupa le silence, et Nana, glissant des couvertures, resta un instant assise au bord des draps, les jambes nues. Le comte, la tête retombée sur l'oreiller, demeurait dans le noir.

— Chéri, tu crois au bon Dieu? demanda-t-elle après un moment de réflexion, la face grave, envahie d'une épouvante religieuse, au sortir des bras de son amant.

Depuis le matin, elle se plaignait d'un malaise, et toutes ses idées bêtes, comme elle disait, des idées de mort et d'enfer, la travaillaient sourdement. C'était parfois, chez elle, des nuits où des peurs d'enfant, des imaginations atroces la secouaient de cauchemars, les yeux ouverts. Elle reprit :

— Hein? penses-tu que j'irai au ciel?

Et elle avait un frisson, tandis que le comte, surpris de ces questions singulières en un pareil moment, sentait s'éveiller ses remords de catholique. Mais, la chemise glissée des épaules, les cheveux dénoués, elle se rabattit sur sa poitrine, en sanglotant, en se cramponnant.

— J'ai peur de mourir... J'ai peur de mourir...

Il eut toutes les peines du monde à se dégager. Lui-même craignait de céder au coup de folie de cette femme, collée contre son corps, dans l'effroi contagieux de l'invisible; et il la raisonnait, elle se portait parfaitement, elle devait simplement se bien conduire pour mériter un jour le pardon. Mais elle hochait la tête; sans doute elle ne faisait de mal à personne; même elle portait toujours une médaille de la Vierge, qu'elle lui montra, pendue à un fil rouge, entre les seins; seulement, c'était réglé d'avance, toutes les femmes qui n'étaient pas mariées et qui voyaient des hommes, allaient en enfer. Des lambeaux de son catéchisme lui revenaient. Ah! si l'on avait su au juste; mais voilà, on ne savait rien, personne ne rapportait des nouvelles; et, vrai! ce serait stupide de se gêner, si les prêtres disaient des bêtises. Pourtant, elle baisait dévotement la médaille, toute tiède de sa peau, comme une conjuration contre la mort, dont l'idée l'emplissait d'une horreur froide.

Il fallut que Muffat l'accompagnât dans le cabinet de toilette; elle tremblait d'y rester une minute seule, même en laissant la porte ouverte. Quand il se fut recouché, elle rôda encore par la chambre, visitant les coins, tressaillant au plus léger bruit. Une glace l'arrêta, elle s'oublia comme autrefois, dans le spectacle de sa nudité. Mais la vue de sa gorge, de ses hanches et de ses cuisses, redoublait sa peur. Elle finit par se tâter les os de la face, longuement, avec les deux mains.

— On est laid, quand on est mort, dit-elle d'une voix lente.

Et elle se serrait les joues, elle s'agrandissait les yeux, s'enfonçait la mâchoire pour voir comme elle serait. Puis, se tournant vers le comte, ainsi défigurée :

— Regarde donc, j'aurai la tête toute petite, moi.

Alors, il se fâcha.

— Tu es folle, viens te coucher.

Il la voyait dans une fosse, avec le décharnement d'un siècle de sommeil; et ses mains s'étaient jointes, il bégayait une prière. Depuis quelque temps, la religion l'avait reconquis; ses crises de foi, chaque jour, reprenaient cette violence de coups de sang, qui le laissaient comme assommé. Les doigts de ses mains craquaient, il répétait ces seuls mots, continuellement : « Mon

Dieu... mon Dieu... mon Dieu. » C'était le cri de son impuissance, le cri de son péché, contre lequel il restait sans force, malgré la certitude de sa damnation. Quand elle revint, elle le trouva sous la couverture, hagard, les ongles dans la poitrine, les yeux en l'air comme pour chercher le ciel. Et elle se mit à pleurer, tous deux s'embrassèrent, claquant des dents sans savoir pourquoi, roulant au fond de la même obsession imbécile. Ils avaient déjà passé une nuit semblable; seulement cette fois, c'était complètement idiot, ainsi que Nana le déclara, lorsqu'elle n'eut plus peur. Un soupçon lui fit interroger le comte avec prudence : peut-être Rose Mignon avait-elle envoyé la fameuse lettre. Mais ce n'était pas ça, c'était le trac, pas davantage, car il ignorait encore son cocuage.

Deux jours plus tard, après une nouvelle disparition, Muffat se présenta dans la matinée, heure à laquelle il ne venait jamais. Il était livide, les yeux rougis, tout secoué encore d'une grande lutte intérieure. Mais Zoé, effarée elle-même, ne s'aperçut pas de son trouble. Elle avait couru à sa rencontre, elle lui criait :

— Oh! monsieur, arrivez donc! madame a failli mourir, hier soir.

Et comme il demandait des détails :

— Quelque chose à ne pas croire... Une fausse-couche monsieur!

Nana était enceinte de trois mois. Longtemps elle avait cru à une indisposition; le docteur Boutarel lui-même doutait. Puis, quand il se prononça nettement, elle éprouva un tel ennui, qu'elle fit tout au monde pour dissimuler sa grossesse. Ses peurs nerveuses, ses humeurs noires venaient un peu de cette aventure, dont elle gardait le secret. avec une honte de fille-mère forcée de cacher son état. Cela lui semblait un accident ridicule, quelque chose qui la diminuait et dont on l'aurait plaisantée. Hein! la mauvaise blague! pas de veine, vraiment! Il fallait qu'elle fût pincée, quand elle croyait que c'était fini. Et elle avait une continuelle surprise, comme dérangée dans son sexe; ça faisait donc des enfants, même lorsqu'on ne voulait plus et qu'on employait ça à d'autres affaires? La nature l'exaspérait, cette maternité grave qui se levait dans son plaisir, cette vie donnée au milieu de toutes les morts qu'elle semait autour d'elle. Est-ce qu'on n'aurait pas dû disposer de soi à sa fantaisie, sans tant d'histoires? Ainsi, d'où tombait-il, ce mioche? Elle ne pouvait seulement le dire. Ah! Dieu! celui qui l'avait fait, aurait eu une riche idée en le gardant pour lui, car personne ne le réclamait, il gênait tout le monde, et il n'aurait bien sûr pas beaucoup de bonheur dans l'existence!

Cependant, Zoé racontait la catastrophe.

— Madame a été prise de coliques vers quatre heures. Quand je suis allée dans le cabinet de toilette, ne la voyant plus revenir, je l'ai trouvée étendue par terre, évanouie. Oui, monsieur, par terre, dans une mare de sang, comme si on l'avait assassinée... Alors, j'ai compris, n'est-ce pas? J'étais furieuse, madame aurait bien pu me confier son malheur... Justement, il y avait là monsieur Georges. Il m'a aidée à la relever, et au premier mot de fausse-couche, voilà qu'il s'est trouvé mal à son tour... Vrai! je me fais de la bile, depuis hier!

En effet, l'hôtel paraissait bouleversé. Tous les domestiques galopaient à travers l'escalier et les pièces. Georges venait de passer la nuit sur un fauteuil du salon. C'était lui qui avait annoncé la nouvelle aux amis de madame, le soir, à l'heure où madame recevait d'habitude. Il restait très pâle, il racontait l'histoire, plein de stupeur et d'émotion. Steiner, la Faloise, Philippe, d'autres encore, s'étaient présentés. Dès la première phrase, ils poussaient une exclamation; pas possible! ça devait être une farce! Ensuite, ils devenaient sérieux, ils regardaient la porte de la chambre, l'air ennuyé, hochant la tête, ne trouvant pas ça drôle. Jusqu'à minuit, une douzaine de messieurs avaient causé bas devant la cheminée, tous amis, tous travaillés par la même idée de paternité. Ils semblaient s'excuser entre eux, avec des mines confuses de maladroits. Puis, ils arrondissaient le dos, ça ne les regardait pas, ça venait d'elle; hein? épatante, cette Nana! jamais on n'aurait cru à une pareille blague de sa part! Et ils s'en étaient allés un à un, sur la pointe des pieds, comme dans la chambre d'un mort, où l'on ne peut plus rire.

— Montez tout de même, monsieur, dit Zoé à Muffat. Madame est beaucoup mieux, elle va vous recevoir... Nous attendons le docteur qui a promis de revenir ce matin.

La femme de chambre avait décidé Georges à retourner chez lui pour dormir. En haut, dans le salon, il ne restait que Satin, allongée sur un divan, fumant une cigarette, les yeux en l'air. Depuis l'accident, au milieu de l'effarement de l'hôtel, elle montrait une rage froide, avec des haussements d'épaules, des mots féroces. Alors, comme Zoé passait devant elle, en répétant à monsieur que cette pauvre madame avait beaucoup souffert :

— C'est bien fait, ça lui apprendra! lâcha-t-elle d'une voix brève.

Ils se tournèrent, surpris. Satin n'avait pas remué, les yeux toujours au plafond, sa cigarette pincée nerveusement entre ses lèvres.

— Eh bien! vous êtes bonne, vous! dit Zoé.

Mais Satin se mit sur son séant, regarda furieusement le comte, en lui plantant de nouveau sa phrase dans la face :

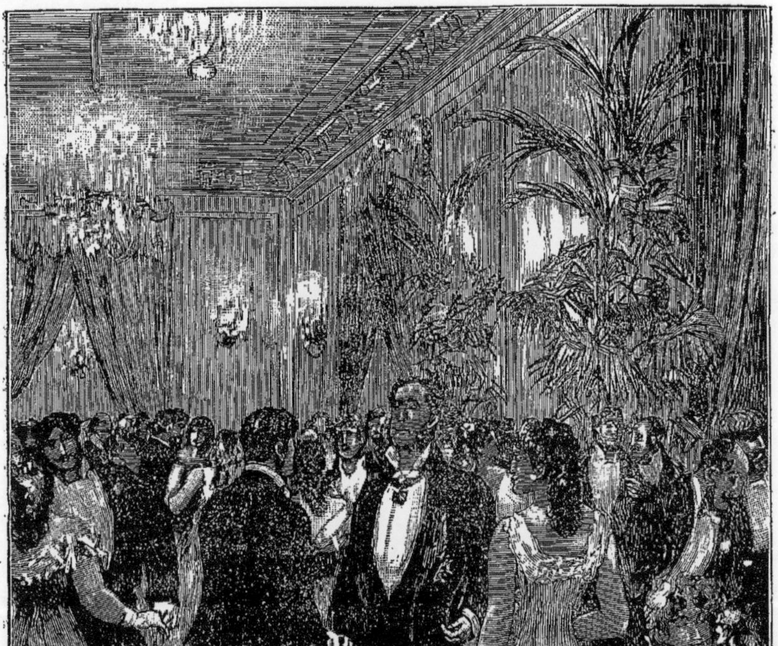

LA FÊTE CHEZ LES MUFFAT.

« L'orchestre venait de reprendre la valse de *la Blonde Vénus.* » — (Page 376.)

— C'est bien fait, ça lui apprendra!

Et elle se recoucha, souffla un mince jet de fumée, comme désintéressée et résolue à ne se mêler de rien. Non, c'était trop bête!

Zoé, pourtant, venait d'introduire Muffat dans la chambre. Une odeur d'éther y traînait, au milieu d'un silence tiède, que les rares voitures de l'avenue de Villiers troublaient à peine d'un sourd roulement. Nana, très blanche sur l'oreiller, ne dormait pas, les yeux grands ouverts et songeurs. Elle sourit, sans bouger, en apercevant le comte.

— Ah! mon chat, murmura-t-elle d'une voix lente, j'ai bien cru que je ne te reverrais jamais.

Puis, quand il se pencha pour la baiser sur les cheveux elle s'attendrit, elle lui parla de l'enfant, de bonne foi, comme s'il en était le père.

— Je n'osais pas te dire... Je me sentais si heureuse! Oh! je faisais des rêves, j'aurais voulu qu'il fût digne de toi. Et voilà, il n'y a plus rien... Enfin, ça vaut mieux peut-être. Je n'entends pas mettre un embarras dans ta vie.

Lui, étonné de cette paternité, balbutiait des phrases. Il avait pris une chaise et s'était assis contre le lit, un bras appuyé aux couvertures. Alors, la jeune femme remarqua son visage bouleversé, le sang qui rougissait ses yeux, la fièvre dont tremblaient ses lèvres.

— Qu'as-tu donc? demanda-t-elle. Tu es malade, toi aussi?

— Non, dit-il péniblement.

Elle le regarda d'un air profond. Puis d'un signe, elle renvoya Zoé, qui s'attardait à ranger les fioles. Et, quand ils furent seuls, elle l'attira en répétant:

— Qu'as-tu, chéri!... Tes yeux crèvent de larmes, je le vois bien... Allons, parle, tu es venu pour me dire quelque chose.

— Non, non, je te jure, bégaya-t-il.

Mais étranglé de souffrance, attendri encore par cette chambre de malade où il tombait sans savoir, il éclata en sanglots, il enfouit son visage dans les draps pour étouffer l'explosion de sa douleur. Nana avait compris. Bien sûr, Rose Mignon s'était décidée à envoyer la lettre. Elle le laissa pleurer un instant, secoué de convulsions si rudes, qu'il la remuait dans le lit. Enfin, d'un accent de maternelle compassion :

— Tu as eu des ennuis chez toi?

Il dit oui de la tête. Elle fit une nouvelle pause, puis très bas :

— Alors tu sais tout?

Il dit oui de la tête. Et le silence retomba, un lourd silence dans la chambre endolorie. C'était la veille, en rentrant d'une soirée chez l'impératrice, qu'il avait reçu la lettre écrite par Sabine à son amant. Après une nuit atroce, passée à rêver de vengeance, il était sorti le matin, pour résister au besoin de tuer sa femme. Dehors, saisi par la douceur d'une belle matinée de juin, il n'avait plus retrouvé ses idées, il était venu chez Nana, comme il y venait à toutes les heures terribles de son existence. Là seulement, il s'abandonnait dans sa misère, avec la joie lâche d'être consolé.

— Voyons, calme-toi, reprit la jeune femme en se faisant très bonne. Il y a longtemps que je le sais. Mais, bien sûr, ce n'est pas moi qui t'aurais ouvert les yeux. Tu te rappelles l'année dernière, tu avais eu des doutes. Puis, grâce à ma prudence, les choses s'étaient arrangées. Enfin tu manquais de preuves... Dame ! aujourd'hui, si tu en as une, c'est dur, je le comprends. Pourtant il faut se faire une raison. On n'est pas déshonoré pour ça.

Il ne pleurait plus. Une honte le tenait, bien qu'il eût glissé depuis longtemps aux confidences les plus intimes sur son ménage. Elle dut l'encourager. Voyons, elle était femme, elle pouvait tout entendre. Comme il laissait échapper d'une voix sourde :

— Tu es malade. A quoi bon te fatiguer !... C'est stupide d'être venu. Je m'en vais.

— Mais non, dit-elle vivement. Reste. Je te donnerai peut-être un bon conseil. Seulement, ne me fais pas trop parler, le médecin l'a défendu.

Il s'était enfin levé, il marchait dans la chambre. Alors elle le questionna.

— Maintenant que vas-tu faire ?

— Je vais souffleter cet homme, parbleu !

Elle eut une moue de désapprobation.

— Ça, ce n'est pas fort... Et ta femme ?

— Je plaiderai, j'ai une preuve.

— Pas fort du tout, mon cher. C'est même bête... Tu sais, jamais je ne te laisserai faire ça.

Et, posément, de sa voix faible, elle démontra le scandale inutile d'un duel et d'un procès. Pendant huit jours, il serait la fable des journaux, c'était son existence entière qu'il jouerait, sa tranquillité, sa haute situation à la cour, l'honneur de son nom ; et pourquoi ? pour mettre les rieurs contre lui.

— Qu'importe ! cria-t-il, je me serai vengé.

— Mon chat, dit-elle, quand on ne se venge pas tout de suite, dans ces machines-là, on ne se venge jamais.

Il s'arrêta, balbutiant. Certes, il n'était pas lâche ; mais il sentait qu'elle avait raison; un malaise grandissait en lui, quelque chose d'appauvri et de honteux qui venait de l'amollir, dans l'élan de sa colère. D'ailleurs, elle lui porta un nouveau coup, avec une franchise décidée à tout dire.

— Et veux-tu savoir ce qui t'embête, chéri? C'est que toi-même tu trompes ta femme. Hein? tu ne découches pas pour enfiler des perles. Ta femme doit s'en douter. Alors, quel reproche peux-tu lui faire? Elle te répondra que tu lui as donné l'exemple, ce qui te fermera le bec... Voilà, chéri, pourquoi tu es ici à piétiner, au lieu d'être là-bas à les massacrer tous les deux.

Muffat était retombé sur la chaise, accablé sous cette brutalité de paroles. Elle se tut, reprenant haleine; puis, à demi-voix:

— Oh! je suis brisée... Aide-moi donc à me relever un peu. Je glisse toujours, j'ai la tête trop basse.

Quand il l'eut aidée, elle soupira, se trouvant mieux. Et elle revint sur le beau spectacle d'un procès en séparation. Voyait-il l'avocat de la comtesse amuser Paris en parlant de Nana? Tout y aurait passé, son four aux Variétés, son hôtel, sa vie! Ah! non, par exemple, elle ne tenait pas à tant de réclame! De sales femmes l'auraient peut-être poussé, pour battre la grosse caisse sur son dos; mais elle, avant tout, voulait son bonheur. Elle l'avait attiré, elle le tenait maintenant, la tête au bord de l'oreiller, près de la sienne, un bras passé à son cou; et elle lui souffla doucement:

— Écoute, mon chat, tu vas te remettre avec ta femme.

Il se révolta. Jamais! Son cœur éclatait, c'était trop de honte. Elle, pourtant, insistait avec tendresse.

— Tu vas te remettre avec ta femme... Voyons, tu ne veux pas entendre dire partout que je t'ai détourné de ton ménage? Ça me ferait une trop mauvaise réputation, que penserait-on de moi?... Seulement, jure que tu m'aimeras toujours, parce que, du moment où tu iras avec une autre...

Les larmes la suffoquaient. Il l'interrompit par des baisers en répétant:

— Tu es folle, c'est impossible!

— Si, si, reprit-elle, il le faut... Je me ferai une raison. Après tout, elle est ta femme. Ce n'est pas comme si tu me trompais avec la première venue.

Et elle continua ainsi, lui donnant les meilleurs conseils. Même elle parla de Dieu. Il croyait entendre M. Venot quand le vieillard le sermonnait pour l'arracher au péché. Elle, cependant, ne parlait pas de rompre; elle prêchait des complaisances, un partage de bonhomme entre sa femme et sa maîtresse, une vie de tranquillité, sans embêtement pour personne, quelque chose comme un heureux sommeil dans les saletés inévitables de l'existence. Ça ne changerait rien à leur vie, il resterait son petit chat préféré, seulement il viendrait un peu moins souvent et donnerait à la comtesse les nuits qu'il ne passerait pas avec elle. Elle était à bout de forces, elle acheva dans un petit souffle :

— Enfin, j'aurai la conscience d'avoir fait une bonne action... Tu m'aimeras davantage.

Un silence régna. Elle avait fermé les yeux, pâlissant encore sur l'oreiller. Maintenant, il l'écoutait, sous le prétexte qu'il ne voulait pas la fatiguer. Au bout d'une grande minute, elle rouvrit les yeux, elle murmura :

— Et l'argent, d'ailleurs? Où prendras-tu l'argent, si tu te fâches?... Labordette est venu hier pour le billet... Moi, je manque de tout, je n'ai plus rien à me mettre sur le corps.

Puis, refermant les paupières, elle parut morte. Une ombre d'angoisse profonde avait passé sur le visage de Muffat. Dans le coup qui le frappait, il oubliait depuis la veille des embarras d'argent dont il ne savait comment sortir. Malgré des promesses formelles, le billet de cent mille francs, renouvelé une première fois, venait d'être mis en circulation; et Labordette, affectant le désespoir, rejetait tout sur Francis, disait qu'il ne lui arriverait plus de se compromettre dans une affaire avec un homme de peu d'éducation. Il fallait payer, jamais le comte n'aurait laissé protester sa signature. Puis, outre les nouvelles exigences de Nana, c'était chez lui un gâchis de dépenses extraordinaires. Au retour des Fondettes, la comtesse avait brusquement montré un goût de luxe, un appétit de jouissances mondaines, qui dévoraient leur fortune. On commençait à parler de ses caprices ruineux, tout un nouveau train de maison, cinq cent mille francs gaspillés à transformer le vieil hôtel de la rue Miromesnil, et des toilettes excessives, et des sommes considérables disparues, fondues, données peut-être, sans qu'elle se souciât d'en rendre compte. Deux fois, Muffat s'était permis des observations, voulant savoir; mais elle l'avait regardé d'un air si singulier, en souriant, qu'il n'osait plus l'interroger, de peur d'une réponse trop nette. S'il acceptait Daguenet comme gendre de la main de Nana, c'était surtout avec l'idée de pouvoir réduire la dot d'Estelle à deux cent mille francs, quitte à prendre pour le reste des arrangements avec le jeune homme, heureux encore de ce mariage inespéré.

Cependant, depuis huit jours, dans cette nécessité immédiate de trouver les cent mille francs de Labordette, Muffat avait imaginé un seul expédient, devant lequel il reculait. C'était de vendre les Bordes, une magnifique propriété, estimée à un demi-million, qu'un oncle venait de léguer à la comtesse. Seulement, il fallait la signature de celle-ci, qui elle-même, par son contrat, ne pouvait aliéner la propriété sans l'autorisation du comte. La veille enfin, il avait résolu de causer de cette signature avec sa femme. Et tout croulait; jamais à cette heure il n'accepterait un pareil compromis. Cette pensée enfonçait davantage le coup affreux de l'adultère. Il comprenait bien ce que Nana demandait; car, dans l'abandon croissant qui le poussait à la metire de moitié en tout, il s'était plaint de sa situation, il lui avait confié son ennui au sujet de cette signature de la comtesse.

Pourtant, Nana ne parut pas insister. Elle ne rouvrait plus les yeux. En la voyant si pâle, il eut peur, il lui fit prendre un peu d'éther. Et elle soupira, elle le questionna, sans nommer Daguenet.

— A quand le mariage?

— On signe le contrat mardi, dans cinq jours, répondit-il.

Alors, les paupières toujours closes, comme si elle parlait dans la nuit de ses pensées :

— Enfin, mon chat, vois ce que tu as à faire... Moi, je veux que tout le monde soit content.

Il la calma, en lui prenant une main. Oui, l'on verrait, l'important était qu'elle se reposât. Et il ne se révoltait plus; cette chambre de malade, si tiède et si endormie, trempée d'éther, avait achevé de l'assoupir dans un besoin de paix heureuse. Toute sa virilité, enragée par l'injure, s'en était allée à la chaleur de ce lit, près de cette femme souffrante, qu'il soignait, avec l'excitation de sa fièvre et le ressouvenir de leurs voluptés. Il se penchait vers elle, il la serrait dans une étreinte; tandis que, la figure immobile, elle avait aux lèvres un fin sourire de victoire. Mais le docteur Boutarel parut.

— Eh bien! et cette chère enfant? dit-il familièrement à Muffat, qu'il traitait en mari. Diable! nous l'avons fait causer!

Le docteur était un bel homme, jeune encore, qui avait une clientèle superbe dans le monde galant. Très gai, riant en camarade avec ces dames, mais ne couchant jamais, il se faisait payer fort cher et avec la plus grande exactitude. D'ailleurs, il se dérangeait au moindre appel, Nana l'envoyait chercher deux ou trois fois par semaine, toujours tremblante à l'idée de la mort, lui confiant avec anxiété des bobos d'enfant, qu'il guérissait en l'amusant de commérages et d'histoires folles. Toutes ces dames l'adoraient. Mais, cette fois, le bobo était sérieux.

Muffat se retirait très ému. Il n'éprouvait plus qu'un attendrissement, à voir sa pauvre Nana si faible. Comme il sortait, elle le rappela d'un signe, elle lui tendit le front; et, à voix basse, d'un air de menace plaisante:

—Tu sais ce que je t'ai permis... Retourne avec ta femme, ou plus rien, je me fâche!

La comtesse Sabine avait voulu que le contrat de sa fille fût signé un mardi, pour inaugurer par une fête l'hôtel restauré, où les peintures séchaient à peine. Cinq cents invitations étaient lancées, un peu dans tous les mondes. Le matin encore, les tapissiers clouaient des tentures; et, au moment d'allumer les lustres, vers neuf heures, l'architecte, accompagné de la comtesse qui se passionnait, donnait les derniers ordres.

C'était une de ces fêtes de printemps, d'un charme si tendre. Les chaudes soirées de juin avaient permis d'ouvrir les deux portes du grand salon et de prolonger le bal jusque sur le sable du jardin. Quand les premiers invités arrivèrent, accueillis à la porte par le comte et la comtesse, ils eurent un éblouissement. Il fallait se rappeler le salon d'autrefois, où passait le souvenir glacial de la comtesse Muffat, cette pièce antique, toute pleine d'une sévérité dévote, avec son meuble empire d'acajou massif, ses tentures de velours jaune, son plafond verdâtre, trempé d'humidité. Maintenant, dès l'entrée, dans le vestibule, des mosaïques rehaussées d'or se moiraient sous de hauts candélabres, tandis que l'escalier de marbre déroulait sa rampe aux fines ciselures. Puis, le salon resplendissait, drapé de velours de Gênes, tendu au plafond d'une vaste décoration de Boucher, que l'architecte avait payée cent mille francs, à la vente du château de Dampierre. Les lustres, les appliques de cristal allumaient là un luxe de glaces et de meubles précieux. On eût dit que la chaise longue de Sabine, ce siège unique de soie rouge, dont la mollesse autrefois détonnait, s'était multipliée, élargie, jusqu'à emplir l'hôtel entier d'une voluptueuse paresse, d'une jouissance aiguë, qui brûlait avec la violence des feux tardifs.

Déjà l'on dansait. L'orchestre, placé dans le jardin, devant une des fenêtres ouvertes, jouait une valse, dont le rythme souple arrivait adouci, envolé au plein air. Et le jardin s'élargissait, dans une ombre transparente, éclairé de lanternes vénitiennes, avec une tente de pourpre plantée sur le bord d'une pelouse, où était installé un buffet. Cette valse, justement la valse canaille de la *Blonde Vénus*, qui avait le rire d'une polissonnerie, pénétrait le vieil hôtel d'une onde sonore, d'un frisson chauffant les murs. Il semblait que ce fût quelque vent de la chair, venu de la rue, balayant tout un âge mort dans la hautaine demeure, emportant le passé des Muffat, un siècle d'honneur et de foi endormi sous les plafonds.

Cependant, près de la cheminée, à leur place habituelle, les vieux amis de la mère du comte se réfugiaient, dépaysés, éblouis. Ils formaient un petit

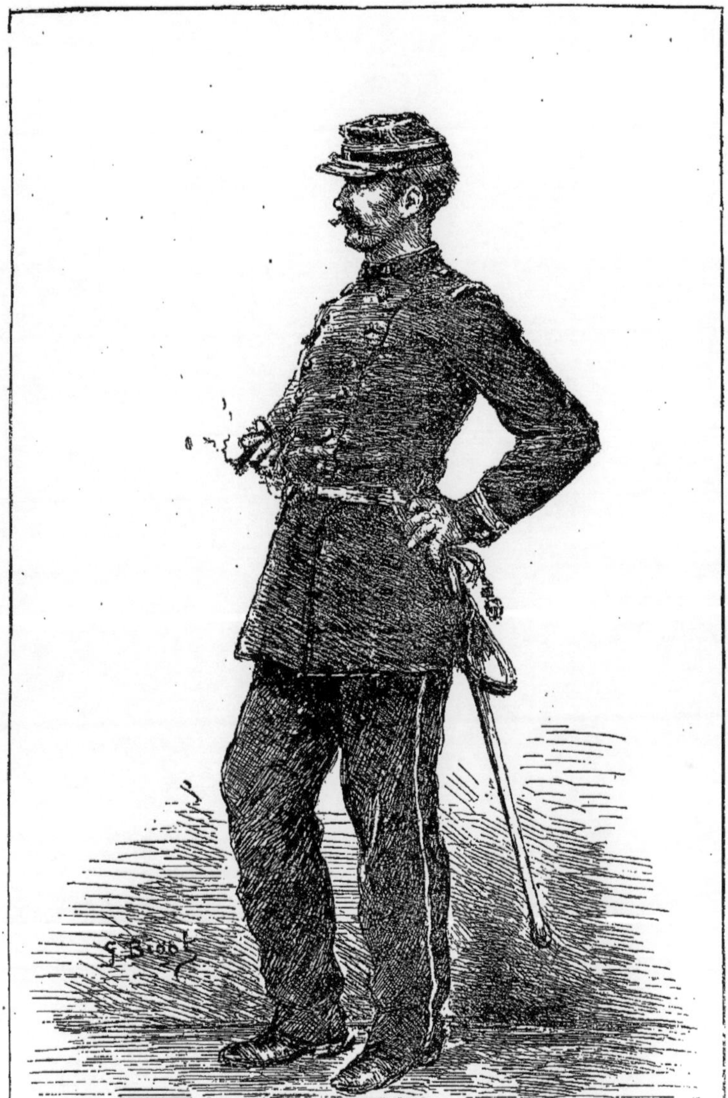

PHILIPPE HUGON

groupe, au milieu de la. cohue peu à peu envahissante. Madame du Joncquoy, ne reconnaissant plus les pièces, avait traversé la salle à manger. Madame Chantereau regardait d'un air stupéfait le jardin, qui lui paraissait immense. Bientôt, à voix basse, ce fut dans ce coin toutes sortes de réflexions amères.

— Dites donc, murmurait Madame Chantereau, si la comtesse revenait... Hein? vous imaginez-vous son entrée, au milieu de ce monde? Et tout cet or, et ce vacarme... C'est scandaleux!

— Sabine est folle, répondait madame du Joncquoy. L'avez-vous vue à la porte? Venez, on l'aperçoit d'ici. Elle a tous ses diamants.

Un instant, elles se levèrent pour examiner de loin la comtesse et le comte. Sabine en toilette blanche, garnie d'un point d'Angleterre merveilleux, était triomphante de beauté, jeune, gaie, avec une pointe d'ivresse dans son continuel sourire. Près d'elle, Muffat vieilli, un peu pâle, souriait aussi, de son air calme et digne.

— Et penser qu'il était le maître, reprit madame Chantereau, que pas un petit banc ne serait entré sans qu'il l'eût permis!... Ah bien! elle a changé ça, il est chez elle, à cette heure... Vous souvenez-vous, lorsqu'elle ne voulait pas refaire son salon? C'est l'hôtel qu'elle a refait.

Mais elles se turent, madame de Chezelles entrait, suivie d'une bande de jeunes messieurs, s'extasiant, approuvant avec de légères exclamations.

— Oh! délicieux!... exquis!... c'est d'un goût!

Elle leur jeta de loin:

— Que disais-je? Il n'y a rien comme ces vieilles masures, lorsqu'on les arrange... Ça vous prend un chic! n'est-ce pas? tout à fait grand siècle... Enfin, elle peut recevoir.

Les deux vieilles dames s'étaient assises de nouveau, baissant la voix, causant du mariage, qui étonnait bien des gens. Estelle venait de passer, en robe de soie rose, toujours maigre et plate, avec sa face muette de vierge. Elle avait accepté Daguenet, paisiblement; elle ne témoignait ni joie ni tristesse, aussi froide, aussi blanche que les soirs d'hiver où elle mettait des bûches au feu. Toute cette fête donnée pour elle, ces lumières, ces fleurs, cette musique, la laissaient sans une émotion.

— Un aventurier, disait madame du Joncquoy. Moi, je ne l'ai jamais vu.

— Prenez garde, le voici, murmura madame Chantereau.

Daguenet, qui avait aperçu madame Hugon avec ses fils, s'était empressé de lui offrir le bras; et il riait, il lui témoignait une effusion de tendresse, comme si elle eût travaillé pour une part à son coup de fortune.

— Je vous remercie, dit-elle en s'asseyant près de la cheminée. Voyez-vous, c'est mon ancien coin.

— Vous le connaissez? demanda madame du Joncquoy, lorsque Daguenet fut parti.

— Certainement, un charmant jeune homme. Georges l'aime beaucoup... Oh! une famille des plus honorables.

Et la bonne dame le défendit contre une sourde hostilité qu'elle sentait. Son père, très estimé de Louis-Phlippe, avait occupé jusqu'à sa mort une préfecture. Lui, s'était un peu dissipé peut-être. On le prétendait ruiné. En tout cas, un de ses oncles, un grand propriétaire, devait lui laisser sa fortune. Mais ces dames hochaient la tête, pendant que madame Hugon, gênée elle-même, revenait toujours à l'honorabilité de la famille. Elle était très lasse, elle se plaignit de ses jambes. Depuis un mois, elle habitait sa maison de la rue Richelieu, pour un tas d'affaires, disait-elle. Une ombre de tristesse voilait son maternel sourire.

— N'importe, conclut madame Chantereau, Estelle aurait pu prétendre à beaucoup mieux.

Il y eut une fanfare. C'était un quadrille, le monde refluait aux deux côtés du salon, pour laisser la place libre. Des robes claires passaient, se mêlaient, au milieu des taches sombres des habits ; tandis que la grande lumière mettait, sur la houle des têtes, des éclairs de bijoux, un frémissement de plumes blanches, une floraison de lilas et de roses. Il faisait déjà chaud, un parfum pénétrant montait de ces tulles légers, de ces chiffonnages de satin et de soie, où les épaules nues pâlissaient, sous les notes vives de l'orchestre. Par les portes ouvertes, au fond des pièces voisines, on voyait des rangées de femmes assises, avec l'éclat discret de leur sourire, une lueur des yeux, une moue de la bouche, que battait le souffle des éventails. Et des invités arrivaient toujours, un valet lançait des noms, tandis que, lentement, au milieu des groupes, des messieurs tâchaient de caser des dames, embarrassées à leurs bras, se haussant, cherchant de loin un fauteuil libre. Mais l'hôtel s'emplissait, les jupes se tassaient avec un petit bruit, il y avait des coins où une nappe de dentelles, de nœuds, de pouffs, bouchait le passage, dans la résignation polie de toutes, faites à ces cohues éblouissantes, gardant leur grâce. Cependant, au fond du jardin, sous la lueur rosée des lanternes vénitiennes, des couples s'enfonçaient, échappés à l'étouffement du grand salon, des ombres de robes filaient au bord de la pelouse, comme rhythmées par la musique du quadrille, qui prenait, derrière les arbres, une douceur lointaine.

Steiner venait de rencontrer là Foucarmont et la Faloise, buvant un verre de champagne, devant le buffet.

— C'est pourri de chic, disait la Faloise, en examinant la tente de pourpre, tenue sur des lances dorées. On se croirait à la foire aux pains d'épices... Hein ? c'est ça ! la foire aux pains d'épices !

Maintenant, il affectait une blague continuelle, posant pour le jeune homme ayant abusé de tout et ne trouvant plus rien digne d'être pris au sérieux.

— C'est ce pauvre Vandeuvres qui serait surpris, s'il revenait, murmura Foucarmont. Vous vous souvenez, quand il crevait d'ennui là-bas, devant la cheminée. Fichtre ! il ne fallait pas rire.

— Vandeuvres, laissez donc, un raté ! reprit dédaigneusement la Faloise. En voilà un qui s'est mis le doigt dans l'œil, s'il a cru nous épater avec son rôtissage ! Personne n'en parle seulement plus. Rasé, fini, enterré, Vandeuvres ! A un autre !

Puis, comme Steiner leur serrait la main :

— Vous savez, Nana vient d'arriver... Oh ! une entrée, mes enfants ! quelque chose de pharamineux !... D'abord, elle a embrassé la comtesse. Ensuite, quand les enfants se sont approchés, elle les a bénis en disant à Daguenet : « Écoute, Paul, si tu lui fais des queues, c'est à moi que tu auras à faire... » Comment ! vous n'avez pas vu ça ! Oh ! un chic ! un succès !

Les deux autres l'écoutaient, bouche béante. Enfin, ils se mirent à rire. Lui, enchanté, se trouvait très fort.

— Hein ? vous avez cru que c'était arrivé... Dame ! puisque c'est Nana qui fait le mariage. D'ailleurs, elle est de la famille.

Les fils Hugon passaient, Philippe le fit taire. Alors, entre hommes, on causa du mariage. Georges se fâcha contre la Faloise, qui racontait l'histoire. Nana avait bien collé à Muffat un de ses anciens pour gendre ; seulement, il était faux que, la veille encore, elle eût couché avec Daguenet. Foucarmont se permit de hausser les épaules. Savait-on jamais quand Nana couchait avec quelqu'un ? Mais Georges, emporté, répondit par un : « Moi, monsieur, je le sais ! » qui les mit tous en gaieté. Enfin, comme le dit Steiner, ça faisait toujours une drôle de cuisine.

Peu à peu, on envahissait le buffet. Ils cédèrent la place, sans se quitter. La Faloise regardait les femmes effrontément, comme s'il s'était cru à Mabille. Au fond d'une allée, ce fut une surprise, la bande trouva M. Venot en grande conférence avec Daguenet ; et des plaisanteries faciles les égayèrent ; il le confessait, il lui donnait des conseils pour la première nuit. Puis ils revinrent devant une des portes du salon, où une polka emportait des couples, dans un balancement qui mettait un sillage au milieu des hommes restés debout. Sous les souffles venus du dehors, les bougies brûlaient très hautes. Quand une robe passait, avec les légers claquements de la cadence, elle rafraîchissait d'un petit coup de vent la chaleur braisillante tombant des lustres.

— Fichtre ! ils n'ont pas froid, là-dedans ! murmura la Faloise.

Leurs yeux clignaient, au retour des ombres mystérieuses du jardin ; et ils se montrèrent le marquis de Chouard, isolé, dominant de sa haute taille les épaules nues qui l'entouraient. Il avait une face pâle, très sévère, un air de hautaine dignité, sous sa couronne de rares cheveux blancs. Scandalisé par la conduite du comte Muffat, il venait de rompre publiquement, il affectait de ne plus mettre les pieds dans l'hôtel. S'il avait consenti à y paraître ce soir-là, c'était sur les instances de sa petite-fille, dont il désapprouvait d'ailleurs le mariage, avec des paroles indignées contre la désorganisation des classes dirigeantes par les honteux compromis de la débauche moderne.

— Ah ! c'est la fin, disait près de la cheminée madame du Joncquoy à l'oreille de madame Chantereau. Cette fille a ensorcelé ce malheureux... Nous qui l'avons connu si croyant, si noble!

— Il paraît qu'il se ruine, continua madame Chantereau. Mon mari a eu entre les mains un billet... Il vit maintenant dans cet hôtel de l'avenue de Villiers. Tout Paris en cause... Mon Dieu ! je n'excuse pas Sabine ; avouez pourtant qu'il lui donne bien des sujets de plainte, et, dame ! si elle jette aussi l'argent par les fenêtres...

— Elle n'y jette pas que l'argent, interrompit l'autre. Enfin, à deux, ils iront plus vite... Une noyade dans la boue, ma chère.

Mais une voix douce les interrompit. C'était M. Venot. Il était venu s'asseoir derrière elles, comme désireux de disparaître ; et, se penchant, il murmurait :

— Pourquoi désespérer ? Dieu se manifeste lorsque tout semble perdu.

Lui, assistait paisiblement à la débâcle de cette maison qu'il gouvernait jadis. Depuis son séjour aux Fondettes, il laissait l'affolement grandir, avec la conscience très nette de son impuissance. Il avait tout accepté, la passion enragée du comte pour Nana, la présence de Fauchery près de la comtesse, même le mariage d'Estelle et de Daguenet. Qu'importaient ces choses? Et il se montrait plus souple, plus mystérieux, nourrissant l'idée de s'emparer du jeune ménage comme du ménage désuni, sachant bien que les grands désordres jettent aux grandes dévotions. La Providence aurait son heure.

— Notre ami, continua-t-il à voix basse, est toujours animé des meilleurs sentiments religieux... Il m'en a donné les preuves les plus douces.

— Eh bien! dit madame du Joncquoy, il devrait d'abord se remettre avec sa femme.

— Sans doute... Justement, j'ai l'espoir que cette réconciliation ne tardera pas.

Alors, les deux vieilles dames le questionnèrent. Mais il redevint très humble, il fallait laisser agir le ciel. Tout son désir, en rapprochant le comte et la comtesse, était d'éviter un scandale public. La religion tolérait bien des faiblesses, quand on gardait les convenances.

— Enfin, reprit madame du Joncquoy, vous auriez dû empêcher ce mariage avec cet aventurier...

Le petit vieillard avait pris un air de profond étonnement.

— Vous vous trompez, Daguenet est un jeune homme du plus grand mérite... Je connais ses idées. Il veut faire oublier des erreurs de jeunesse. Estelle le ramènera, soyez-en sûre.

— Oh! Estelle! murmura dédaigneusement madame Chantereau, je crois la chère petite incapable d'une volonté. Elle est si insignifiante!

Cette opinion fit sourire M. Venot. D'ailleurs, il ne s'expliqua pas sur la jeune mariée. Fermant les paupières, comme pour se désintéresser, il se perdit de nouveau derrière les jupes, dans son coin. Madame Hugon, au milieu de sa lassitude distraite, avait saisi quelques mots. Elle intervint, elle conclut de son air de tolérance, en s'adressant au marquis de Chouard, qui la saluait :

— Ces dames sont trop sévères. L'existence est si mauvaise pour tout le monde... N'est-ce pas, mon ami, on doit pardonner beaucoup aux autres, lorsqu'on veut être soi-même digne de pardon ?

Le marquis resta quelques secondes gêné, craignant une allusion. Mais la bonne dame avait un si triste sourire, qu'il se remit tout de suite, en disant :

— Non, pas de pardon pour certaines fautes... C'est avec ces complaisances qu'une société va aux abîmes.

Le bal s'était encore animé, un nouveau quadrille donnait au plancher du salon un léger balancement, comme si la vieille demeure eût fléchi sous le branle de la fête. Par moments, dans la pâleur brouillée des têtes, se détachait un visage de femme, emporté par la danse, aux yeux brillants, aux lèvres entr'ouvertes, avec le coup du lustre sur la peau blanche. Madame du Jonquoy déclarait qu'il n'y avait pas de bon sens. C'était une folie d'empiler cinq cents personnes dans un appartement où l'on aurait tenu deux cents à peine. Alors, pourquoi ne pas signer le contrat sur la place du Carrousel? Effet des nouvelles mœurs, disait madame Chantereau; jadis, de telles solennités se passaient en famille; aujourd'hui, il fallait des cohues, la rue entrant librement, un écrasement sans lequel la soirée semblait froide. On affichait son luxe, on introduisait chez soi l'écume de Paris; et rien de plus naturel si des promiscuités pareilles pourrissaient ensuite le foyer. Ces dames se plaignaient de ne pas reconnaître plus de cinquante personnes. D'où venait tout ça? Des jeunes filles, décolletées, montraient leurs épaules. Une femme avait un poignard d'or planté dans son chignon, tandis qu'une broderie de perles de jais l'habillait d'une cotte de maille. On en suivait une autre en souriant, tellement la hardiesse de ses jupes collantes semblait singulière. Tout le luxe de cette fin d'hiver était là, le monde du plaisir avec ses tolérances, ce qu'une maîtresse de maison ramasse parmi ses liaisons d'un jour, une société où se coudoyaient de grands noms et de grandes hontes, dans le même appétit de jouissances. La chaleur augmentait, le quadrille déroulait la symétrie cadencée de ses figures, au milieu des salons trop pleins.

— Très chic, la comtesse! reprit la Faloise à la porte du jardin, elle a dix ans de moins que sa fille... A propos, Foucarmont, vous allez nous dire ça : Vandeuvres pariait qu'elle n'avait pas de cuisses.

Cette pose au cynisme ennuyait ces messieurs. Foucarmont se contenta de répondre :

— Interrogez votre cousin, mon cher. Justement le voilà.

— Tiens! c'est une idée, cria la Faloise. Je parie dix louis qu'elle a des cuisses.

Fauchery arrivait, en effet. En habitué de la maison, il avait fait le tour par la salle à manger, pour éviter l'encombrement des portes. Repris par Rose, au commencement de l'hiver, il se partageait entre la chanteuse et la comtesse, très las, ne sachant comment lâcher l'une des deux. Sabine flattait sa vanité, mais Rose l'amusait davantage. C'était, d'ailleurs, de la part de cette dernière une passion vraie, une tendresse d'une fidélité conjugale, qui désolait Mignon.

— Écoute, un renseignement, répétait la Faloise, en serrant le bras de son cousin. Tu vois cette dame en soie blanche?

Depuis que son héritage lui donnait un aplomb insolent, il affectait de

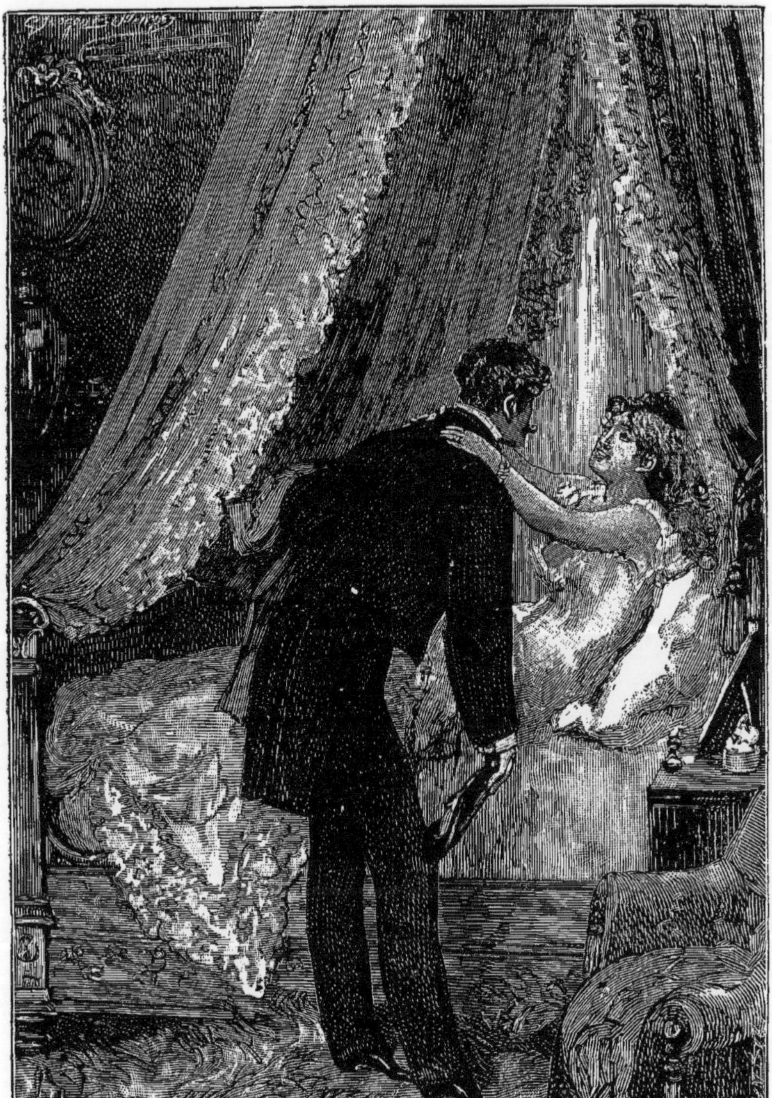

NANA COUCHÉE ET DAGUENET

« Je t'apporte l'étrenne de mon innocence. »

la foule des invités, multipliée dans les glaces, semblait s'élargir, avec le murmure grandi de ses voix. Autour du salon, les couples qui passaient, les mains à la taille, parmi les sourires des femmes assises, accentuaient davantage le branle des planchers. Dans le jardin, une lueur de braise, tombée des lanternes vénitiennes, éclairait d'un lointain reflet d'incendie les ombres noires des promeneurs, cherchant un peu d'air au fond des allées. Et ce tressaillement des murs, cette nuée rouge, étaient comme la flambée dernière, où craquait l'antique honneur brûlant aux quatre coins du logis. Les gaietés timides, alors à peine commençantes, que Fauchery, un soir d'avril, avait entendu sonner avec le son d'un cristal qui se brise, s'étaient peu à peu enhardies, affolées, jusqu'à cet éclat de fête. Maintenant, la fêlure augmentait; elle lézardait la maison, elle annonçait l'effondrement prochain. Chez les ivrognes des faubourgs, c'est par la misère noire, le buffet sans pain, la folie de l'alcool vidant les matelas, que finissent les familles gâtées. Ici, sur l'écroulement de ces richesses, entassées et allumées d'un coup, la valse sonnait le glas d'une vieille race; pendant que Nana, invisible, épandue au-dessus du bal avec ses membres souples, décomposait ce monde, le pénétrait du ferment de son odeur flottant dans l'air chaud, sur le rhythme canaille de la musique.

Ce fut le soir du mariage à l'église que le comte Muffat se présenta dans la chambre de sa femme, où il n'était pas entré depuis deux ans. La comtesse, très surprise, recula d'abord. Mais elle avait son sourire, ce sourire d'ivresse qui ne la quittait plus. Lui, très gêné, balbutiait. Alors, elle lui fit un peu de morale. D'ailleurs, ni l'un ni l'autre ne risquèrent une explication nette. C'était la religion qui voulait ce pardon mutuel; et il fut convenu entre eux, par un accord tacite, qu'ils garderaient leur liberté. Avant de se mettre au lit, comme la comtesse paraissait hésiter encore, ils causèrent affaires. Le premier, il parla de vendre les Bordes. Elle, tout de suite, consentit. Ils avaient de grands besoins, ils partageraient. Cela acheva la réconciliation. Muffat en ressentit un véritable soulagement dans ses remords.

Justement, ce jour-là, comme Nana sommeillait vers deux heures, Zoé se permit de frapper à la porte de la chambre. Les rideaux étaient tirés, un souffle chaud entrait par une fenêtre, dans la fraîcheur silencieuse du demi-jour. D'ailleurs, la jeune femme se levait maintenant, un peu faible encore. Elle ouvrit les yeux, elle demanda:

— Qui est-ce?

Zoé allait répondre Mais Daguenet, forçant l'entrée, s'annonça lui-même.

blaguer Fauchery, ayant une ancienne rancune à satisfaire, voulant se venger des railleries d'autrefois, lorsqu'il débarquait de sa province.

— Oui, cette dame qui a des dentelles.

Le journaliste se haussait, ne comprenant pas encore.

— La comtesse? finit-il par dire.

— Juste, mon bon... J'ai parié dix louis. A-t-elle des cuisses?

Et il se mit à rire, enchanté d'avoir mouché tout de même ce gaillard, qui l'épatait si fort jadis, quand il lui demandait si la comtesse ne couchait avec personne. Mais Fauchery, sans s'étonner le moins du monde, le regardait fixement.

— Idiot, va! lâcha-t-il enfin, en haussant les épaules.

Puis, il distribua des poignées de main à ces messieurs, pendant que la Faloise, décontenancé, n'était plus bien sûr d'avoir dit quelque chose de drôle. On causa. Depuis les courses, le banquier et Foucarmont faisaient partie de la bande, avenue de Villiers. Nana allait beaucoup mieux, le comte chaque soir venait prendre de ses nouvelles. Cependant, Fauchery, qui écoutait, semblait préoccupé. Le matin, dans une querelle, Rose lui avait carrément avoué l'envoi de la lettre ; oui, il pouvait se présenter chez sa dame du monde, il serait bien reçu. Après de longues hésitations, il était venu quand même, par courage. Mais l'imbécile plaisanterie de la Faloise le bouleversait, sous son apparente tranquillité.

— Qu'avez-vous? lui demanda Philippe. Vous paraissez souffrant.

— Moi, pas du tout... J'ai travaillé, c'est pourquoi j'arrive si tard.

Puis, froidement, avec un de ces héroïsmes ignorés, qui dénouent les vulgaires tragédies de l'existence :

— Je n'ai pourtant pas salué les maîtres de la maison... Il faut être poli.

Même, il osa plaisanter, en se tournant vers la Faloise.

— N'est-ce pas, idiot?

Et il s'ouvrit un passage au milieu de la foule. La voix pleine du valet ne jetait plus des noms à la volée. Pourtant, près de la porte, le comte et la comtesse causaient encore, retenus par des dames qui entraient. Enfin, il les rejoignit, pendant que ces messieurs, restés sur le perron du jardin, se haussaient, pour voir la scène. Nana devait avoir bavardé.

— Le comte ne l'a pas aperçu, murmura Georges. Attention! il se retourne... Là, ça y est.

L'orchestre venait de reprendre la valse de la *Blonde Vénus*. D'abord, Fauchery avait salué la comtesse, qui souriait toujours, dans une sérénité ravie. Puis, il était resté un instant immobile, derrière le dos du comte, à attendre, très calme. Le comte, cette nuit-là, gardait sa hautaine gravité, le port de tête officiel du grand dignitaire. Lorsqu'il abaissa enfin les yeux sur le journaliste, il exagéra encore son attitude majestueuse. Pendant quelques secondes les deux hommes se regardèrent. Et ce fut Fauchery qui, le premier, tendit la main. Muffat donna la sienne. Leurs mains étaient l'une dans l'autre, la comtesse Sabine souriait devant eux, les cils baissés, tandis que la valse, continuellement, déroulait son rhythme de polissonnerie railleuse.

— Mais ça va tout seul ! dit Steiner.

— Est-ce que leurs mains sont collées ? demanda Foucarmont, surpris de la longueur de l'étreinte.

Un invincible souvenir amenait une lueur rose aux joues pâles de Fauchery. Il revoyait le magasin des accessoires, avec son jour verdâtre, son bric-à-brac couvert de poussière ; et Muffat s'y trouvait, tenant le coquetier, abusant de ses doutes. A cette heure, Muffat ne doutait plus, c'était un dernier coin de dignité qui croulait. Fauchery, soulagé dans sa peur, voyant la gaieté claire de la comtesse, fut pris d'une envie de rire. Ça lui semblait comique.

— Ah ! cette fois, c'est elle ! cria la Faloise, qui ne lâchait pas une plaisanterie, lorsqu'il la croyait bonne. Nana, là-bas, vous la voyez qui entre ?

— Tais-toi donc, idiot ! murmura Philippe.

— Quand je vous dis !... On lui joue sa valse, parbleu ! elle arrive. Et puis, elle est de la réconciliation, que diable !... Comment ! vous ne voyez pas ! Elle les serre sur son cœur tous les trois, mon cousin, ma cousine et son époux, en les appelant ses petits chats. Moi, ça me retourne, ces scènes de famille.

Estelle s'était approchée. Fauchery la complimentait, pendant que, raide dans sa robe rose, elle le regardait de son air étonné d'enfant silencieuse, en jetant des coups d'œil sur son père et sa mère. Daguenet, lui aussi, échangeait une chaude poignée de main avec le journaliste. Ils faisaient un groupe souriant ; et, derrière eux, M. Venot se glissait, les couvant d'un œil béat, les enveloppant de sa douceur dévote, heureux de ces derniers abandons qui préparaient les voies de la Providence.

Mais la valse déroulait toujours son balancement de rieuse volupté. C'était une reprise plus haute du plaisir battant le vieil hôtel comme une marée montante. L'orchestre enflait les trilles de ses petites flûtes, les soupirs pâmés de ses violons ; sous les velours de Gênes, les ors et les peintures, les lustres dégageaient une chaleur vivante, une poussière de soleil ; tandis que

Du coup, elle s'accouda sur l'oreiller, et, renvoyant la femme de chambre :

— Comment, c'est toi! le jour qu'on te marie!... Qu'y a-t-il donc?

Lui, surpris par l'obscurité, restait au milieu de la pièce. Cependant, il s'habituait, il avançait, en habit, cravaté et ganté de blanc. Et il répétait :

— Eh bien! oui, c'est moi... Tu ne te souviens pas?

Non, elle ne se souvenait de rien. Il dut s'offrir carrément, de son air de blague.

— Voyons, ton courtage.... Je t'apporte l'étrenne de mon innocence.

Alors, comme il était au bord du lit, elle l'empoigna de ses bras nus, secouée d'un beau rire, et pleurant presque, tant elle trouvait ça gentil de sa part.

— Ah! ce Mimi, est-il drôle!... Il y a pensé pourtant! Et moi qui ne savais plus! Alors, tu t'es échappé, tu sors de l'église. C'est vrai, tu as une odeur d'encens... Mais baise-moi donc! oh! plus fort que ça, mon Mimi! Va, c'est peut-être la dernière fois.

Dans la chambre obscure, où traînait encore une vague odeur d'éther, leur rire tendre expira. La grosse chaleur gonflait les rideaux des fenêtres, on entendait des voix d'enfant sur l'avenue. Puis, ils plaisantèrent, bousculés par l'heure. Daguenet partait tout de suite avec sa femme, après le lunch.

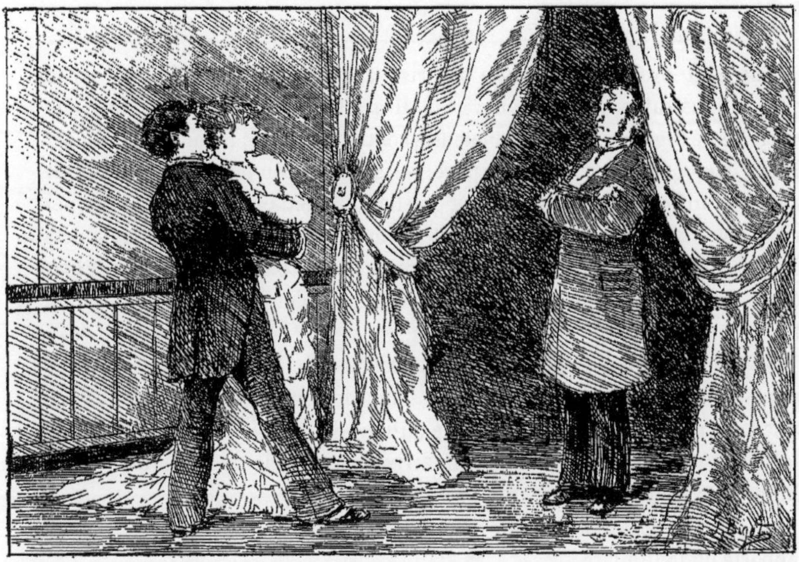

XIII

Vers la fin de septembre, le comte Muffat, qui devait dîner chez Nana le soir, vint au crépuscule l'avertir d'un ordre brusque qu'il avait reçu pour les Tuileries. L'hôtel n'était pas encore allumé, les domestiques riaient très fort à l'office; il monta doucement l'escalier, où les vitraux luisaient dans une ombre chaude. En haut, la porte du salon ne fit pas de bruit. Un jour rose se mourait au plafond de la pièce; les tentures rouges, les divans profonds, les meubles de laque, ce fouillis d'étoffes brodées, de bronzes et de faïences, dormaient déjà sous une pluie lente de ténèbres, qui noyait les coins, sans un miroitement d'ivoire, ni un reflet d'or. Et là, dans cette obscurité, sur la blancheur seule distincte d'un grand jupon élargi, il aperçut Nana renversée, aux bras de Georges. Toute dénégation était impossible. Il eut un cri étouffé, il resta béant.

Nana s'était relevée d'un bond, et elle le poussait dans la chambre, pour donner au petit le temps de filer.

— Entre, murmura-t-elle, la tête perdue, je vais te dire...

Elle était exaspérée de cette surprise. Jamais elle ne cédait ainsi chez elle, dans ce salon, les portes ouvertes. Il avait fallu toute une histoire, une querelle de Georges, enragé de jalousie contre Philippe ; il sanglotait si fort à son cou, qu'elle s'était laissé faire, ne sachant comment le calmer, très apitoyée au fond. Et, pour une fois qu'elle commettait la bêtise de s'oublier ainsi, avec un galopin qui ne pouvait même plus lui apporter des bouquets de violettes, tant sa mère le tenait serré, juste le comte arrivait et tombait droit sur eux. Vrai ! pas de chance ! Voilà ce qu'on gagnait à être bonne fille !

Cependant, l'obscurité était complète dans la chambre où elle avait poussé Muffat. Alors, à tâtons, elle sonna furieusement pour demander une lampe. Aussi, c'était la faute de Julien ! S'il y avait eu une lampe dans le salon, rien de tout cela ne serait arrivé. Cette bête de nuit qui tombait lui avait retourné le cœur.

— Je t'en prie, mon chat, sois raisonnable, dit-elle lorsque Zoé eut apporté de la lumière.

Le comte, assis, les mains sur les genoux, regardait par terre, dans l'hébétement de ce qu'il venait de voir. Il ne trouvait pas un cri de colère. Il tremblait, comme pris d'une horreur qui le glaçait. Cette douleur muette toucha la jeune femme. Elle essayait de le consoler.

— Eh bien ! oui, j'ai eu tort... C'est très mal, ce que j'ai fait... Tu vois, je regrette ma faute. J'en ai beaucoup de chagrin, puisque ça te contrarie... Allons, sois gentil de ton côté, pardonne-moi.

Elle s'était accroupie à ses pieds, cherchant son regard d'un air de tendresse soumise, pour savoir s'il lui en voulait beaucoup ; puis, comme il se remettait, en soupirant longuement, elle se fit plus câline, elle donna une dernière raison, avec une bonté grave :

— Vois-tu, chéri, il faut comprendre... Je ne puis refuser ça à mes amis pauvres.

Le comte se laissa fléchir. Il exigea seulement le renvoi de Georges. Mais toute illusion était morte, il ne croyait plus à la fidélité jurée. Le lendemain, Nana le tromperait de nouveau ; et il ne restait dans le tourment de sa possession que par un besoin lâche, par une épouvante de la vie, à l'idée de vivre sans elle.

Ce fut l'époque de son existence où Nana éclaira Paris d'un redoublement de splendeur. Elle grandit encore à l'horizon du vice, elle domina la ville de l'insolence affichée de son luxe, de son mépris de l'argent, qui lui faisait fondre publiquement les fortunes. Dans son hôtel, il y avait comme un éclat

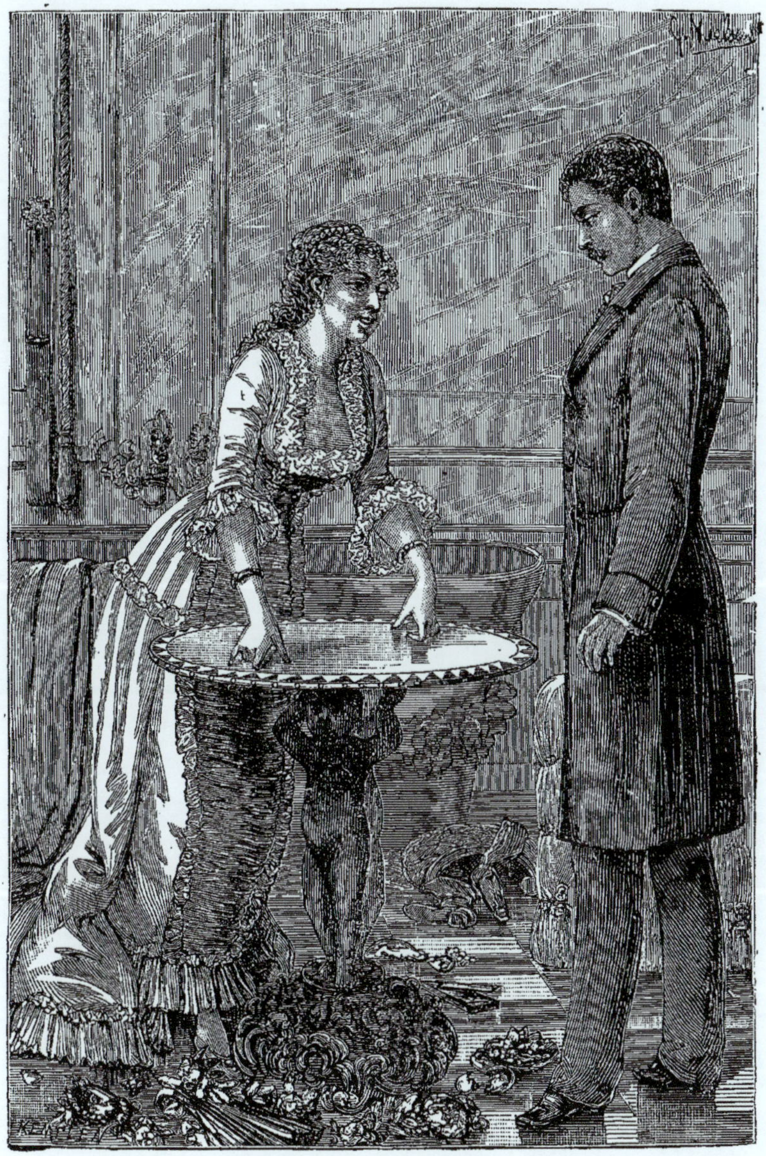

NANA CASSANT LES CADEAUX

« Elle se donna le régal d'un massacre. » — (Page 397.)

de forge. Ses continuels désirs y flambaient, un petit souffle de ses lèvres changeait l'or en une cendre fine que le vent balayait à chaque heure. Jamais on n'avait vu une pareille rage de dépense. L'hôtel semblait bâti sur un gouffre, les hommes avec leurs biens, leurs corps, jusqu'à leurs noms, s'y engloutissaient, sans laisser la trace d'un peu de poussière. Cette fille, aux goûts de perruche, croquant des radis et des pralines, chipotant la viande, avait chaque mois pour sa table des comptes de cinq mille francs. C'était, à l'office, un gaspillage effréné, un coulage féroce, qui éventrait les barriques de vin, qui roulait des notes enflées par trois ou quatre mains successives. Victorine et François régnaient en maîtres dans la cuisine, où ils invitaient du monde, en dehors d'un petit peuple de cousins nourris à domicile de viandes froides et de bouillon gras; Julien exigeait des remises chez les fournisseurs, les vitriers ne remettaient pas un carreau de trente sous, sans qu'il en fît ajouter vingt pour lui; Charles mangeait l'avoine des chevaux, doublant les fournitures, revendant par une porte de derrière ce qui entrait par la grande porte; tandis que, au milieu de ce pillage général, de ce sac de ville emportée d'assaut, Zoé, à force d'art, parvenait à sauver les siens. Mais ce qu'on perdait était pis encore, la nourriture de la veille jetée à la borne, un encombrement de provisions dont les domestiques se dégoûtaient, le sucre empoisonnant les verres, le gaz brûlant à pleins becs, jusqu'à faire sauter les murs; et des négligences, et des méchancetés, et des accidents, tout ce qui peut hâter la ruine, dans une maison dévorée par tant de bouches. Puis, en haut, chez madame, la débâcle soufflait plus fort: des robes de dix mille francs, mises deux fois, vendues par Zoé; des bijoux qui disparaissaient, comme émiettés au fond des tiroirs; des achats bêtes, les nouveautés du jour, oubliées le lendemain dans les coins, balayées à la rue. Elle ne pouvait voir quelque chose de très cher sans en avoir envie, elle faisait ainsi autour d'elle un continuel désastre de fleurs, de bibelots précieux, d'autant plus heureuse que son caprice d'une heure coûtait davantage. Rien ne lui restait aux mains; elle cassait tout, ça se fanait, ça se salissait entre ses petits doigts blancs; une jonchée de débris sans nom, de lambeaux tordus, de loques boueuses, la suivait et marquait son passage. Ensuite éclataient les gros règlements, au milieu de ce gâchis de l'argent de poche: vingt mille francs chez la modiste, trente mille chez la lingère, douze mille chez le bottier; son écurie lui en mangeait cinquante mille; en six mois, elle eut chez son couturier une note de cent vingt mille francs. Sans qu'elle eût augmenté son train, estimé par Labordette à quatre cent mille francs en moyenne, elle atteignit cette année-là le million, stupéfaite elle-même de ce chiffre, incapable de dire où avait pu passer une pareille somme. Les hommes entassés les uns par dessus les autres, l'or vidé à pleine brouette, ne parvenaient pas à combler le trou qui toujours se creusait sous le pavé de son hôtel, dans les craquements de son luxe.

Cependant, Nana nourrissait un dernier caprice. Travaillée une fois encore par l'idée de refaire sa chambre, elle croyait avoir trouvé : une chambre de velours rose thé, à petits capitons d'argent, tendue jusqu'au plafond en forme de tente, garnie de cordelières et d'une dentelle d'or. Cela lui semblait devoir être riche et tendre, un fond superbe à sa peau vermeille de rousse. Mais la chambre, d'ailleurs, était simplement faite pour servir de cadre au lit, un prodige, un éblouissement. Nana rêvait un lit comme il n'en existait pas, un trône, un autel, où Paris viendrait adorer sa nudité souveraine. Il serait tout en or et en argent repoussés, pareil à un grand bijou, des roses d'or jetées sur un treillis d'argent; au chevet, une bande d'Amours, parmi les fleurs, se pencheraient avec des rires, guettant les voluptés dans l'ombre des rideaux. Elle s'était adressée à Labordette qui lui avait amené deux orfèvres. On s'occupait déjà des dessins. Le lit coûterait cinquante mille francs, et Muffat devait le lui donner pour ses étrennes.

Ce qui étonnait la jeune femme, c'était, dans ce fleuve d'or, dont le flot lui coulait entre les membres, d'être sans cesse à court d'argent. Certains jours, elle se trouvait aux abois pour des sommes ridicules de quelques louis. Il lui fallait emprunter à Zoé, ou bien elle battait monnaie elle-même, comme elle pouvait. Mais, avant de se résigner aux moyens extrêmes, elle tâtait ses amis, tirant des hommes ce qu'ils avaient sur eux, jusqu'à des sous, d'un air de plaisanterie. Depuis trois mois, elle vidait surtout ainsi les poches de Philippe. Il ne venait plus, dans les moments de crise, sans laisser son porte monnaie. Bientôt, enhardie, elle lui avait demandé des emprunts, deux cents francs, trois cents francs, jamais davantage, pour des billets, des dettes criardes; et Philippe, nommé en juillet capitaine trésorier, apportait l'argent le lendemain, en s'excusant de n'être pas riche, car la bonne maman Hugon traitait maintenant ses fils avec une sévérité singulière. Au bout de trois mois, ces petits prêts, souvent renouvelés, montaient à une dizaine de mille francs. Le capitaine avait toujours son beau rire sonore. Pourtant, il maigrissait, distrait parfois, une ombre de souffrance sur la face. Mais un regard de Nana le transfigurait, dans une sorte d'extase sensuelle. Elle était très chatte avec lui, le grisait de baisers derrière les portes, le possédait par des abandons brusques, qui le clouaient derrière ses jupes, dès qu'il pouvait s'échapper de son service.

Un soir, Nana ayant dit qu'elle s'appelait aussi Thérèse, et que sa fête tombait le 15 octobre, ces messieurs lui envoyèrent tous des cadeaux. Le capitaine Philippe apporta le sien, un ancien drageoir en porcelaine de Saxe monté sur or. Il la trouva seule, dans son cabinet de toilette, au sortir du bain, vêtue seulement d'un grand peignoir de flanelle blanche et rouge, et très occupée à examiner les cadeaux, étalés sur une table. Elle avait déjà cassé un flacon de cristal de roche, en voulant le déboucher.

— Oh! tu es trop gentil! dit-elle. Qu'est-ce que c'est? montre un peu!.... Es-tu enfant, de mettre tes sous à des petites machines comme ça!

Elle le grondait, puisqu'il n'était pas riche, très contente au fond de le voir dépenser tout pour elle, la seule preuve d'amour qui la touchât. Cependant, elle travaillait le drageoir, elle voulait voir comment c'était fait, l'ouvrant, le refermant.

— Prends garde, murmura-t-il, c'est fragile.

Mais elle haussa les épaules. Il lui croyait donc des mains de portefaix! Et tout à coup, la charnière lui resta aux doigts, le couvercle tomba et se brisa. Elle demeurait stupéfaite, les yeux sur les morceaux, disant:

—Oh! il est cassé!

Puis, elle se mit à rire. Les morceaux, par terre, lui semblaient drôles. C'était une gaieté nerveuse, elle avait le rire bête et méchant d'un enfant que la destruction amuse. Philippe fut pris d'une courte révolte; la malheureuse ignorait quelles angoisses lui coûtait ce bibelot. Quand elle le vit bouleversé, elle tâcha de se retenir.

— Par exemple, ce n'est pas ma faute... Il était fêlé. Ça ne tient plus, ces vieilleries... Aussi, c'est ce couvercle! as-tu vu la cabriole?

Et elle repartit d'un fou rire. Mais, comme les yeux du jeune homme se mouillaient, malgré son effort, elle se jeta tendrement à son cou.

— Es-tu bête! je t'aime tout de même. Si l'on ne cassait rien, les marchands ne vendraient plus. Tout ça est fait pour être cassé... Tiens! cet éventail, est-ce que c'est collé seulement!

Elle avait saisi un éventail, tirant sur les branches; et la soie se déchira en deux. Cela parut l'exciter. Pour faire voir qu'elle se moquait des autres cadeaux, du moment où elle venait d'abîmer le sien, elle se donna le régal d'un massacre, tapant les objets, prouvant qu'il n'y en avait pas un seul de solide, en les détruisant tous. Une lueur s'allumait dans ses yeux vides, un petit retroussement des lèvres montrait ses dents blanches. Puis, lorsque tous furent en morceaux, très rouge, reprise de son rire, elle frappa la table de ses mains élargies, elle zézaya d'une voix de gamine·

— Fini! n'a plus! n'a plus!

Alors, Philippe, gagné par cette ivresse, s'égaya et lui baisa la gorge, en la renversant en arrière. Elle s'abandonnait, elle se pendait à ses épaules, si heureuse, qu'elle ne se rappelait pas s'être tant amusée depuis longtemps. Et, sans le lâcher, d'un ton de caresse :

— Dis donc, chéri, tu devrais bien m'apporter dix louis demain... Un embêtement, une note de mon boulanger qui me tourmente.

Il était devenu tout pâle ; puis, en lui mettant un dernier baiser sur le front il dit simplement :

— Je tâcherai.

Un silence régna. Elle s'habillait. Lui, appuyait le front à une vitre. Au bout d'une minute, il revint, il reprit avec lenteur :

— Nana, tu devrais m'épouser.

Du coup, cette idée égaya tellement la jeune femme, qu'elle ne pouvait achever de nouer ses jupons.

— Mais, mon pauvre chien, tu es malade!.... Est-ce parce que je te demande dix louis que tu m'offres ta main?... Jamais. Je t'aime trop. En voilà une bêtise, par exemple!

Et, comme Zoé entrait pour la chausser, ils ne parlèrent plus de ça. La femme de chambre avait tout de suite guigné les cadeaux en miettes sur la table. Elle demanda s'il fallait serrer ces choses ; et madame ayant dit de les jeter, elle emporta tout dans un coin de sa jupe. A la cuisine, on chiffonnait, on se partagait les débris de madame.

Ce jour-là, Georges, malgré la défense de Nana, s'était introduit dans l'hôtel. François l'avait bien vu passer, mais les domestiques en arrivaient à rire entre eux des embarras de la bourgeoise. Il venait de se glisser jusqu'au petit salon, lorsque la voix de son frère l'arrêta ; et, cloué derrière la porte, il entendit toute la scène, les baisers, l'offre de mariage. Une horreur le glaçait, il s'en alla, imbécile, avec la sensation d'un grand vide sous le crâne. Ce fut seulement rue Richelieu, dans sa chambre, au-dessus de l'appartement de sa mère, que son cœur creva en furieux sanglots. Cette fois, il ne pouvait douter. Une image abominable toujours se levait devant ses yeux, Nana aux bras de Philippe ; et cela lui semblait un inceste. Quand il se croyait calmé, le souvenir revenait, une nouvelle crise de rage jalouse le jetait sur son lit, mordant les draps, criant des mots infâmes qui l'affolaient davantage. La journée se passa de la sorte. Il parla d'une migraine pour rester enfermé. Mais la nuit fut plus terrible encore, une fièvre de meurtre le secouait, dans de continuels cauchemars. Si son frère avait habité la maison, il serait allé le tuer d'un coup de couteau. Au jour, il voulait raisonner. C'était lui qui devait mourir, il se jetterait par la fenêtre, quand un omnibus passerait. Pourtant, il sortit vers dix heures ; il courut Paris, rôda sur les ponts, éprouva au dernier moment l'invincible besoin de revoir Nana. Peut-être d'un mot le sauverait-elle. Et trois heures sonnaient, comme il entrait dans l'hôtel de l'avenue de Villiers.

Vers midi, une nouvelle affreuse avait écrasé madame Hugon. Philippe était en prison de la veille au soir, on l'accusait d'avoir volé douze mille francs à la caisse du régiment. Depuis trois mois, il détournait de petites sommes, espérant les remettre, dissimulant le déficit par de fausses pièces ; et cette fraude réussissait toujours, grâce aux négligences du conseil d'administration. La vieille dame, atterrée devant le crime de son enfant, eut un premier cri de colère contre Nana ; elle savait la liaison de Philippe, ses tristesses venaient de ce malheur qui la retenait à Paris, dans la crainte d'une catastrophe ; mais jamais elle n'avait redouté tant de honte, et maintenant elle se reprochait ses refus d'argent comme une complicité. Tombée sur un fauteuil, les jambes prises par une paralysie, elle se sentait inutile, incapable d'une démarche, clouée là pour mourir. Pourtant, la pensée brusque de Georges la consola ; Georges lui restait, il pourrait agir, les sauver peut-être. Alors, sans demander le secours de personne, désirant ensevelir ces choses entre eux, elle se traîna et monta l'étage, rattachée à cette idée qu'elle avait encore une tendresse auprès d'elle. Mais, en haut, elle trouva la chambre vide. Le concierge lui dit que monsieur Georges était sorti de bonne heure. Un second malheur soufflait dans cette chambre ; le lit avec ses draps mordus contait toute une angoisse ; une chaise jetée à terre, parmi des vêtements, semblait morte. Georges devait être chez cette femme. Et madame Hugon, les yeux secs, les jambes fortes, descendit. Elle voulait ses fils, elle partait les réclamer.

Depuis le matin, Nana avait des embêtements. D'abord, c'était ce boulanger qui, dès neuf heures, avait paru avec sa note, une misère, cent trente-trois francs de pain qu'elle ne parvenait jamais à solder, au milieu du train royal de l'hôtel. Il s'était présenté vingt fois, irrité d'avoir été changé, du jour où il avait coupé le crédit ; et les domestiques épousaient sa cause, François disait que madame ne le paierait jamais s'il ne faisait pas une bonne scène. Charles parlait de monter aussi pour régler un vieux compte de paille resté en arrière, pendant que Victorine conseillait d'attendre la présence d'un monsieur et de tirer l'argent, en tombant en plein dans la conversation. La cuisine se passionnait, tous les fournisseurs étaient mis au courant, c'étaient des commérages de trois et quatre heures, madame déshabillée, épluchée, racontée, avec l'acharnement d'une domesticité oisive, qui crevait de bien-être. Seul, Julien, le maître d'hôtel, affectait de défendre madame : tout de même, elle était chic ; et quand les autres l'accusaient de coucher avec, il riait d'un air fat, ce qui mettait la cuisinière hors d'elle, car elle aurait voulu être un homme pour cracher sur le derrière de ces femmes, tant ça l'aurait dégoûtée. Méchamment, François avait posté le boulanger dans le vestibule, sans avertir madame. Comme elle descendait, madame le trouva devant elle, à l'heure du déjeuner. Elle prit la note, elle lui dit de revenir vers trois heures. Alors, avec de sales mots, il partit, en jurant d'être exact et de se payer lui-même, n'importe comment.

Nana déjeuna fort mal, vexée de cette scène. Cette fois, il fallait se débarrasser de cet homme. A dix reprises, elle avait mis de côté son argent ; mais l'argent s'était toujours fondu, un jour pour des fleurs, un autre jour pour une souscription faite en faveur d'un vieux gendarme. D'ailleurs, elle comptait sur Philippe, elle s'étonnait même de ne pas le voir, avec ses deux cents francs. C'était un vrai guignon, l'avant-veille elle avait encore nippé Satin, tout un trousseau, près de douze cents francs de robes et de linge ; et il ne lui restait pas un louis chez elle.

Vers deux heures, comme Nana commençait à être inquiète, Labordette se présenta. Il apportait les dessins du lit. Ce fut une diversion, un coup de joie qui fit tout oublier à la jeune femme. Elle tapait des mains, elle dansait. Puis, gonflée de curiosité, penchée au-dessus d'une table du salon, elle examina les dessins que Labordette lui expliquait :

— Tu vois, ceci est le bateau ; au milieu, une touffe de roses épanouies, puis une guirlande de fleurs et de boutons ; les feuillages seront en or vert et les roses en or rouge.... Et voici la grande pièce du chevet, une ronde d'Amours sur un treillis d'argent.

Mais Nana l'interrompit, emportée par le ravissement.

— Oh ! qu'il est drôle, le petit, celui du coin, qui a le derrière en l'air... Hein ? et ce rire malin ! Ils ont tous des yeux d'un cochon !... Tu sais, mon cher, jamais je n'oserai faire des bêtises devant eux !

Elle était dans une satisfaction d'orgueil extraordinaire. Les orfèvres avaient dit que pas une reine ne couchait dans un lit pareil. Seulement, il se présentait une complication. Labordette lui montra deux dessins pour la pièce des pieds, l'un qui reproduisait le motif des bateaux, l'autre qui était tout un sujet, la Nuit enveloppée dans ses voiles, et dont un Faune découvrait l'éclatante nudité. Il ajouta que, si elle choisissait le sujet, les orfèvres

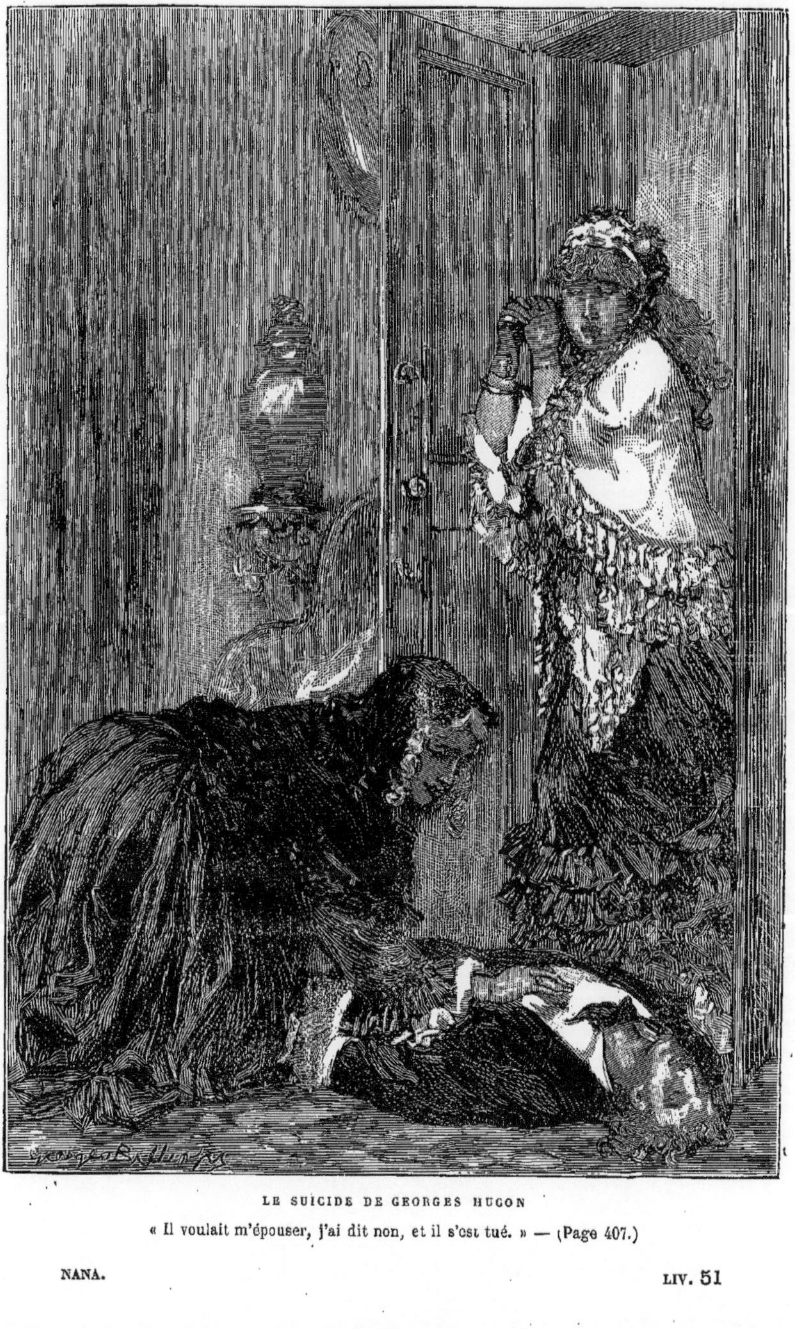

LE SUICIDE DE GEORGES HUGON

« Il voulait m'épouser, j'ai dit non, et il s'est tué. » — (Page 407.)

avaient l'intention de donner à la Nuit sa ressemblance. Cette idée, d'un goût risqué, la fit pâlir de plaisir. Elle se voyait en statuette d'argent, dans le symbole des tièdes voluptés de l'ombre.

— Bien entendu, tu ne poserais que pour la tête et les épaules, dit Labordette.

Elle le regarda tranquillement.

— Pourquoi ?... Du moment où il s'agit d'une œuvre d'art, je me fiche pas mal du sculpteur qui me prendra !

Chose entendue, elle choisissait le sujet. Mais il l'arrêta.

— Attends... C'est six mille francs de plus.

— Par exemple, c'est ça qui m'est égal ! cria-t-elle en éclatant de rire. Est-ce que mon petit mufe n'a pas le sac !

Maintenant, avec ses intimes, elle appelait ainsi le comte Muffat ; et ces messieurs ne la questionnaient plus sur lui autrement : « Tu as vu ton petit mufe hier soir ?... Tiens ! je croyais trouver ici le petit mufe ? » Une simple familiarité que pourtant elle ne se permettait pas encore en sa présence.

Labordette roulait les dessins, en donnant de dernières explications : les orfèvres s'engageaient à livrer le lit dans deux mois, vers le 25 décembre ; dès la semaine suivante, un sculpteur viendrait pour la maquette de la Nuit. Comme elle le reconduisait, Nana se rappela le boulanger. Et brusquement :

— A propos, tu n'aurais pas dix louis sur toi ?

Un principe de Labordette, dont il se trouvait bien, était de ne jamais prêter d'argent aux femmes. Il faisait toujours la même réponse.

— Non, ma fille, je suis à sec... Mais veux-tu que j'aille chez ton petit mufe.

Elle refusa, c'était inutile. Deux jours auparavant, elle avait tiré cinq mille francs du comte. Cependant, elle regretta sa discrétion. Derrière Labordette, bien qu'il fût à peine deux heures et demie, le boulanger reparut, et il s'installa sur une banquette du vestibule, brutalement, en jurant très haut. La jeune femme l'écoutait du premier étage. Elle pâlissait, elle souffrait surtout d'entendre grandir jusqu'à elle la joie sourde des domestiques. On crevait de rire dans la cuisine ; le cocher regardait du fond de la cour, François traversait sans raison le vestibule, puis se hâtait d'aller donner des nouvelles, après avoir jeté au boulanger un ricanement d'intelligence. On se fichait de madame, les murs éclataient, elle se sentait toute seule dans le mépris de l'office, qui la guettait et l'éclaboussait d'une blague ordurière Alors, comme elle avait eu l'idée d'emprunter les cent trente-trois francs à

Zoé, elle l'abandonna; elle lui devait déjà de l'argent, elle était trop fière pour risquer un refus. Une telle émotion la soulevait, qu'elle rentra dans sa chambre, en parlant tout haut.

— Va, va, ma fille, ne compte que sur toi... Ton corps t'appartient, et il vaut mieux t'en servir que de subir un affront.

Et sans même appeler Zoé, elle s'habillait fiévreusement pour courir chez la Tricon. C'était sa suprême ressource, aux heures de gros embarras. Très demandée, toujours sollicitée par la vieille dame, elle refusait ou se résignait, selon ses besoins; et les jours, de plus en plus fréquents, où des trous se faisaient dans son train royal, elle était sûre de trouver là vingt-cinq louis qui l'attendaient. Elle se rendait chez la Tricon, avec l'aisance de l'habitude, comme les pauvres gens vont au mont-de-piété.

Mais, en quittant sa chambre, elle se heurta dans Georges, debout au milieu du salon. Elle ne vit pas sa pâleur de cire, le feu sombre de ses yeux grandis. Elle eut un soupir de soulagement.

— Ah! tu viens de la part de ton frère?

— Non, dit le petit en blêmissant davantage.

Alors, elle fit un geste désespéré. Que voulait-il? pourquoi lui barrait-il le chemin? Voyons, elle était pressée. Puis, revenant:

— Tu n'as pas d'argent, toi?

— Non.

— C'est vrai, que je suis bête! Jamais un radis, pas même les six sous de leur omnibus... Maman ne veut pas... En voilà, des hommes!

Et elle s'échappait. Mais il la retint, il voulait lui parler. Elle, lancée, répétait qu'elle n'avait pas le temps, lorsque d'un mot il l'arrêta.

— Écoute, je sais que tu vas épouser mon frère.

Ça, par exemple, c'était comique. Elle se laissa tomber sur une chaise pour rire à l'aise.

— Oui, continua le petit. Et je ne veux pas... C'est moi que tu vas épouser... Je viens pour ça.

— Hein? comment? toi aussi! cria-t-elle, c'est donc un mal de famille?.. Mais, jamais! en voilà un goût! est-ce que je vous ai demandé une saleté pareille?... Ni l'un ni l'autre, jamais!

La figure de Georges s'éclaira. S'il s'était trompé par hasard? Il reprit:

— Alors, jure-moi que tu ne couches pas avec mon frère.

— Ah! tu m'embêtes, à la fin! dit Nana, qui s'était levée, reprise d'impatience. C'est drôle une minute, mais quand je te répète que je suis pressée!... Je couche avec ton frère si ça me fait plaisir. Est-ce que tu m'entretiens, est-ce que tu paies ici, pour exiger des comptes?... Oui, j'y couche, avec ton frère...

Il lui avait saisi le bras, il le serrait à le casser, en bégayant:

— Ne dis pas ça... ne dis pas ça ..

D'une tape, elle se dégagea de son étreinte.

— Il me bat maintenant! Voyez-vous, ce gamin!... Mon petit, tu vas filer, et tout de suite... Moi, je te gardais par gentillesse. Parfaitement! Quand tu feras tes grands yeux!... Tu n'espérais pas, peut-être, m'avoir pour maman jusqu'à la mort. J'ai mieux à faire que d'élever des mioches.

Il l'écoutait dans une angoisse qui le raidissait, sans une révolte. Chaque parole le frappait au cœur d'un grand coup dont il se sentait mourir. Elle, ne voyant même pas sa souffrance, continuait, heureuse de se soulager sur lui de ses embêtements de la matinée.

— C'est comme ton frère, encore un joli coco, celui-là!... Il m'avait promis deux cents francs. Ah! ouiche! je peux l'attendre... Ce n'est pas que j'y tienne, à son argent! Pas de quoi payer ma pommade... Mais il me lâche dans un embarras!... Tiens! veux-tu savoir? Eh bien! à cause de ton frère, je sors pour aller gagner vingt-cinq louis avec un autre homme.

Alors, la tête perdue, il lui barra la porte ; et il pleurait, et il la suppliait, joignant les mains, balbutiant:

— Oh! non, oh! non!

— Je veux bien, moi, dit-elle. As-tu l'argent?

Non, il n'avait pas l'argent. Il aurait donné sa vie pour avoir l'argent. Jamais il ne s'était senti si misérable, si inutile, si petit garçon. Tout son pauvre être, secoué de larmes, exprimait une douleur si grande, qu'elle finit par la voir et par s'attendrir. Elle l'écarta doucement.

— Voyons, mon chat, laisse-moi passer, il le faut... Sois raisonnable. Tu es un bébé, et ç'a été gentil une semaine; mais, aujourd'hui, je dois songer à mes affaires. Réfléchis un peu... Ton frère encore est un homme. Je ne dis pas avec lui... Ah! fais-moi un plaisir, inutile de lui raconter tout ça. Il n'a pas besoin de savoir où je vais. J'en lâche toujours trop long, quand je suis en colère.

Elle riait. Puis, le prenant, le baisant au front:

— Adieu, bébé, c'est fini, bien fini, entends-tu... Je me sauve.

Et elle le quitta. Il était debout au milieu du salon. Les derniers mots sonnaient comme un tocsin à ses oreilles : c'est fini, bien fini; et il croyait que la terre s'ouvrait sous ses pieds. Dans le vide de son cerveau, l'homme qui attendait Nana avait disparu; seul, Philippe demeurait aux bras nus de la jeune femme, continuellement. Elle ne niait pas, elle l'aimait, puisqu'elle voulait lui éviter le chagrin d'une infidélité. C'était fini, bien fini. Il respira fortement. il regarda autour de la pièce, étouffé par un poids qui l'écrasait. Des souvenirs lui revenaient un à un, les nuits rieuses de la Mignotte, des heures de caresse où il se croyait son enfant, puis des voluptés volées dans cette pièce même. Et jamais, jamais plus! Il était trop petit, il n'avait pas grandi assez vite ; Philippe le remplaçait, parce qu'il avait de la barbe. Alors, c'était la fin, il ne pouvait plus vivre. Son vice s'était trempé d'une tendresse infinie, d'une adoration sensuelle, où tout son être se donnait. Puis, comment oublier, lorsque son frère resterait là? son frère, un peu de son sang, un autre moi dont le plaisir l'enrageait de jalousie. C'était la fin, il voulait mourir.

Toutes les portes demeuraient ouvertes, dans la débandade bruyante des domestiques, qui avaient vu madame sortir à pied. En bas, sur la banquette du vestibule, le boulanger riait avec Charles et François. Comme Zoé traversait le salon en courant, elle parut surprise de voir Georges et lui demanda s'il attendait madame. Oui, il l'attendait, il avait oublié de lui rendre une réponse. Et, quand il fut seul, il se mit à chercher. Ne trouvant rien autre, il prit dans le cabinet de toilette une paire de ciseaux très pointus, dont Nana avait la continuelle manie de se servir pour éplucher sa personne, se rognant des peaux, se coupant des poils. Alors, pendant une heure il patienta, les doigts collés nerveusement aux ciseaux, la main dans la poche.

— Voilà madame, dit en revenant Zoé, qui avait dû la guetter par la fenêtre de la chambre.

Il y eut des courses dans l'hôtel ; des rires s'éteignirent, des portes se fermèrent. Georges entendit Nana qui payait le boulanger, d'une voix brève. Puis, elle monta.

— Comment! tu es encore ici! dit-elle en l'apercevant. Ah! nous allons nous fâcher, mon bonhomme!

Il la suivait, pendant qu'elle se dirigeait vers la chambre.

— Nana, veux-tu m'épouser?

Mais elle haussa les épaules. C'était trop bête, elle ne répondait plus. Son idée était de lui jeter la porte sur la figure.

— Nana, veux-tu m'épouser?

Elle lança la porte. D'une main, il la rouvrit, tandis qu'il sortait l'autre main de la poche, avec les ciseaux. Et, simplement, d'un grand coup, il se les enfonça dans la poitrine.

Cependant, Nana avait eu conscience d'un malheur ; elle s'était tournée. Quand elle le vit se frapper, elle fut prise d'une indignation.

— Mais est-il bête ! mais est-il bête ! Et avec mes ciseaux encore !... Veux-tu bien finir, méchant gamin !... Ah ! mon Dieu ! ah ! mon Dieu !

Elle s'effarait. Le petit, tombé sur les genoux, venait de se porter un second coup, qui l'avait jeté tout de son long sur le tapis. Il barrait le seuil de la chambre. Alors, elle perdit complètement la tête, criant de toutes ses forces, n'osant enjamber ce corps, qui l'enfermait et l'empêchait de courir chercher du secours.

— Zoé ! Zoé ! arrive donc... Fais-le finir... C'est stupide à la fin, un enfant comme ça !... Le voilà qui se tue maintenant ! et chez moi ! A-t-on jamais vu !

Il lui faisait peur. Il était tout blanc, les yeux fermés. Ça ne saignait presque pas, à peine un peu de sang, dont la tache mince se perdait sous le gilet. Elle se décidait à passer sur le corps, lorsqu'une apparition la fit reculer. En face d'elle, par la porte du salon restée grande ouverte, une vieille dame s'avançait, et elle reconnaissait madame Hugon, terrifiée, ne s'expliquant pas cette présence. Elle reculait toujours, elle avait encore ses gants et son chapeau. Sa terreur devint telle, qu'elle se défendit, la voix bégayante.

— Madame, ce n'est pas moi, je vous jure... Il voulait m'épouser, j'ai dit non, et il s'est tué.

Lentement, madame Hugon s'approchait, vêtue de noir, la figure pâle, avec ses cheveux blancs. Dans la voiture, l'idée de Georges s'en était allée, la faute de Philippe l'avait reprise tout entière. Peut-être cette femme pourrait-elle donner aux juges des explications qui les toucheraient ; et le projet lui venait de la supplier, pour qu'elle déposât en faveur de son fils. En bas, les portes de l'hôtel étaient ouvertes, elle hésitait dans l'escalier, avec ses mauvaises jambes, lorsque, tout d'un coup, des appels d'épouvante l'avaient dirigée.. Puis, en haut, un homme se trouvait par terre, la chemise tachée de rouge. C'était Georges, c'était son autre enfant.

Nana répétait, d'un ton imbécile :

— Il voulait m'épouser, j'ai dit non, et il s'est tué.

Sans un cri, madame Hugon se baissa. Oui, c'était l'autre, c'était Georges. L'un déshonoré, l'autre assassiné. Cela ne la surprenait pas, dans l'écroulement de toute sa vie. Agenouillée sur le tapis, ignorante du lieu où elle était, n'apercevant personne, elle regardait fixement le visage de Georges, elle écoutait, une main sur son cœur. Puis, elle poussa un faible soupir. Elle avait senti le cœur battre. Alors, elle leva la tête, examina cette chambre et cette femme, parut se rappeler. Une flamme s'allumait dans ses yeux vides, elle était si grande et si terrible de silence, que Nana tremblait, en continuant de se défendre, par-dessus ce corps qui les séparait.

— Je vous jure, madame... Si son frère était là, il pourrait vous expliquer...

— Son frère a volé, il est en prison, dit la mère durement.

Nana resta étranglée. Mais pourquoi tout ça? l'autre avait volé, à présent! ils étaient donc fous, dans cette famille! Elle ne se débattait plus, n'ayant pas l'air chez elle, laissant madame Hugon donner des ordres. Des domestiques avaient fini par accourir, la vieille dame voulut absolument qu'ils descendissent Georges évanoui dans sa voiture. Elle aimait mieux le tuer et l'emporter de cette maison. Nana, de ses regards stupéfaits, suivit les domestiques qui tenaient ce pauvre Zizi par les épaules et par les jambes. La mère marchait derrière, épuisée maintenant, s'appuyant aux meubles, comme jetée au néant de tout ce qu'elle aimait. Sur le palier, elle eut un sanglot, elle se retourna et dit à deux reprises :

— Ah! vous nous avez fait bien du mal!... Vous nous avez fait bien du mal!

Ce fut tout. Nana s'était assise, dans sa stupeur, encore gantée et son chapeau sur la tête. L'hôtel retombait à un silence lourd, la voiture venait de partir; et elle demeurait immobile, n'ayant pas une idée, la tête bourdonnante de cette histoire. Un quart d'heure plus tard, le comte Muffat la trouva à la même place. Mais alors elle se soulagea par un flux débordant de paroles, lui contant le malheur, revenant vingt fois sur les mêmes détails, ramassant les ciseaux tachés de sang pour refaire le geste de Zizi, quand il s'était frappé. Et elle avait surtout à cœur de prouver son innocence.

— Voyons, chéri, est-ce ma faute? Si tu étais la justice, est-ce que tu me condamnerais?... Je n'ai pas dit à Philippe de manger la grenouille, bien sûr; pas plus que je n'ai poussé ce petit malheureux à se massacrer... Dans tout ça, je suis la plus malheureuse. On vient faire ses bêtises chez moi, on me cause de la peine, on me traite comme une coquine...

Et elle se mit à pleurer. Une détente nerveuse la rendait molle et dolente, très attendrie, avec un immense chagrin.

— Toi aussi, tu as l'air de n'être pas content... Demande un peu à Zoé, si j'y suis pour quelque chose... Zoé, parlez donc, expliquez à monsieur...

Depuis un instant, la femme de chambre, qui avait pris dans le cabinet une serviette et une cuvette d'eau, frottait le tapis pour enlever une tache de sang, pendant que c'était frais.

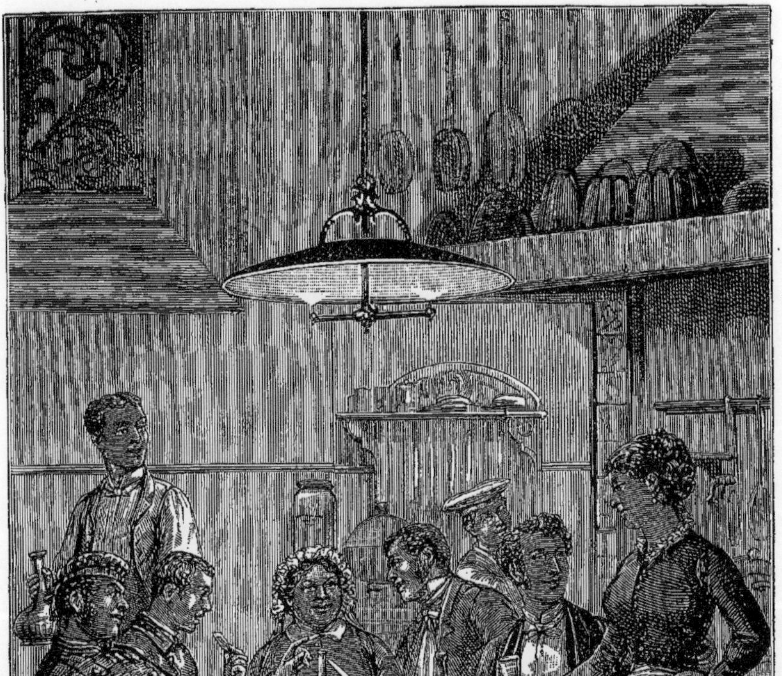

LES DOMESTIQUES DANS LA CUISINE, CHEZ NANA

— Oh ! monsieur, déclara-t-elle, madame est assez désolée !

Muffat restait saisi, glacé par ce drame, la pensée pleine de cette mère pleurant ses fils. Il connaissait son grand cœur, il la voyait, dans ses habits de veuve, s'éteignant seule aux Fondettes. Mais Nana se désespérait plus fort. Maintenant, l'image de Zizi, tombé par terre, avec un trou rouge sur sa chemise, la jetait hors d'elle.

— Il était si mignon, si doux, si caressant... Ah ! tu sais, mon chat, tant pis si ça te vexe, je l'aimais, ce bébé ! Je ne peux pas me retenir, c'est plus fort que moi... Et puis, ça ne doit rien te faire, à présent. Il n'est plus là. Tu as ce que tu voulais, tu es bien sûr de ne plus nous surprendre...

Et cette dernière idée l'étrangla d'un tel regret, qu'il finit par la consoler. Allons, elle devait se montrer forte ; elle avait raison, ce n'était pas sa faute. Mais elle s'arrêta d'elle-même, pour dire :

— Écoute, tu vas courir me chercher de ses nouvelles... Tout de suite ! Je veux !

Il prit son chapeau et alla chercher des nouvelles de Georges. Au bout de trois quarts d'heure, quand il revint, il aperçut Nana penchée anxieusement à une fenêtre ; et il lui cria du trottoir que le petit n'était pas mort, et qu'on espérait même le sauver. Alors, elle sauta tout de suite à une grande joie ; elle chantait, dansait, trouvait l'existence belle. Zoé, cependant, n'était pas contente de son lavage. Elle regardait toujours la tache, elle répétait chaque fois en passant :

— Vous savez, madame, que ce n'est pas parti.

En effet, la tache reparaissait, d'un rouge pâle, sur une rosace blanche du tapis. C'était, au seuil même de la chambre, comme un trait de sang qui barrait la porte.

— Bah ! dit Nana heureuse, ça s'en ira sous les pieds.

Dès le lendemain, le comte Muffat avait, lui aussi, oublié l'aventure. Un instant, dans le fiacre qui le menait rue Richelieu, il s'était juré de ne pas retourner chez cette femme. Le ciel lui donnait un avertissement, il regardait le malheur de Philippe et de Georges comme l'annonce de sa propre perte. Mais, ni le spectacle de madame Hugon en larmes, ni la vue de l'enfant brûlé de fièvre, n'avaient eu la force de lui faire tenir son serment ; et, du court frisson de ce drame, il lui restait seulement la jouissance sourde d'être débarrassé d'un rival dont la jeunesse charmante l'avait toujours exaspéré. Il en arrivait maintenant à une passion exclusive, une de ces passions d'homme qui n'ont pas eu de jeunesse. Il aimait Nana avec un besoin de la savoir à lui seul, de l'entendre, de la toucher, d'être dans son haleine. C'était une tendresse élargie au delà des sens, jusqu'au sentiment pur, une affection inquiète, jalouse du passé, rêvant parfois de rédemption, de pardon reçu, tous deux agenouillés devant Dieu le Père. Chaque jour, la religion le reprenait davantage. Il pratiquait de nouveau, se confessait et communiait, sans cesse combattu, doublant de ses remords les joies du péché et de la pénitence. Puis, son directeur lui ayant permis d'user sa passion, il s'était fait une habitude de cette damnation quotidienne, qu'il rachetait par des élans de foi pleins d'une humilité dévote. Très naïvement, il offrait au ciel, comme une souffrance expiatrice, l'abominable tourment dont il souffrait. Ce tourment grandissait encore, il montait son calvaire de croyant, de cœur grave et profond, tombé dans la sensualité enragée d'une fille. Et ce dont il agonisait surtout, c'était des continuelles infidélités de cette femme, ne pouvant se faire au partage, ne comprenant pas ses caprices imbéciles. Lui, souhaitait un amour éternel, toujours le même. Cependant elle avait juré, et il la payait pour ça. Mais il la sentait menteuse, incapable de se garder, se donnant aux amis, aux passants, en bonne bête née pour vivre sans chemise.

Un matin qu'il vit sortir Foucarmont de chez elle, à une heure singulière, il lui fit une scène. Du coup, elle se fâcha, fatiguée de sa jalousie. Déjà, plusieurs fois, elle s'était montrée gentille. Ainsi, le soir où il l'avait surprise avec Georges, elle était revenue la première, avouant ses torts, le comblant de caresses et de mots aimables, pour lui faire avaler ça. Mais, à la fin, il l'assommait avec son entêtement à ne pas comprendre les femmes; et elle fut brutale.

— Eh! oui, j'ai couché avec Foucarmont. Après ?... Hein? ça te défrise, mon petit mufe!

C'était la première fois qu'elle lui jetait « mon petit mufe » à la figure. Il restait suffoqué par la carrure de son aveu; et, comme il serrait les poings, elle marcha vers lui, le regarda en face.

— En voilà assez, hein?... Si ça ne te convient pas, tu vas me faire le plaisir de sortir... Je ne veux pas que tu cries chez moi... Mets bien dans ta caboche que j'entends être libre. Quand un homme me plaît, je couche avec. Parfaitement, c'est comme ça... Et il faut te décider tout de suite: oui ou non, tu peux sortir.

Elle était allée ouvrir la porte. Il ne sortit pas. Maintenant, c'était sa façon de l'attacher davantage; pour un rien, à la moindre querelle, elle lui mettait le marché en main, avec des réflexions abominables. Ah bien! elle trouverait toujours mieux que lui, elle avait l'embarras du choix; on ramassait des hommes moins godiches, dont le sang bouillait dans les veines. Il baissait la tête, il attendait des heures plus douces, lorsqu'elle avait un besoin d'argent; alors, elle se faisait caressante, et il oubliait, une nuit de tendresse compensait les tortures de toute une semaine. Son rapprochement avec sa femme lui avait rendu son intérieur insupportable. La comtesse, lâchée par Fauchery, qui retombait sous l'empire de Rose, s'étourdissait à d'autres amours, dans le coup de fièvre inquiet de la quarantaine, toujours nerveuse, emplissant l'hôtel du tourbillon exaspérant de sa vie. Estelle, depuis son mariage, ne voyait plus son père; chez cette fille, plate et insignifiante, une femme d'une volonté de fer avait brusquement paru, si absolue, que Daguenet tremblait devant elle; maintenant, il l'accompagnait à la messe, converti, furieux contre son beau-père qui les ruinait avec une créature. Seul, M. Venot restait tendre pour le comte, guettant son heure; même il en était arrivé à s'introduire près de Nana, il fréquentait les deux maisons, où l'on rencontrait derrière les portes son continuel sourire. Et Muffat, misérable chez lui, chassé par l'ennui et la honte, préférait encore vivre avenue de Villiers, au milieu des injures.

Bientôt, une seule question demeura entre Nana et le comte : l'argent. Un jour, après lui avoir promis formellement dix mille francs, il avait osé se présenter les mains vides, à l'heure convenue. Depuis l'avant-veille, elle le chauffait de caresses. Un tel manque de parole, tant de gentillesses perdues, la jetèrent dans une rage de grossièretés. Elle était toute blanche.

—Hein? tu n'as pas la monnaie... Alors, mon petit mufe, retourne d'où tu viens, et plus vite que ça! En voilà un chameau! il voulait m'embrasser encore!... Plus d'argent, plus rien! tu entends!

Il donnait des explications, il aurait la somme le surlendemain. Mais elle l'interrompit violemment.

—Et mes échéances! On me saisira, moi, pendant que monsieur viendra ici à l'œil... Ah ça! regarde-toi donc! Est-ce que tu t'imagines que je t'aime pour tes formes? Quand on a une gueule comme la tienne, on paie les femmes qui veulent bien vous tolérer... Nom de Dieu! si tu ne m'apportes pas les dix mille francs ce soir, tu n'auras pas même à sucer le bout de mon petit doigt... Vrai! je te renvoie à ta femme!

Le soir, il apporta les dix mille francs. Nana tendit les lèvres, il y prit un long baiser, qui le consola de toute sa journée d'angoisse. Ce qui ennuyait la jeune femme, c'était de l'avoir sans cesse dans ses jupes. Elle se plaignait à M. Venot, en le suppliant d'emmener son petit mufe chez la comtesse; ça ne servait donc à rien, leur réconciliation? et elle regrettait de s'être mêlée de ça, puisqu'il lui retombait quand même sur le dos. Les jours où, de colère, elle oubliait ses intérêts, elle jurait de lui faire une telle saleté, qu'il ne pourrait remettre les pieds chez elle. Mais, comme elle le criait en se tapant sur les cuisses, elle aurait eu beau lui cracher à la figure, il serait resté, en disant merci. Alors, continuellement, les scènes recommencèrent pour l'argent. Elle en exigeait avec brutalité, c'étaient des engueulades au sujet de sommes misérables, une avidité odieuse de chaque minute, une cruauté à lui répéter qu'elle couchait avec lui pour son argent, pas pour autre chose, et que ça ne l'amusait pas, et qu'elle en aimait un autre, et qu'elle était bien malheureuse d'un idiot de son espèce! On ne voulait même plus de lui à la cour, où l'on parlait d'exiger sa démission. L'impératrice a dit: « Il est trop dégoûtant. » Ça, c'était bien vrai. Aussi Nana répétait le mot, pour clore toutes leurs querelles.

—Tiens! tu me dégoûtes!

A cette heure, elle ne se gênait plus, elle avait reconquis une liberté entière. Tous les jours, elle faisait son tour de lac, ébauchant là des connaissances, qui se dénouaient ailleurs. C'était la grande retappe, le persil au clair soleil, le raccrochage des catins illustres, étalées dans le sourire de tolérance et dans le luxe éclatant de Paris. Des duchesses se la montraient d'un regard, des bourgeoises enrichies copiaient ses chapeaux; parfois son landau, pour passer, arrêtait une file de puissants équipages, des financiers tenant l'Europe dans leur caisse, des ministres dont les gros doigts serraient la France à la gorge; et elle était de ce monde du Bois, elle y prenait une place considérable, connue de toutes les capitales, demandée par tous les étrangers, ajoutant aux splendeurs de cette foule le coup de folie de sa débauche, comme la gloire même et la jouissance aiguë d'une nation. Puis, les liaisons d'une nuit, des passades continuelles dont elle-même chaque matin perdait le souvenir, la promenaient dans les grands restaurants, souvent à Madrid, par les beaux jours. Le personnel des ambassades défilait, elle dînait avec Lucy Stewart, Caroline Héquet, Maria Blond, en compagnie de messieurs écorchant le français, payant pour être amusés, les prenant à la soirée avec ordre d'être drôles, si blasés et si vides, qu'ils ne les touchaient même pas. Et elles appelaient ça « aller à la rigolade », elles rentraient, heureuses de leurs dédains, finir la nuit aux bras de quelque amant de cœur.

Le comte Muffat feignait d'ignorer, lorsqu'elle ne lui jetait pas les hommes à la tête. Il souffrait d'ailleurs beaucoup des petites hontes de l'existence quotidienne: L'hôtel de l'avenue de Villiers devenait un enfer, une maison de fous, où des détraquements, à toute heure, amenaient des crises odieuses.

Nana en arrivait à se battre avec ses domestiques. Un instant, elle se montra très bonne pour Charles, le cocher; lorsqu'elle s'arrêtait dans un restaurant elle lui envoyait des bocks par un garçon; elle causait de l'intérieur de son landau, égayée, le trouvant cocasse, au milieu des embarras de voitures, quand « il s'engueulait avec les sapins ». Puis, sans raison, elle le traita d'idiot. Toujours elle se chamaillait pour la paille, pour le son, pour l'avoine; malgré son amour des bêtes, elle trouvait que ses chevaux mangaient trop. Alors, un jour de règlement, comme elle l'accusait de la voler, Charles s'emporta et l'appela salope, crûment; bien sûr, ses chevaux valaient mieux qu'elle, ils ne couchaient pas avec tout le monde. Elle répondit sur le même ton, le comte dut les séparer et mettre le cocher à la porte. Mais ce fut le commencement d'une débâcle parmi les domestiques. Victorine et François partirent, à la suite d'un vol de diamants. Julien lui-même disparut; et une histoire courait, c'était monsieur qui l'avait supplié de s'en aller, en lui donnant une grosse somme, parce qu'il couchait avec madame. Tous les huit jours, on voyait à l'office des figures nouvelles. Jamais on n'avait tant gâché; la maison était comme un passage où le rebut des bureaux de placement défilait dans un galop de massacre. Zoé seule restait, avec son air propre et son unique souci d'organiser ce désordre, tant qu'elle n'aurait pas de quoi s'établir pour son compte, un plan dont elle mûrissait l'idée depuis longtemps.

Et ce n'était là encore que les soucis avouables. Le comte supportait la stupidité de madame Maloir, jouant au bézigue avec elle, malgré son odeur de rance; il supportait madame Lerat et ses ragots, le petit Louis et ses plaintes tristes d'enfant rongé de mal, quelque pourriture léguée par un père inconnu. Mais il passait des heures plus mauvaises. Un soir, derrière une porte, il avait entendu Nana raconter furieusement à sa femme de chambre qu'un prétendu riche venait de la flouer; oui, un bel homme, qui se disait Américain, avec des mines d'or dans son pays, un salaud qui s'en était allé pendant son sommeil, sans laisser un sou, en emportant même un cahier de papier à cigarettes; et le comte, très pâle, avait redescendu l'escalier sur la pointe des pieds, pour ne pas savoir. Une autre fois, il fut forcé de tout connaître. Nana, toquée d'un baryton de café-concert et quittée par lui, rêva de suicide, dans une crise de sentimentalité noire; elle avala un verre d'eau où elle avait fait tremper une poignée d'allumettes, ce qui la rendit horriblement malade, sans la tuer. Le comte dut la soigner et subir l'histoire de sa passion, avec des larmes, des serments de ne plus jamais s'attacher aux hommes. Dans son mépris de ces cochons, comme elle les nommait, elle ne pouvait pourtant rester le cœur libre, ayant toujours quelque amant de cœur sous ses jupes, roulant aux béguins inexplicables, aux goûts pervers des lassitudes de son corps. Depuis que Zoé se relâchait par calcul, la bonne administration de l'hôtel était détraquée, au point que Muffat n'osait pousser la porte, tirer un rideau, ouvrir une armoire; les trucs ne fonctionnaient plus, des messieurs traînaient partout, on se cognait à chaque instant les uns dans les autres. Maintenant, il toussait avant d'entrer, ayant failli trouver la jeune femme au cou de Francis, un soir qu'il venait de s'absenter deux minutes du cabinet de toilette pour dire d'atteler, pendant que le coiffeur donnait à madame un dernier coup de peigne. C'étaient des abandons brusques derrière son dos, du plaisir pris dans les coins, vivement, en chemise ou en grande toilette, avec le premier venu. Elle le rejoignait toute rouge, heureuse de ce vol. Avec lui, ça l'assommait, une corvée abominable!

Dans l'angoisse de sa jalousie, le malheureux en arrivait à être tranquille, lorsqu'il laissait Nana et Satin ensemble. Il l'aurait poussée à ce vice, pour écarter les hommes. Mais, de ce côté encore, tout se gâtait. Nana trompait Satin comme elle trompait le comte, s'enrageant dans des toquades monstrueuses, ramassant des filles au coin des bornes. Quand elle rentrait en voiture, elle s'amourachait parfois d'un souillon aperçu sur le pavé, les sens pris, l'imagination lâchée; et elle faisait monter le souillon, le payait et le renvoyait. Puis, sous un déguisement d'homme, c'étaient des parties dans des maisons infâmes, des spectacles de débauche dont elle amusait son ennui. Et Satin, irritée d'être lâchée continuellement, bouleversait l'hôtel de scènes atroces; elle avait fini par prendre un empire absolu sur Nana, qui la respectait. Muffat rêva même une alliance. Quand il n'osait pas, il déchaînait Satin. Deux fois, elle avait forcé sa chérie à le reprendre; tandis que lui se montrait obligeant, l'avertissait et s'effaçait devant elle, au moindre signe. Seulement, l'entente ne durait guère. Satin était fêlée, elle aussi. Certains jours, elle cassait tout, crevée à moitié, s'abîmant à des rages de colère et de tendresse, jolie quand même. Zoé devait lui monter la tête, car elle la prenait dans les coins, comme si elle avait voulu l'embaucher pour sa grande affaire, ce plan dont elle ne parlait encore à personne.

Cependant, des révoltes singulières redressaient encore le comte Muffat. Lui qui tolérait Satin depuis des mois, qui avait fini par accepter les inconnus, tout ce troupeau d'hommes galopant au travers de l'alcôve de Nana, s'emportait à l'idée d'être trompé par quelqu'un de son monde ou simplement de sa connaissance. Quand elle lui avoua ses rapports avec Foucarmont, il souffrit tellement, il trouva la trahison du jeune homme si abomi-

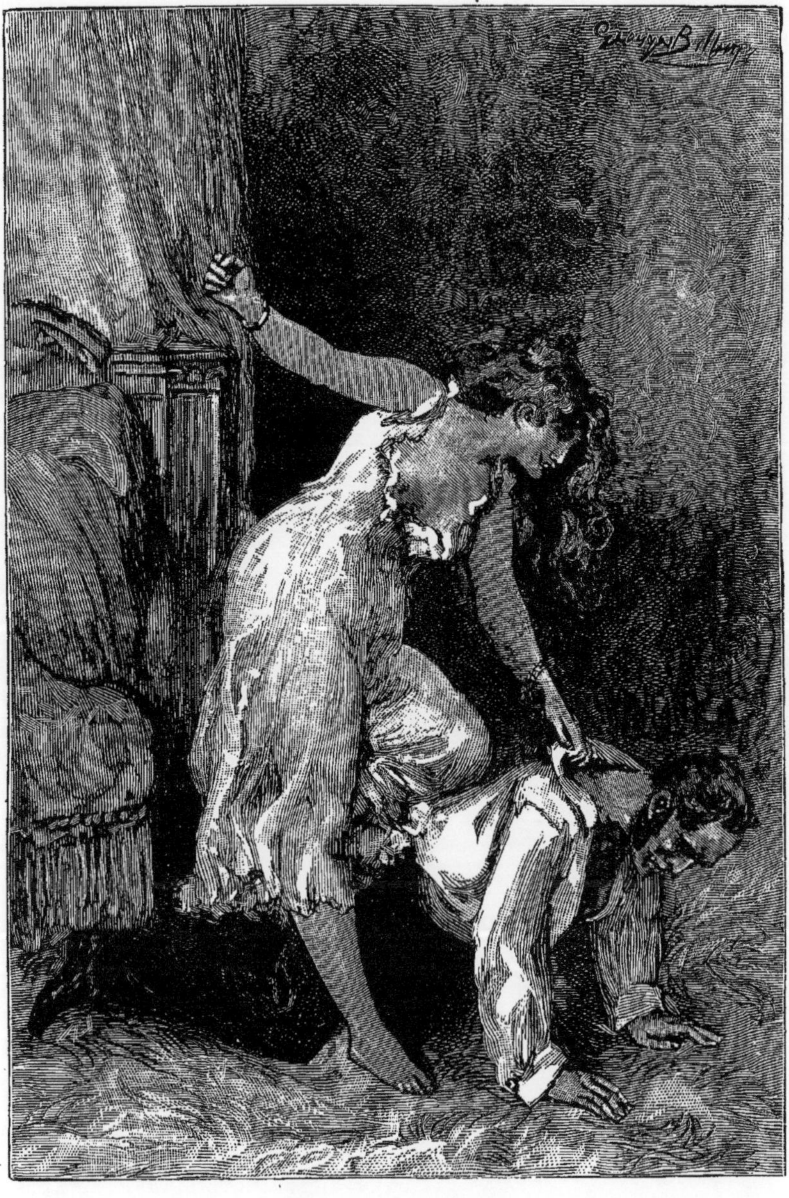

MUFFAT FAISANT LE CHEVAL

« Tu es le cheval. Dia, hue, sale rosse, veux-tu marcher ! » — (Page 427.)

nable, qu'il voulut le provoquer et se battre. Comme il ne savait où chercher des témoins dans une pareille affaire, il s'adressa à Labordette. Celui-ci, stupéfait, ne put s'empêcher de rire.

— Un duel pour Nana !... Mais, cher monsieur, tout Paris se moquerait de vous. On ne se bat pas pour Nana, c'est ridicule.

Le comte devint très pâle. Il eut un geste de violence.

— Alors, je le souffletterai en pleine rue.

Pendant une heure, Labordette dut le raisonner. Un soufflet rendrait l'histoire odieuse ; le soir, tout le monde saurait la véritable cause de la rencontre, il serait la fable des journaux. Et Labordette revenait toujours à cette conclusion :

— Impossible, c'est ridicule.

Chaque fois, cette parole tombait sur Muffat, nette et tranchante comme un coup de couteau. Il ne pouvait même se battre pour la femme qu'il aimait; on aurait éclaté de rire. Jamais il n'avait senti plus douloureusement la misère de son amour, cette gravité de son cœur perdue dans cette blague du plaisir. Ce fut sa dernière révolte; il se laissa convaincre, il assista dès lors au défilé des amis, de tous les hommes qui vivaient là dans l'intimité de l'hôtel.

Nana, en quelques mois, les mangea goulument, les uns après les autres. Les besoins croissants de son luxe enrageaient ses appétits, elle nettoyait un homme d'un coup de dent. D'abord, elle eut Foucarmont qui ne dura pas quinze jours. Il rêvait de quitter la marine, il avait amassé en dix années de voyages une trentaine de mille francs qu'il voulait risquer aux États-Unis; et ses instincts de prudence, d'avarice même, furent emportés, il donna tout, jusqu'à des signatures sur des billets de complaisance, engageant son avenir. Lorsque Nana le poussa dehors, il était nu. D'ailleurs, elle se montra très bonne, elle lui conseilla de retourner sur son bateau. A quoi bon s'entêter? Puisqu'il n'avait pas d'argent, ce n'était plus possible. Il devait comprendre et se montrer raisonnable. Un homme ruiné tombait de ses mains comme un fruit mûr, pour se pourrir à terre, de lui-même.

Ensuite, Nana se mit sur Steiner, sans dégoût, mais sans tendresse. Elle le traitait de sale juif, elle semblait assouvir une haine ancienne, dont elle ne se rendait pas bien compte. Il était gros, il était bête, et elle le bousculait, avalant les morceaux doubles, voulant en finir plus vite avec ce Prussien. Lui, avait lâché Simonne. Son affaire du Bosphore commençait à péricliter. Nana précipita l'écroulement par des exigences folles. Pendant un mois encore, il se débattit, faisant des miracles; il emplissait l'Europe d'une publicité colossale, affiches, annonces, prospectus, et tirait de l'argent des pays les plus lointains. Toute cette épargne, les louis des spéculateurs comme les sous des pauvres gens, s'engouffrait avenue de Villiers. D'autre part, il s'était associé avec un maître de forge, en Alsace; il y avait là-bas, dans un coin de province, des ouvriers noirs de charbon, trempés de sueur, qui, nuit et jour, raidissaient leurs muscles et entendaient craquer leurs os, pour suffire aux plaisirs de Nana. Elle dévorait tout comme un grand feu, les vols de l'agio, les gains du travail. Cette fois, elle finit Steiner, elle le rendit au pavé, sucé jusqu'aux moelles, si vidé, qu'il resta même incapable d'inventer une coquinerie nouvelle. Dans l'effondrement de sa maison de banque, il bégayait, il tremblait à l'idée de la police. On venait de le déclarer en faillite, et le seul mot d'argent l'ahurissait, le jetait dans un embarras d'enfant, lui qui avait remué des millions. Un soir, chez elle, il se mit à pleurer, il lui demanda un emprunt de cent francs, pour payer sa bonne. Et Nana, attendrie et égayée par cette fin du terrible bonhomme qui écumait la place de Paris depuis vingt années, les lui apporta, en disant:

— Tu sais, je te les donne, parce que c'est drôle... Mais, écoute, mon petit, tu n'as plus l'âge pour que je t'entretienne. Faut chercher une autre occupation.

Alors, Nana, tout de suite, entama la Faloise. Il postulait depuis longtemps l'honneur d'être ruiné par elle, afin d'être parfaitement chic. Cela lui manquait, il fallait qu'une femme le lançât. En deux mois, Paris le connaîtrait, et il lirait son nom dans les journaux. Six semaines suffirent. Son héritage était en propriétés, des terres, des prairies, des bois, des fermes. Il dut vendre rapidement, coup sur coup. A chaque bouchée, Nana dévorait un arpent. Les feuillages frissonnant sous le soleil, les grands blés mûrs, les vignes dorées en septembre, les herbes hautes où les vaches enfonçaient jusqu'au ventre, tout y passait, dans un engloutissement d'abîme; et il y eut même un cours d'eau, une carrière à plâtre, trois moulins qui disparurent. Nana passait, pareille à une invasion, à une de ces nuées de sauterelles dont le vol de flamme rase une province. Elle brûlait la terre où elle posait son petit pied. Ferme à ferme, prairie à prairie, elle croqua l'héritage de son air gentil, sans même s'en apercevoir, comme elle croquait entre ses repas un sac de pralines posé sur ses genoux. Ça ne tirait pas à conséquence, c'étaient des bonbons. Mais, un soir, il ne resta qu'un petit bois. Elle l'avala d'un air de dédain, car ça ne valait même pas la peine d'ouvrir la bouche. La Faloise avait un rire idiot, en suçant la pomme de sa canne. La dette l'écrasait, il ne possédait plus cent francs de rente, il se voyait forcé de retourner en province vivre chez un oncle maniaque; mais ça ne faisait rien, il était chic, le *Figaro* avait imprimé deux fois son nom; et, le cou maigre entre les pointes rabattues de son faux-col, la taille cassée sous un veston trop court, il se dandinait, avec des exclamations de perruche et des lassitudes affectées de pantin de bois, qui n'a jamais eu une émotion. Nana, qu'il agaçait, finit par le battre.

Cependant, Fauchery était revenu, amené par son cousin. Ce malheureux Fauchery, à cette heure, avait un ménage. Après avoir rompu avec la comtesse, il se trouvait aux mains de Rose, qui usait de lui comme d'un mari véritable. Mignon demeurait simplement le majordome de madame. Installé en maître, le journaliste mentait à Rose, prenait toutes sortes de précautions, lorsqu'il la trompait, plein des scrupules d'un bon époux désireux de se ranger enfin. Le triomphe de Nana fut de l'avoir et de lui manger un journal, qu'il avait fondé avec l'argent d'un ami; elle ne l'affichait pas, se plaisait au contraire à le traiter en monsieur qui doit se cacher; et, quand elle parlait de Rose, elle disait « cette pauvre Rose ». Le journal lui donna des fleurs pendant deux mois; elle avait des abonnés en province, elle prenait tout, depuis la chronique jusqu'aux échos de théâtre; puis, après avoir essoufflé la rédaction, disloqué l'administration, elle contenta un gros caprice, un jardin d'hiver dans un coin de son hôtel, qui emporta l'imprimerie. D'ailleurs, c'était simple histoire de plaisanter. Quand Mignon, heureux de l'aventure, accourut voir s'il ne pourrait pas lui coller Fauchery tout à fait, elle demanda s'il se moquait d'elle : un gaillard sans le sou, vivant de ses articles et de ses pièces, non, par exemple! Cette bêtise-là était bonne pour une femme de talent comme cette pauvre Rose. Et, se méfiant, craignant quelque traîtrise de la part de Mignon, très capable de les dénoncer à sa femme, elle congédia Fauchery, qui ne la payait plus qu'en publicité.

Mais elle lui gardait un bon souvenir, ils s'étaient bien amusés ensemble de cet idiot de la Faloise. Jamais peut-être ils n'auraient eu l'idée de se revoir, si le plaisir de se ficher d'un pareil crétin ne les eût excités. Ça leur semblait farce, ils s'embrassaient sous son nez, ils faisaient une noce à tout casser avec son argent, ils l'envoyaient en course au bout de Paris, pour rester seuls; puis, quand il revenait, c'étaient des blagues, des allusions qu'il ne pouvait comprendre. Un jour, poussée par le journaliste, elle paria qu'elle donnerait un soufflet à la Faloise; le soir même, elle lui donna un soufflet, puis continua de le battre, trouvant ça drôle, heureuse de montrer combien les hommes étaient lâches. Elle l'appelait « son tiroir à claques », lui disait d'avancer pour recevoir sa gifle, des gifles qui lui rougissaient la main, parce qu'elle n'avait pas encore l'habitude. La Faloise riait de son air crevé, avec des larmes dans les yeux. Cette familiarité l'enchantait, il la trouvait épatante.

— Tu ne sais pas, dit-il un soir, après avoir reçu des calottes, très allumé tu devrais m'épouser... Hein! nous serions rigolos tous les deux!

Ce n'était pas une parole en l'air. Il avait sournoisement projeté ce mariage, pris du besoin d'étonner Paris. Le mari de Nana, hein? quel chic! Une apothéose un peu crâne! Mais Nana le moucha d'une belle façon.

— Moi t'épouser!... Ah bien! si cette idée me tourmentait, il y a longtemps que j'aurais trouvé un époux! Et un homme qui te vaudrait vingt fois, mon petit... J'ai reçu un tas de propositions. Tiens! compte avec moi Philippe, Georges, Foucarmont, Steiner, ça fait quatre, sans les autres que tu ne connais pas... C'est comme leur refrain à tous. Je ne peux pas être gentille, ils se mettent aussitôt à chanter: Veux-tu m'épouser? veux-tu m'épouser?...

Elle se montait. Puis elle éclata avec une belle indignation :

— Eh! non, je ne veux pas!... Est-ce que je suis faite pour cette machine? Regarde-moi un peu, je ne serais plus Nana, si je me collais un homme sur le dos... Et, d'ailleurs, c'est trop sale...

Et elle crachait, elle avait un hoquet de dégoût, comme si elle avait vu s'élargir sous elle la saleté de toute la terre.

Un soir la Faloise disparut. On apprit huit jours plus tard qu'il était en province, chez son oncle, qui avait la manie d'herboriser; il lui collait ses herbiers et courait la chance d'épouser une cousine très laide et très dévote. Nana ne le pleura guère. Elle dit simplement au comte :

— Hein? mon petit mufe; encore un rival de moins. Tu jubiles aujourd'hui... Mais c'est qu'il devenait sérieux! Il voulait m'épouser.

Comme il pâlissait, elle se pendit à son cou, en riant, en lui enfonçant d'une caresse chacune de ses cruautés.

— N'est-ce pas? c'est ça qui te chiffonne, toi! tu ne peux plus épouser Nana... Quand ils sont tous à m'embêter avec leur mariage, tu rages dans ton coin... Pas possible, il faut attendre que ta femme claque... Ah! si ta femme claquait, comme tu viendrais vite, comme tu te jetterais par terre, comme tu m'offrirais ça, avec le grand jeu, les soupirs, les larmes, les serments! Hein? chéri, ce serait si bon!

Elle avait pris une voix douce, elle le blaguait d'un air de câlinerie féroce Lui, très ému, se mit à rougir en lui rendant ses baisers. Alors, elle cria :

— Nom de Dieu! dire que j'ai deviné! Il y a songé, il attend que sa femme crève... Ah bien! c'est le comble, il est encore plus coquin que les autres!

Muffat avait accepté les autres. Maintenant, il mettait sa dernière dignité à rester « monsieur » pour les domestiques et les familiers de la maison, l'homme qui, donnant le plus, était l'amant officiel. Et sa passion s'acharnait. Il se maintenait en payant, achetant très cher jusqu'aux sourires, volé même et n'en ayant jamais pour son argent; mais c'était comme une maladie qui le rongeait, il ne pouvait s'empêcher d'en souffrir. Lorsqu'il entrait dans la chambre de Nana, il se contentait d'ouvrir un instant les fenêtres, afin de chasser l'odeur des autres, des effluves de blonds et de bruns, des fumées de cigare dont l'âcreté le suffoquait. Cette chambre devenait un carrefour, continuellement des bottes s'essuyaient sur le seuil; et pas un n'était arrêté par le trait de sang qui barrait la porte. Zoé avait gardé une préoccupation de cette tache, une simple manie de fille propre, agacée de la voir toujours là; ses yeux s'y portaient quand même, elle n'entrait plus chez madame sans dire :

— C'est drôle, ça ne s'en va pas... Il vient pourtant assez de monde.

Nana, qui recevait de meilleures nouvelles de Georges, alors en convalescence aux Fondettes avec sa mère, faisait chaque fois la même réponse:

— Ah! dame, il faut e temps... Ça pâlit sous les pieds.

En effet, chacun de ces messieurs, Foucarmont, Steiner, la Faloise, Fauchery, avait emporté un peu de la tache à ses semelles. Et Muffat, que le trait de sang préoccupait comme Zoé, l'étudiait malgré lui, pour lire, dans son effacement de plus en plus rose, le nombre d'hommes qui passait. Il en avait une sourde peur, toujours il l'enjambait, par une crainte d'écraser quelque chose de vivant, un membre nu étalé par terre.

Puis, là, dans cette chambre, un vertige le grisait. Il oubliait tout, la cohue des mâles qui la traversaient, le deuil qui en fermait la porte. Dehors, parfois, au grand air de la rue, il pleurait de honte et de révolte, en jurant de ne jamais y rentrer. Et dès que la portière retombait, il était repris, il se sentait fondre à la tiédeur de la pièce, la chair pénétrée d'un parfum, envahie d'un désir voluptueux d'anéantissement. Lui, dévot, habitué aux extases des chapelles riches, retrouvait exactement ses sensations de croyant, lorsque, agenouillé sous un vitrail, il succombait à l'ivresse des orgues et des encensoirs. La femme le possédait avec le despotisme jaloux d'un Dieu de colère, le terrifiant, lui donnant des secondes de joie aiguës comme des spasmes, pour des heures d'affreux tourments, des visions d'enfer et d'éternels supplices. C'étaient les mêmes balbutiements, les mêmes prières et les mêmes désespoirs, surtout les mêmes humilités d'une créature maudite, écrasée sous la boue de son origine. Ses désirs d'homme, ses besoins d'une âme, se confondaient, semblaient monter, du fond obscur de son être, ainsi qu'un seul épanouissement du tronc de la vie. Il s'abandonnait à la force de l'amour et de la foi, dont le double levier soulève le monde. Et toujours, malgré les luttes de sa raison, cette chambre de Nana le frappait de folie, il disparaissait en grelottant dans la toute-puissance du sexe, comme il s'évanouissait devant l'inconnu du ciel.

Alors, quand elle le sentit si humble, Nana eut le triomphe tyrannique. Elle apportait d'instinct la rage d'avilir. Il ne lui suffisait pas de détruire les choses, elle les salissait. Ses mains si fines laissaient des traces abominables, décomposaient d'elles-mêmes tout ce qu'elles avaient cassé. Et lui, imbécile, se prêtait à ce jeu, avec le vague souvenir des saints dévorés de poux et qui mangeaient leurs excréments. Lorsqu'elle le tenait dans sa chambre, les portes closes, elle se donnait le régal de l'infamie de l'homme. D'abord, ils avaient plaisanté, elle lui allongeait de légères tapes, lui imposait des volontés drôles, le faisait zézayer comme un enfant, répéter des fins de phrases,

— Dis comme moi : « ... et Zut ? Coco s'en fiche ! »

Il se montrait docile jusqu'à reproduire son accent.

— « ... et Zut ! Coco s'en fiche ! »

Ou bien elle faisait l'ours, à quatre pattes sur ses fourrures, en chemise, tournant avec des grognements, comme si elle avait voulu le dévorer ; et même elle lui mordillait les mollets, pour rire. Puis, se relevant :

— A toi, fais un peu... Je parie que tu ne fais pas l'ours comme moi.

C'était encore charmant. Elle l'amusait en ours, avec sa peau blanche et sa crinière de poils roux. Il riait, il se mettait aussi à quatre pattes, grognait, lui mordait les mollets, pendant qu'elle se sauvait en affectant des mines d'effroi.

— Sommes-nous bêtes, hein ? finissait-elle par dire. Tu n'as pas idée comme tu es laid, mon chat ! Ah bien ! si on te voyait, aux Tuileries !

Mais ces petits jeux se gâtèrent bientôt. Ce ne fut pas cruauté chez elle, car elle demeurait bonne fille ; ce fut comme un vent de démence, qui passa et grandit peu à peu dans la chambre close. Une luxure les détraquait les jetait aux imaginations délirantes de la chair. Les anciennes épouvantes dévotes de leur nuit d'insomnie tournaient maintenant en une soif de bestialité, une fureur de se mettre à quatre pattes, de grogner et de mordre. Puis, un jour, comme il faisait l'ours, elle le poussa si rudement, qu'il tomba contre un meuble ; et elle éclata d'un rire involontaire en lui voyant une bosse au front

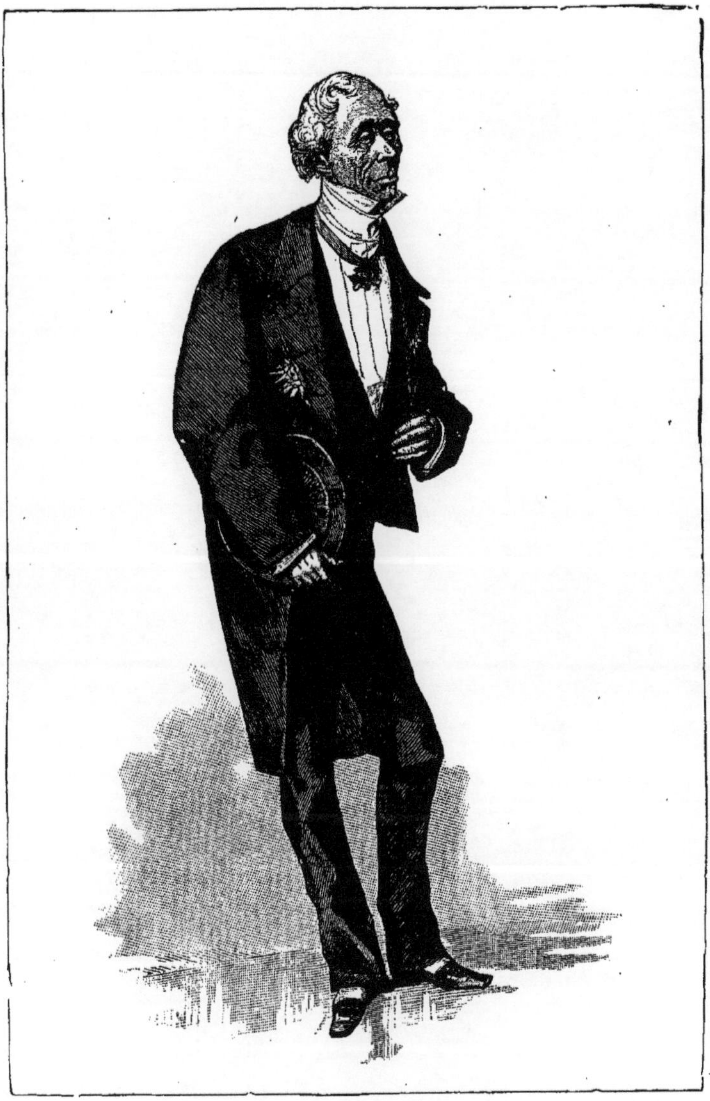

LE MARQUIS DE CHOUARD

Dès lors, mise en goût par son essai sur la Faloise, elle le traita en animal, le fouailla, le poursuivit à coups de pied.

— Hue donc ! hue donc !... Tu es le cheval... Dia, hue ! sale rosse, veux-tu marcher !

D'autres fois il était un chien. Elle lui jetait son mouchoir parfumé au bout de la pièce, et il devait courir le ramasser avec les dents, en se traînant sur les mains et sur les genoux.

— Rapporte, César !... Attends, je vas te régaler, si tu flânes !... Très bien, César ! obéissant ! gentil !... Fais le beau !

Et lui aimait sa bassesse, goûtait la jouissance d'être une brute. Il aspirait encore à descendre, il criait :

— Tape plus fort... Hou ! hou ! je suis enragé, tape donc !

Elle fut prise d'un caprice, elle exigea qu'il vînt un soir vêtu de son grand costume de chambellan. Alors, ce furent des rires, des moqueries, quand elle l'eut, dans son apparat, avec l'épée, le chapeau, la culotte blanche, le frac de drap rouge chamarré d'or, portant la clef symbolique pendue sur la basque gauche. Cette clef surtout l'égayait, la lançait à une fantaisie folle d'explications ordurières. Riant toujours, emportée par l'irrespect des grandeurs, par la joie de l'avilir sous la pompe officielle de ce costume, elle le secoua, le pinça, en lui jetant des : « Eh ! va donc, chambellan ! » qu'elle accompagna enfin de longs coups de pied dans le derrière ; et ces coups de pied, elle les allongeait de si bon cœur dans les Tuileries, dans la majesté de la cour impériale, trônant au sommet, sur la peur et l'aplatissement de tous. Voilà ce qu'elle pensait de la société ! C'était sa revanche, une rancune inconsciente de famille léguée avec le sang. Puis, le chambellan déshabillé, l'habit étalé par terre, elle lui cria de sauter, et il sauta ; elle lui cria de cracher, et il cracha, elle lui cria de marcher sur l'or, sur les aigles, sur les décorations, et il marcha. Patatras ! il n'y avait plus rien, tout s'effondrait. Elle cassait un chambellan comme elle cassait un flacon ou un drageoir, et elle en faisait une ordure, un tas de boue au coin d'une borne.

Cependant, les orfèvres avaient manqué de parole, le lit ne fut livré que vers le milieu de janvier. Muffat justement se trouvait en Normandie, où il était allé pour vendre une dernière épave ; Nana exigeait quatre mille francs tout de suite. Il ne devait revenir que le surlendemain ; mais ayant terminé l'affaire, il hâta son retour, et, sans même passer rue Miromesnil, se rendit avenue de Villiers. Dix heures sonnaient. Comme il avait une clef d'une petite porte ouvrant sur la rue Cardinet, il monta librement. En haut, dans le salon, Zoé, qui essuyait les bronzes, resta saisie , et, ne sachant comment l'arrêter, elle se mit à lui conter en longues phrases que M. Venot, l'air bouleversé, le cherchait depuis la veille, qu'il était déjà venu deux fois la supplier de renvoyer monsieur chez lui, si monsieur descendait d'abord chez madame. Muffat l'écoutait, ne comprenant rien à cette histoire; puis, il remarqua son trouble, et, pris tout à coup d'une rage jalouse, dont il ne se croyait plus capable, il se jeta dans la porte de la chambre, où il entendait des rires. La porte céda, les deux battants volèrent, pendant que Zoé se retirait avec un haussement d'épaules. Tant pis! puisque madame devenait folle, madame s'arrangerait toute seule.

Et Muffat, sur le seuil, eut un cri devant la chose qu'il voyait.

— Mon Dieu!... Mon Dieu!

Dans son luxe royal, la nouvelle chambre resplendissait. Des capitons d'argent semaient d'étoiles vives le velours rose thé de la tenture, de ce rose de chair que le ciel prend par les beaux soirs, lorsque Vénus s'allume à l'horizon, sur le fond clair du jour qui se meurt, tandis que les cordelières d'or tombant des angles, les dentelles d'or encadrant les panneaux, étaient comme des flammes légères, des chevelures rousses dénouées, couvrant à demi la grande nudité de la pièce, dont elles rehaussaient la pâleur voluptueuse. Puis, en face, c'était le lit d'or et d'argent qui rayonnait avec l'éclat neuf de ses ciselures, un trône assez large pour que Nana pût y étendre la royauté de ses membres nus, un autel d'une richesse byzantine, digne de la toute-puissance de son sexe, et où elle l'étalait à cette heure même, découvert, dans une religieuse impudeur d'idole redoutée. Et, près d'elle sous le reflet de neige de sa gorge, au milieu de son triomphe de déesse, se vautrait une honte, une décrépitude, une ruine comique et lamentable, le marquis de Chouard en chemise.

Le comte avait joint les mains. Traversé d'un grand frisson, il répétait:

— Mon Dieu!... mon Dieu!

C'était pour le marquis de Chouard que fleurissaient les roses d'or du bateau, des touffes de roses d'or épanouies dans des feuillages d'or; c'était pour lui que se penchaient les Amours, la ronde culbutée sur un treillis d'argent, avec des rires de gaminerie amoureuse; et à ses pieds, le Faune découvrait pour lui le sommeil de la nymphe lasse de volupté, cette figure de la Nuit, copiée sur le nu célèbre de Nana, jusque dans les cuisses trop fortes, qui la faisaient reconnaître de tous. Jeté là comme une loque humaine, gâtée et dissoute par soixante ans de débauche, il mettait un coin de charnier dans la gloire des chairs éclatantes de la femme. Quand il avait vu la porte s'ouvrir, il s'était soulevé, pris de l'épouvante d'un vieillard gâteux;

cette dernière nuit d'amour le frappait d'imbécillité, il retombait en enfance et, ne trouvant plus les mots, à moitié paralysé, bégayant, grelottant, il restait dans une attitude de fuite, la chemise retroussée sur son corps de squelette, une jambe hors des couvertures, une pauvre jambe livide, couverte de poils gris. Nana, malgré sa contrariété, ne put s'empêcher de rire.

— Couche-toi donc, fourre-toi dans le lit, dit-elle en le renversant et en l'enterrant sous le drap, comme une ordure qu'on ne peut montrer.

Et elle sauta pour refermer la porte. Pas de chance, décidément, avec son petit mufe! Il tombait toujours mal à propos. Aussi pourquoi allait-il chercher de l'argent en Normandie? Le vieux lui avait apporté ses quatre mille francs, et elle s'était laissé faire. Elle repoussa les battants de la porte elle cria :

— Tant pis! c'est ta faute. Est-ce qu'on entre comme cela? En voilà assez, bon voyage!

Muffat demeurait devant cette porte fermée, dans le foudroiement de ce qu'il venait de voir. Son frisson grandissait, un frisson qui lui montait des jambes dans la poitrine et dans le crâne. Puis, comme un arbre secoué par un grand vent, il chancela, il s'abattit sur les genoux avec un craquement de tous les membres. Et les mains désespérément tendues, il balbutia :

— C'est trop, mon Dieu! c'est trop.

Il avait tout accepté. Mais il ne pouvait plus, il se sentait à bout de force, dans ce noir où l'homme culbute avec sa raison. D'un élan extraordinaire, les mains toujours plus hautes, il cherchait le ciel, il appelait Dieu.

— Oh! non, je ne veux pas! Oh! venez à moi, mon Dieu, secourez-moi, faites-moi mourir plutôt! Oh! non, pas cet homme, mon Dieu! c'est fini, prenez-moi, emportez-moi, que je ne voie plus, que je ne sente plus... Oh je vous appartiens, mon Dieu! notre Père qui êtes au ciel...

Et il continuait, brûlant de foi, et une oraison ardente s'échappait de ses lèvres. Mais quelqu'un le touchant à l'épaule, il leva les yeux, c'était M. Venot, surpris de le trouver en prière devant cette porte close. Alors, comme si Dieu lui-même eût répondu à son appel, le comte se jeta au cou du petit vieillard. Il pouvait pleurer enfin, il sanglotait, il répétait :

— Mon frère... mon frère...

Toute son humanité souffrante se soulageait dans ce cri. Il trempait de ses larmes le visage de M. Venot, il le baisait avec des paroles entrecoupées.

— O mon frère, que je souffre!... Vous seul me restez, mon frère... Emmenez-moi pour toujours, oh! de grâce, emmenez-moi...

Alors, M. Venot le serra sur sa poitrine. Il l'appelait aussi son frère. Mais il avait un nouveau coup à lui porter; depuis la veille, il le cherchait pour lui apprendre que la comtesse Sabine, dans un détraquement suprême, venait de s'enfuir avec un chef de rayon d'un grand magasin de nouveautés, scandale affreux dont tout Paris causait déjà. En le voyant sous l'influence d'une telle exaltation religieuse, il sentit le moment favorable, il lui conta tout de suite l'aventure, cette fin platement tragique où sombrait sa maison. Le comte n'en fut pas touché; sa femme était partie, ça ne lui disait rien, on verrait plus tard. Et repris d'angoisse, regardant la porte, les murs, le plafond d'un air de terreur, il n'avait toujours que cette supplication :

— Emmenez-moi... Je ne peux plus, emmenez-moi.

M. Venot l'emmena comme un enfant. Dès lors il lui appartint tout entier. Muffat retomba dans les stricts devoirs de la religion. Sa vie était foudroyée. Il avait donné sa démission de chambellan, devant les pudeurs révoltées des Tuileries. Estelle, sa fille, lui intentait un procès, pour une somme de soixante mille francs, l'héritage d'une tante qu'elle aurait dû toucher à son mariage. Ruiné, vivant étroitement avec les débris de sa grande fortune, il se laissait peu à peu achever par la comtesse, qui mangeait les restes dédaignés de Nana. Sabine, gâtée par la promiscuité de cette fille, poussée à tout, devenait l'effondrement final, la moisissure même du foyer. Après des aventures, elle était rentrée, et il l'avait reprise, dans la résignation du pardon chrétien. Elle l'accompagnait comme sa honte vivante. Mais lui, de plus en plus indifférent, arrivait à ne pas souffrir de ces choses. Le ciel l'enlevait des mains de la femme pour le remettre aux bras même de Dieu. C'était un prolongement religieux des voluptés de Nana, avec les balbutiements, les prières et les désespoirs, les humilités d'une créature maudite, écrasée sous la boue de son origine. Au fond des églises, les genoux glacés par les dalles, il retrouvait ses jouissances d'autrefois, les spasmes de ses muscles et les ébranlements délicieux de son intelligence, dans une même satisfaction des obscurs besoins de son être.

Le soir de la rupture, Mignon se présenta avenue de Villiers. Il s'accoutumait à Fauchery, il finissait par trouver mille avantages dans la présence d'un mari chez sa femme, lui laissait les petits soins du ménage, se reposait sur lui pour une surveillance active, employait aux dépenses quotidiennes de la maison l'argent de ses succès dramatiques ; et comme, d'autre part, Fauchery se montrait raisonnable, sans jalousie ridicule, aussi coulant que Mignon lui-même sur les occasions trouvées par Rose, les deux hommes s'entendaient de mieux en mieux, heureux de leur association fertile en bonheurs de toutes sortes, faisant chacun son trou côte à côte, dans un ménage où ils ne se gênaient plus. C'était réglé, ça marchait très bien, ils rivalisaient l'un l'autre pour la félicité commune. Justement, Mignon venait, sur le conseil de Fauchery, voir s'il ne pourrait pas enlever à Nana sa femme de chambre, dont le journaliste avait apprécié l'intelligence hors ligne ; Rose était désolée, elle tombait depuis un mois sur des filles inexpérimentées, qui la mettaient dans des embarras continuels. Comme Zoé le recevait, il la poussa tout de suite dans la salle à manger. Au premier mot, elle eut un sourire : impossible, elle quittait madame, elle s'établissait à son compte ; et elle ajouta, d'un air de vanité discrète, que chaque jour elle recevait des propositions, ces dames se la disputaient, madame Blanche lui avait fait un pont d'or pour la ravoir. Zoé prenait l'établissement de la Tricon, un vieux projet longtemps couvé, une ambition de fortune où allaient passer ses économies ; elle était pleine d'idées larges, elle rêvait d'agrandir la chose, de louer un hôtel et d'y réunir tous les agréments ; c'était même à ce propos qu'elle avait tâché d'embaucher Satin, une petite bête qui se mourait à l'hôpital, tellement elle se gâchait.

Mignon ayant insisté en parlant des risques que l'on court dans le commerce, Zoé, sans s'expliquer sur le genre de son établissement, se contenta de dire avec un sourire pincé, comme si elle avait pris une confiserie :

— Oh ! les choses de luxe marchent toujours... Voyez-vous, il y a assez longtemps que je suis chez les autres, je veux que les autres soient chez moi.

Et une férocité lui retroussait les lèvres, elle serait enfin « madame », elle tiendrait à ses pieds, pour quelques louis, ces femmes dont elle rinçait les cuvettes depuis quinze ans.

Mignon voulut se faire annoncer, et Zoé le laissa un instant, après avoir dit que madame avait passé une bien mauvaise journée. Il était venu une seule fois, il ne connaissait pas l'hôtel. La salle à manger, avec ses Gobelins, son dressoir, son argenterie, l'étonna. Il ouvrit familièrement les portes, visita le salon, le jardin d'hiver, retourna dans le vestibule ; et ce luxe écrasant, les meubles dorés, les soies et les velours, l'emplissaient peu à peu d'une admiration dont son cœur battait. Quand Zoé redescendit le prendre, elle offrit de lui montrer les autres pièces, le cabinet de toilette, la chambre à coucher. Alors, dans la chambre, le cœur de Mignon éclata ; il était soulevé, jeté à un attendrissement d'enthousiasme. Cette sacrée Nana le stupéfiait, lui qui s'y connaissait pourtant. Au milieu de la débâcle de la maison, dans le coulage, dans le galop de massacre des domestiques, il y avait un entassement de richesses bouchant quand même les trous et débordant par-dessus les ruines. Et Mignon, en face de ce monument magistral, se rappelait de grands travaux. Près de Marseille, on lui avait montré un aqueduc dont les arches de pierre enjambaient un abîme, œuvre cyclopéenne qui coûtait des millions et dix années de luttes. A Cherbourg, il avait vu le nouveau port, un chantier immense, des centaines d'hommes suant au soleil, des machines comblant la mer de quartiers de roche, dressant une muraille où parfois des ouvriers restaient comme une bouillie sanglante. Mais ça lui semblait petit. Nana l'exaltait davantage ; et il retrouvait devant son travail, cette sensation de respect éprouvée par lui un soir de fête, dans le château qu'un raffineur s'était fait construire, un palais dont une matière unique, le sucre, avait payé la splendeur royale. Elle, c'était avec autre chose, une petite bêtise dont on riait, un peu de sa nudité délicate, c'était avec ce rien honteux et si puissant, dont la force soulevait le monde, que toute seule, sans machines inventées par des ingénieurs, elle venait d'ébranler Paris et de bâtir cette fortune où dormaient des cadavres.

— Ah ! nom de Dieu ! quel outil ! laissa échapper Mignon dans son ravissement, avec un retour de gratitude personnelle.

Nana était peu à peu tombée dans un gros chagrin. D'abord, la rencontre du marquis et du comte l'avait secouée d'une fièvre nerveuse, où il entrait presque de la gaieté. Puis, la pensée de ce vieux qui partait dans un fiacre, à moitié mort, et de son pauvre mufe qu'elle ne verrait plus, après l'avoir tant fait enrager, lui causa un commencement de mélancolie sentimentale. Ensuite, elle s'était fâchée en apprenant la maladie de Satin, disparue depuis quinze jours, et en train de crever à Lariboisière, tellement madame Robert l'avait mise dans un fichu état. Comme elle faisait atteler pour voir encore une fois cette petite ordure, Zoé venait tranquillement de lui donner ses huit jours. Du coup, elle fut désespérée ; il lui semblait qu'elle perdait une personne de sa famille. Mon Dieu ! qu'allait-elle devenir, toute seule ? Et elle suppliait Zoé, qui, très flattée du désespoir de madame, finit par l'embrasser, pour montrer qu'elle ne partait pas fâchée contre elle ; il le fallait, le cœur se taisait devant les affaires. Mais ce jour-là était le jour aux embêtements. Nana, prise de dégoût, ne songeant plus à sortir, se traînait dans son petit salon, lorsque Labordette, monté pour lui parler d'une occasion, des dentelles magnifiques, lâcha entre deux phrases, à propos de rien, que Georges était mort. Elle resta glacée.

— Zizi ! mort ! cria-t-elle.

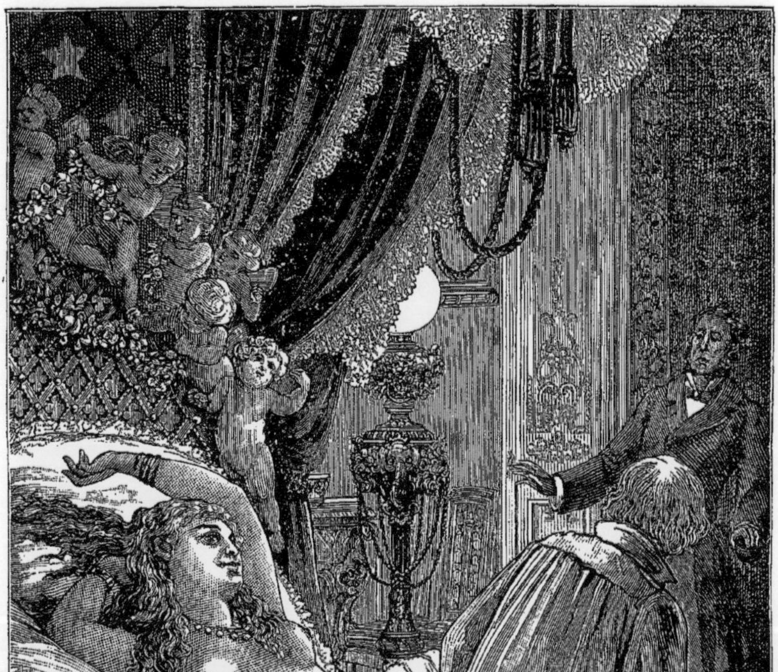

« Muffat trouva Nana couchée avec le vieux... » — (Page 429.)

Et son regard, d'un mouvement involontaire, chercha sur le tapis la tache rose; mais elle s'en était allée enfin, les pieds l'avaient usée. Cependant, Labordette donnait des détails: on ne savait pas au juste, les uns parlaient d'une blessure rouverte, les autres racontaient un suicide, un plongeon du petit dans un bassin des Fondettes. Nana répétait:

— Mort! mort!

Puis, la gorge serrée depuis le matin, elle éclata en sanglots, elle se soulagea. C'était une tristesse infinie, quelque chose de profond et d'immense dont elle se sentait accablée. Labordette ayant voulu la consoler au sujet de Georges, elle le fit taire de la main, en bégayant:

— Ce n'est pas lui seulement, c'est tout, c'est tout... Je suis bien malheureuse!... Oh! je comprends, va! ils vont encore dire que je suis une coquine... Cette mère qui se fait du chagrin là-bas, et ce pauvre homme qui geignait ce matin, devant ma porte, et les autres ruinés à cette heure, après avoir mangé leurs sous avec moi... C'est ça, tapez sur Nana, tapez sur la bête! Oh! j'ai bon dos, je les entends comme si j'y étais: Cette sale fille qui couche avec tout le monde, qui nettoie les uns, qui fait crever les autres, qui cause de la peine à un tas de personnes...

Elle dut s'interrompre, suffoquée par les larmes, tombée de douleur en travers d'un divan, la tête enfoncée dans un coussin. Les malheureux qu'elle sentait autour d'elle, ces misères qu'elle avait faites, la noyaient d'un flot tiède et continu d'attendrissement; et sa voix se perdait en une plainte sourde de petite fille.

— Oh! j'ai mal, oh! j'ai mal... Je ne peux pas, ça m'étouffe... C'est trop dur de ne pas être comprise, de voir se mettre des gens contre vous, parce qu'ils sont les plus forts... Cependant, quand on n'a rien à se reprocher, quand on a sa conscience pour soi... Eh bien! non, eh bien! non...

Une révolte montait dans sa colère. Elle se releva, elle essuya ses larmes, marcha avec agitation.

— Eh bien! non, ils diront ce qu'ils voudront, ce n'est pas ma faute! Est-ce que je suis méchante, moi? Je donne tout ce que j'ai, je n'écraserais pas une mouche... Ce sont eux, oui, ce sont eux!... Jamais je n'ai voulu leur être désagréable. Et ils étaient pendus après mes jupes, et aujourd'hui les voilà encore qui claquent, qui mendient, qui posent tous pour le désespoir...

Puis, s'arrêtant devant Labordette, lui donnant des tapes sur les épaules:

— Voyons, tu étais là, dis la vérité... Est-ce moi qui les poussais? n'étaient-ils pas toujours une douzaine à se battre pour inventer la plus grosse saleté? Ils me dégoûtaient, moi! Je me cramponnais pour ne pas les suivre, j'avais peur... Tiens! un seul exemple, ils voulaient tous m'épouser. Hein? une idée propre! Oui, mon cher, j'aurais été vingt fois comtesse ou baronne, si j'avais consenti. Eh bien! j'ai refusé, parce que j'étais raisonnable... Ah! je leur en ai évité, des ordures et des crimes!... Ils auraient volé, assassiné, tué père et mère. Je n'avais qu'un mot à dire, et je ne l'ai pas dit... Aujourd'hui, tu vois ma récompense... C'est comme Daguenet que j'ai marié, celui-là; un meurt-de-faim dont j'ai fait la position, après l'avoir gardé gratis, pendant des semaines. Hier, je le rencontre, il tourne la tête. Eh! va donc, cochon! Je suis moins sale que toi!

Elle s'était remise à marcher, elle appliqua un violent coup de poing sur un guéridon.

—Nom de Dieu! ce n'est pas juste! La société est mal faite. On tombe sur les femmes, quand ce sont les hommes qui exigent des choses... Tiens! je puis te dire ça, maintenant: lorsque j'allais avec eux, n'est-ce pas? eh bien! ça ne me faisait pas plaisir, mais pas plaisir du tout. Ça m'embêtait, parole d'honneur!... Alors, je te demande un peu si je suis pour quelque chose là-dedans!... Ah! oui, ils m'ont assommée! Sans eux, mon cher, sans ce qu'ils ont fait de moi, je serais dans un couvent à prier le bon Dieu, car j'ai toujours eu de la religion... Et zut! après tout, s'ils y ont laissé leur monnaie et leur peau. C'est leur faute! Moi, je n'y suis pour rien!

— Sans doute, dit Labordette convaincu.

Zoé introduisait Mignon, Nana le reçut en souriant; elle avait bien pleuré, c'était fini. Il la complimenta sur son installation, encore chaud d'enthousiasme; mais elle laissa voir qu'elle avait assez de son hôtel; maintenant, elle rêvait autre chose, elle bazarderait tout, un de ces jours. Puis, comme il donnait un prétexte à sa visite, en parlant d'une représentation au bénéfice du vieux Bosc, cloué dans un fauteuil par une paralysie, elle s'apitoya beaucoup, elle lui prit deux loges. Cependant, Zoé ayant dit que la voiture attendait madame, elle demanda son chapeau; et, tout en nouant les brides, elle conta l'avanture de cette pauvre Satin, puis ajoutant:

—Je vais à l'hôpital... Personne ne m'a aimée comme elle. Ah! on a bien raison d'accuser les hommes de manquer de cœur!... Qui sait? je ne la trouverai peut-être plus. N'importe, je demanderai à la voir. Je veux l'embrasser.

Labordette et Mignon eurent un sourire. Elle n'était plus triste, elle sourit également, car ils ne comptaient pas, ces deux-là, ils pouvaient comprendre. Et tous deux l'admiraient, dans un silence recueilli, tandis qu'elle achevait de boutonner ses gants. Elle demeurait debout, au milieu des richesses entassées de son hôtel, avec un peuple d'hommes abattus à ses pieds. Comme ces monstres antiques dont le domaine redouté était couvert d'ossements, elle posait les pieds sur des crânes; et des catastrophes l'entouraient, la flambée furieuse de Vandeuvres, la mélancolie de Foucarmont perdu dans les mers de la Chine, le désastre de Steiner réduit à vivre en honnête homme, l'imbécillité satisfaite de la Faloise, et le tragique effondrement des Muffat, et le blanc cadavre de Georges, veillé par Philippe, sorti la veille de prison. Son œuvre de ruine et de mort était faite, la mouche envolée de l'ordure des faubourgs, apportant le ferment des pourritures sociales, avait empoisonné ces hommes, rien qu'à se poser sur eux. C'était bien, c'était juste, elle avait vengé son monde, les gueux et les abandonnés. Et tandis que, dans une gloire, son sexe montait et rayonnait sur ses victimes étendues, pareil à un soleil levant qui éclaire un champ de carnage, elle gardait son inconscience de bête superbe, ignorante de sa besogne, bonne fille toujours. Elle restait grosse, elle restait grasse, d'une belle santé, d'une belle gaieté. Tout ça ne comptait plus, son hôtel lui semblait idiot, trop petit, plein de meubles qui la gênaient. Une misère, simplement histoire de commencer. Aussi rêvait-elle quelque chose de mieux; et elle partit en grande toilette pour embrasser Satin une dernière fois, propre, solide, l'air tout neuf, comme si elle n'avait pas servi.

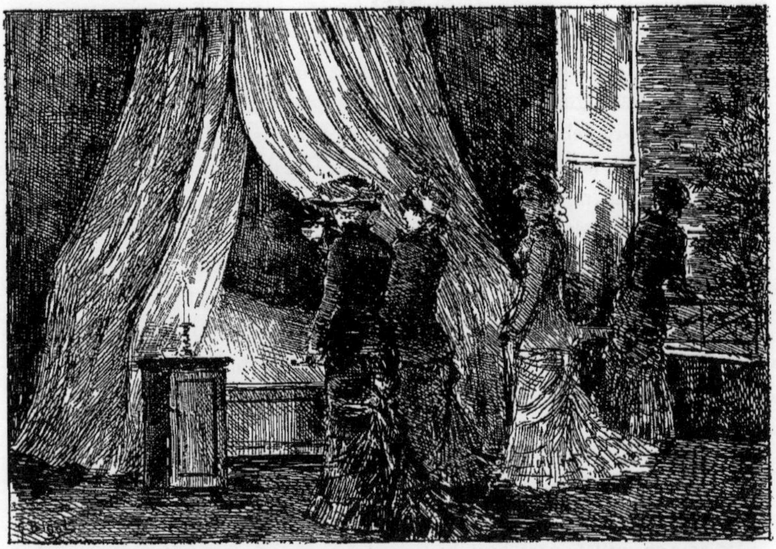

XIV

Nana, brusquement, disparut ; un nouveau plongeon, une fugue, une envolée dans les pays baroques. Avant son départ, elle s'était donné l'émotion d'une vente, balayant tout, l'hôtel, les meubles, les bijoux, jusqu'aux toilettes, et au linge. On citait des chiffres, les cinq vacations produisirent plus de six cent mille francs. Une dernière fois, Paris l'avait vue dans une féerie : *Mélusine*, au théâtre de la Gaîté, que Bordenave, sans un sou, venait de prendre par un coup d'audace ; elle se retrouvait là avec Prullière et Fontan, son rôle était une simple figuration, mais un vrai « clou », trois poses plastiques d'une fée puissante et muette. Puis au milieu de ce grand succès, quand Bordenave, enragé de réclames, allumait Paris par des affiches colossales, on apprit un beau matin qu'elle devait être partie la veille pour le Caire ; une simple discussion avec son directeur, un mot qui ne lui avait pas convenu, le caprice d'une femme trop riche pour se laisser embêter. D'ailleurs, c'était sa toquade : depuis longtemps elle rêvait d'aller chez les Turcs.

Des mois se passèrent. On l'oubliait. Lorsque son nom revenait, parmi ces messieurs et ces dames, les plus étranges histoires circulaient, chacun donnait des renseignements opposés et prodigieux. Elle avait fait la conquête du vice-roi, elle régnait au fond d'un palais, sur deux cents esclaves dont elle coupait les têtes, pour rire un peu. Pas du tout; elle s'était ruinée avec un grand nègre, une sale passion qui la laissait sans une chemise, dans la débauche crapuleuse du Caire. Quinze jours plus tard, ce fut un étonnement, quelqu'un jurait l'avoir rencontrée en Russie. Une légende se formait, elle était la maîtresse d'un prince, on parlait de ses diamants. Toutes les femmes bientôt les connurent, sur les descriptions qui couraient, sans que personne pût citer une source exacte : des bagues, des boucles d'oreilles des bracelets, une rivière large de deux doigts, un diadème de reine surmonté d'un brillant central gros comme le pouce. Dans le recul de ces contrées lointaines, elle prenait le rayonnement mystérieux d'une idole chargée de pierreries. Maintenant, on la nommait sérieusement, avec le respect rêveur de cette fortune faite chez les barbares.

Un soir de juillet, vers huit heures, Lucy, qui descendait en voiture la rue du Faubourg-Saint-Honoré, aperçut Caroline Héquet, sortie à pied pour une commande chez un fournisseur du voisinage. Elle l'appela, et tout de suite :

— Tu as dîné, tu es libre ?... Oh! alors, ma chère, viens avec moi... Nana est de retour.

Du coup, l'autre monta. Lucy continuait :

— Et, tu sais, ma chère, elle est peut-être morte, pendant que nous bavardons.

— Morte! en voilà une idée! cria Caroline stupéfaite. Et où donc ? et de quoi ?

— Au Grand-Hôtel.., de la petite vérole... oh ! une histoire !

Lucy avait dit à son cocher d'aller bon train. Alors, au trot rapide des chevaux, le long de la rue Royale et des boulevards, elle conta l'aventure de Nana, en paroles coupées, sans reprendre haleine.

— Tu ne peux pas t'imaginer... Nana débarque de Russie, je ne sais plus pourquoi, un attrapage avec son prince... Elle laisse ses bagages à la gare, elle descend chez sa tante, tu te rappelles, cette vieille... Bon ! elle tombe sur son bébé qui avait la petite vérole; le bébé meurt le lendemain, et elle s'empoigne avec la tante, à propos de l'argent qu'elle devait envoyer, et dont l'autre n'a jamais vu un sou... Paraît que l'enfant est mort de ça ; enfin un enfant lâché et pas soigné... Très bien ! Nana file, va dans un hôtel, puis rencontre Mignon, juste comme elle songeait à ses bagages... Elle devient

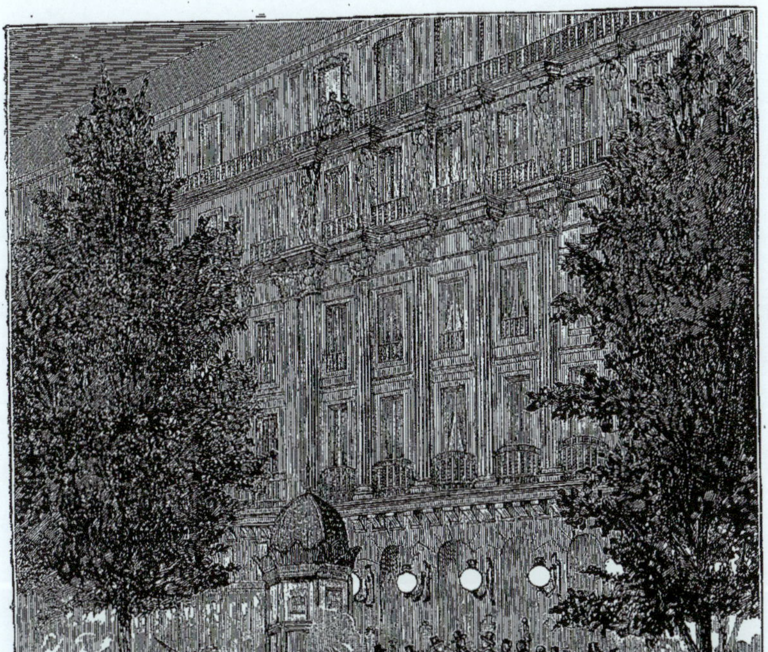

« A Berlin ! à Berlin ! à Berlin ! » — (Page 444.)

toute chose, elle a des frissons, des envies de vomir, et Mignon la reconduit chez elle en lui promettant de veiller sur ses affaires... Hein? est-ce drôle, est-ce machiné! Mais voici le plus beau : Rose apprend la maladie de Nana, s'indigne de la savoir seule dans une chambre meublée, accourt la soigner en pleurant... Tu te souviens comme elles se détestaient; deux vraies furies! Eh bien! ma chère, Rose a fait transporter Nana au Grand-Hôtel, pour qu'elle mourût au moins dans un endroit chic, et elle a déjà passé trois nuits, quitte à en crever ensuite... C'est Labordette qui m'a raconté ça. Alors, j'ai voulu voir...

— Oui, oui, interrompit Caroline très excitée. Nous allons monter.

Elles étaient arrivées. Sur le boulevard, le cocher avait dû retenir ses chevaux, au milieu d'un embarras de voitures et de piétons. Dans la journée le Corps législatif venait de voter la guerre, une foule descendait de toutes les rues, coulait le long des trottoirs, envahissait la chaussée. Du côté de la Madeleine, le soleil s'était couché derrière un nuage sanglant, dont le reflet d'incendie faisait flamber les fenêtres hautes. Un crépuscule tombait, une heure lourde et mélancolique, avec l'enfoncement déjà obscur des avenues que les feux des becs de gaz ne piquaient pas encore de leurs étincelles vives. Et parmi ce peuple en marche, des voix lointaines grandissaient, des regards luisaient dans des faces pâles, tandis qu'un grand souffle d'angoisse et de stupeur épandu emportait toutes les têtes.

— Voilà Mignon, dit Lucy. Il va nous donner des nouvelles.

Mignon était debout sous le vaste porche du Grand-Hôtel, l'air nerveux, regardant la foule. Aux premières questions de Lucy, il s'emporta, criant :

— Est-ce que je sais! Voilà deux jours que je ne peux arracher Rose de là haut... C'est stupide à la fin, de risquer sa peau ainsi! Elle sera gentille, si elle y passe, avec des trous dans la figure! Ça nous arrangera bien.

Cette idée que Rose pouvait perdre sa beauté l'exaspérait. Il lâchait Nana carrément, ne comprenant rien aux dévouements bêtes des femmes. Mais Fauchery traversait le boulevard, et, lorsqu'il fut là, inquiet lui aussi, demandant des nouvelles, tous deux se poussèrent. Maintenant ils se tutoyaient.

— Toujours la même chose, mon petit, déclara Mignon. Tu devrais monter, tu la forcerais à te suivre.

— Tiens! tu es bon, toi! dit le journaliste. Pourquoi n'y montes-tu pas toi-même!

Alors, comme Lucy demandait le numéro, ils la supplièrent de faire descendre Rose; autrement ils finiraient par se fâcher. Pourtant Lucy et Caroline ne montèrent pas tout de suite. Elles avaient aperçu Fontan, les mains dans les poches, flânant, très amusé des bonnes têtes de la foule. Quand il sut que Nana était en haut, malade, il dit en jouant le sentiment :

— La pauvre fille!... Je vais lui serrer la main... Qu'a-t-elle donc?

— La petite vérole, répondit Mignon.

L'acteur avait déjà fait un pas vers la cour; mais il revint, il murmura simplement, avec un frisson:

— Ah! bigre!

Ce n'était pas drôle, la petite vérole. Fontan avait failli l'avoir à l'âge de cinq ans. Mignon racontait l'histoire d'une de ses nièces qui en était morte. Quant à Fauchery, il pouvait en parler, il en portait encore les marques, trois grains à la naissance du nez, qu'il montrait; et comme Mignon le poussait de nouveau, sous le prétexte qu'on ne l'avait jamais deux fois, il combattit cette théorie violemment, il cita des cas en traitant les médecins de brutes. Mais Lucy et Caroline les interrompirent, surprises de la cohue croissante.

— Voyez donc! voyez donc! en voilà du monde.

La nuit grandissait, des becs de gaz dans le lointain s'allumaient un à un. Cependant, aux fenêtres, on distinguait des curieux, tandis que, sous les arbres, le flot humain s'enflait de minute en minute, dans une coulée énorme, de la Madeleine à la Bastille. Les voitures roulaient avec lenteur. Un ronflement se dégageait de cette masse compacte, muette encore, venue par un besoin de se mettre en tas et piétinant, s'échauffant d'une même fièvre. Mais un grand mouvement fit refluer la foule. Au milieu des bourrades, parmi les groupes qui s'écartaient, une bande d'hommes en casquette et en blouse blanche avait paru, jetant ce cri, sur une cadence de marteau battant l'enclume :

— A Berlin! à Berlin! à Berlin!

Et la foule regardait, dans une morne défiance, déjà gagnée pourtant et remuée d'images héroïques, comme au passage d'une musique militaire.

— Oui, oui, allez vous faire casser la gueule! murmura Mignon, pris d'un accès de philosophie.

Mais Fontan trouvait ça très beau. Il parlait de s'engager. Quand l'ennemi était aux frontières, tous les citoyens devaient se lever pour défendre la patrie; et il prenait une pose de Bonaparte à Austerlitz.

— Voyons, montez-vous avec nous? lui demanda Lucy.

— Ah! non! dit-il, pour attraper du mal!

Devant le Grand-Hôtel, sur un banc, un homme cachait son visage dans un mouchoir. Fauchery, en arrivant, l'avait montré d'un clignement d'œil à Mignon. Alors, il était toujours là ; oui, il était toujours là. Et le journaliste retint encore les deux femmes pour le leur montrer. Comme il levait la tête, elles le reconnurent et laissèrent échapper une exclamation. C'était le comte Muffat, qui jetait un regard en l'air, sur une des fenêtres.

— Vous savez qu'il pose depuis ce matin, raconta Mignon. Je l'ai vu à six heures, il n'a pas bougé... Dès les premiers mots de Labordette, il est venu là, avec son mouchoir sur sa figure... Toutes les demi-heures, il se traîne jusqu'ici pour demander si la personne d'en haut va mieux, et il retourne s'asseoir... Dame ! ce n'est pas sain, cette chambre ; on a beau aimer les gens, on n'a pas envie de crever. Le comte, les yeux levés, ne semblait pas avoir conscience de ce qui se passait autour de lui. Il ignorait sans doute la déclaration de guerre, il ne sentait pas, il n'entendait pas la foule.

— Tiens ! dit Fauchery, le voilà, vous allez voir.

En effet, le comte avait quitté le banc et entrait sous la haute porte. Mais le concierge, qui finissait par le connaître, ne lui laissa pas le temps de poser sa question. Il dit d'un ton brusque :

— Monsieur, elle est morte, à l'instant même.

Nana morte ! Ce fut un coup pour tout le monde. Muffat, sans une parole, était retourné sur le banc, la face dans son mouchoir. Les autres se récriaient. Mais ils eurent la parole coupée, une nouvelle bande passait, hurlant :

— A Berlin ! à Berlin ! à Berlin !

Nana morte ! Par exemple, une si belle fille ! Mignon soupira d'un air soulagé ; enfin Rose allait descendre. Il y eut un froid. Fontan, qui rêvait un rôle tragique, avait pris une expression de douleur, les coins de la bouche tirés, les yeux renversés au bord des paupières ; pendant que Fauchery, réellement touché dans sa blague de petit journaliste, mâchait nerveusement son cigare. Pourtant les deux femmes continuaient à s'exclamer. La dernière fois que Lucy l'avait vue, c'était à la Gaîté ; Blanche également, dans *Mélusine*. Oh ! épatante, ma chère, lorsqu'elle paraissait au fond de la grotte de cristal ! Ces messieurs se la rappelaient très bien, Fontan jouait le prince Cocorico. Et, leurs souvenirs éveillés, ce furent des détails interminables. Hein ? dans la grotte de cristal, quel chic avec sa riche nature ! Elle ne disait pas un mot, même les auteurs lui avaient coupé une réplique, parce que ça gênait ; non, rien du tout, c'était plus grand, et elle vous retournait son public, rien qu'à se montrer. Un corps comme on n'en retrouverait plus, des épaules, des jambes et une taille ! Était-ce drôle qu'elle fût morte ! Vous savez qu'elle avait simplement, par-dessus son maillot, une ceinture d'or qui lui cachait à peine le derrière et le devant. Autour d'elle, la grotte, toute en glace, faisait une clarté ; des cascades de diamants se déroulaient, des colliers de perles blanches ruisselaient parmi les stalactites de la voûte ; et dans cette transparence, dans cette eau de source, traversée d'un large rayon électrique, elle semblait un soleil, avec sa peau et ses cheveux de flamme. Paris la verrait toujours comme ça : allumée au milieu du cristal, en l'air, ainsi qu'un bon Dieu. Non, c'était trop bête de se laisser mourir, dans une pareille position ! Maintenant, elle devait être jolie, là-haut !

— Et que de plaisir fichu ! dit Mignon d'une voix mélancolique, en homme qui n'aimait pas à voir se perdre les choses utiles et bonnes.

Il tâta Lucy et Caroline pour savoir si elles montaient tout de même. Bien sûr elles montaient ; leur curiosité avait grandi. Justement, Blanche arrivait, essoufflée, exaspérée contre la foule qui barrait les trottoirs ; et quand elle sut la nouvelle, les exclamations recommencèrent, ces dames se dirigèrent vers l'escalier, avec un grand bruit de jupes. Mignon les suivait, en criant :

— Dites à Rose que je l'attends... Tout de suite, n'est-ce pas ?

— On ne sait pas au juste si la contagion est à craindre au début ou vers la fin, expliquait Fontan à Fauchery. Un interne de mes amis m'assurait même que les heures qui suivent la mort sont surtout dangereuses... Il se dégage des miasmes... Ah ! je regrette ce brusque dénouement ; j'aurais été si heureux de lui serrer la main une dernière fois.

— Maintenant, à quoi bon ? dit le journaliste.

— Oui, à quoi bon ? répétèrent les autres.

La foule augmentait toujours. Dans le coup de lumière des boutiques, sous les nappes dansantes du gaz, on distinguait le double courant des trottoirs, qui charriait des chapeaux. A cette heure, la fièvre gagnait de proche en proche, des gens se jetaient à la suite des bandes en blouse, une poussée continue balayait la chaussée ; et le cri revenait, sortait de toutes les poitrines, saccadé, entêté :

— A Berlin ! à Berlin ! à Berlin !

En haut, au quatrième étage, la chambre coûtait douze francs par jour, Rose ayant voulu quelque chose de convenable, sans luxe cependant, car on n'a pas besoin de luxe pour souffrir. Tendue de cretonne Louis XIII à grosses fleurs, la chambre avait le mobilier d'acajou de tous les hôtels, avec un tapis rouge semé d'un feuillage noir. Un lourd silence régnait, coupé d'un chuchotement, lorsque des voix s'élevèrent, dans le corridor.

— Je t'assure que nous sommes perdues. Le garçon a dit de tourner à droite... En voilà une caserne !

— Attends donc, il faut voir... Chambre 401, chambre 401...

— Eh ! par ici...405, 403... Nous devons y être... Ah ! enfin, 401 !... Arrivez, chut ! chut !

Les voix se turent. On toussa, on se recueillit un instant. Puis, la porte ouverte avec lenteur, Lucy entra, suivie de Caroline et de Blanche. Mais elles s'arrêtèrent, il y avait déjà cinq femmes dans la chambre. Gaga était allongée au fond de l'unique fauteuil, un voltaire de velours rouge. Devant la cheminée, Simonne et Clarisse debout causaient avec Léa de Horn, assise sur une chaise ; tandis que, devant le lit, à gauche de la porte, Rose Mignon, posée au bord du coffre à bois, regardait fixement le corps perdu dans l'ombre des rideaux. Toutes avaient leurs chapeaux et leurs gants, comme des dames en visite ; et seule, les mains nues, décoiffée, pâlie par la fatigue de trois nuits de veille, elle restait stupide et gonflée de tristesse, en face de cette mort si brusque. Au coin de la commode, une lampe, garnie d'un abat-jour, éclairait Gaga d'un coup de lumière vive.

— Hein ? quel malheur ! murmura Lucy en serrant la main de Rose. Nous voulions lui dire adieu.

Et elle tournait la tête, pour la voir ; mais la lampe était trop loin, elle n'osa pas la rapprocher. Sur le lit, une masse grise s'allongeait, on distinguait seulement le chignon rouge, avec une tache blafarde qui devait être la figure. Lucy ajouta :

— Moi, je ne l'avais plus vue depuis la Gaîté, au fond de la grotte...

— Ah ! elle est changée, elle est changée...

Puis, elle retomba dans sa contemplation, sans un geste, sans une parole. tout à l'heure on pourrait la regarder peut-être ; et les trois femmes rejoignirent les autres devant la cheminée. Simonne et Clarisse discutaient sur les diamants de la morte, à voix basse. Enfin, existaient-ils, ces diamants ? personne ne les avait vus, ça devait être une blague. Mais Léa de Horn connaissait quelqu'un qui les connaissait ; oh ! des pierres monstrueuses ! D'ailleurs, ce n'était pas tout, elle avait rapporté bien d'autres richesses de Russie, des étoffes brodées, des bibelots précieux, un service de table en or, jusqu'à des meubles ; oui, ma chère, cinquante-deux colis, des caisses énormes, de quoi charger trois wagons. Ça restait en gare. Hein ? pas de chance, mourir sans avoir même le temps de déballer ses affaires ; ajoutez qu'elle avait des sous avec ça, quelque chose comme un million. Lucy demanda qui héritait. Des parents éloignés, la tante sans doute. Une jolie tuile pour cette vieille. Elle ne savait rien encore, la malade s'était obstinée à ne pas la faire prévenir, lui gardant rancune de la mort de son petit. Alors, toutes s'apitoyèrent sur le petit, en se souvenant de l'avoir aperçu aux courses : un bébé plein de mal, et qui avait l'air si vieux et si triste ; enfin un de ces pauvres mioches qui n'ont pas demandé à naître.

— Il est plus heureux sous la terre, dit Blanche.

— Bah ! elle aussi, ajouta Caroline. Ce n'est pas si drôle, l'existence.

Des idées noires les envahissaient, dans la sévérité de cette chambre. Elles avaient peur, c'était bête de causer là si longtemps ; mais un besoin de voir les clouait sur le tapis. Il faisait très chaud, le verre de lampe mettait au plafond une rondeur de lune, dans l'ombre moite dont la pièce était noyée. Sous le lit, une assiette creuse pleine de phénol dégageait une odeur fade. Et, par moments, des souffles gonflaient les rideaux de la fenêtre, ouverte sur le boulevard, d'où montait un sourd ronflement.

— A-t-elle beaucoup souffert ? demanda Lucy, qui s'était absorbée devant le sujet de la pendule, les trois Grâces, nues, avec des sourires de danseuses.

Gaga parut s'éveiller.

— Ah ! oui, par exemple !... J'étais là, quand elle a passé. Je vous réponds que ça n'a rien de beau... Tenez, elle a été prise d'une secousse...

Mais elle ne put continuer son explication, un cri s'élevait :

— A Berlin ! à Berlin ! à Berlin !

Et Lucy, qui étouffait, ouvrit la fenêtre toute grande et s'accouda. Là, il faisait bon, une fraîcheur tombait du ciel étoilé. En face, des fenêtres flambaient, des reflets de gaz dansaient dans les lettres d'or des enseignes. Puis, au-dessous, c'était très amusant, on voyait les coulées de la foule rouler comme un torrent sur les trottoirs et la chaussée, au milieu d'une confusion de voitures, dans de grandes ombres mouvantes où luisaient les étincelles des lanternes et des becs de gaz. Mais la bande qui arrivait en vociférant avait des torches ; une lueur rouge venait de la Madeleine, coupait la cohue d'une traînée de feu, s'étalait au loin sur les têtes comme une nappe d'incendie. Lucy appela Blanche et Caroline, s'oubliant, criant :

— Venez donc... On voit très bien de cette fenêtre.

Toutes trois se penchèrent, très intéressées. Les arbres les gênaient, par moments les torches disparaissaient sous les feuilles. Elles tâchèrent d'apercevoir ces messieurs, en bas ; mais la saillie d'un balcon cachait la porte ; et elles ne distinguaient toujours que le comte Muffat, jeté sur le banc comme un paquet sombre, le visage dans son mouchoir. Une voiture s'était arrêtée.

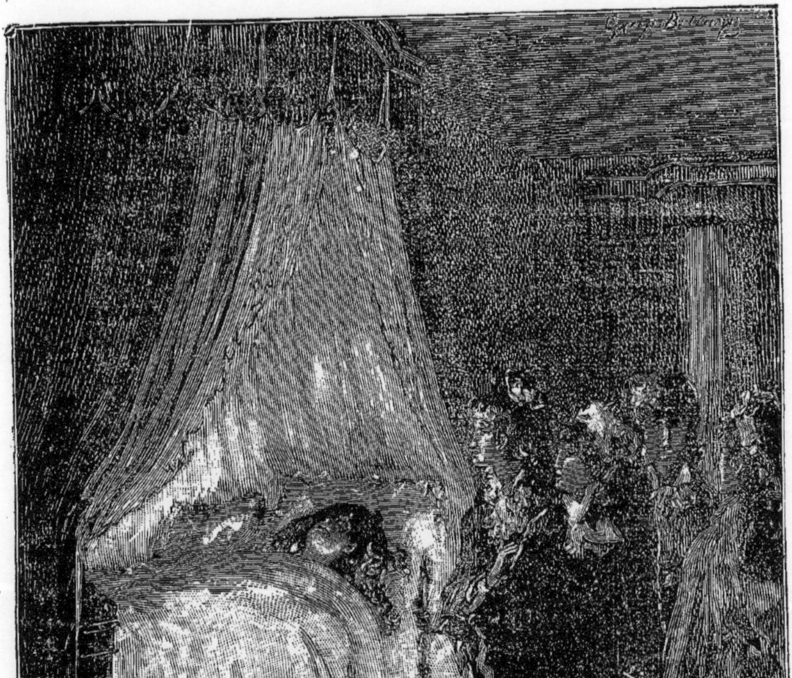

NANA MORTE.

« Une lumière vive éclaira brusquement le visage de la morte. Ce fut une horreur. Toutes frémirent et se sauvèrent. — (Page 455.)

Lucy reconnut Maria Blond; encore une qui accourait. Elle n'était pas seule, un gros homme descendait derrière elle.

— C'est ce voleur de Steiner, dit Caroline. Comment! on ne l'a pas encore renvoyé à Cologne!... Je veux voir sa tête quand il entrera.

Elles se tournèrent. Mais, au bout de dix minutes, lorsque Maria Blond parut, après s'être deux fois trompée d'escalier, elle était seule. Lucy, étonnée, l'interrogeait :

— Lui! ah bien! ma chère, si vous croyez qu'il va monter!... C'est déjà beau qu'il m'ait accompagnée jusqu'à la porte... Ils sont près d'une douzaine qui fument des cigares.

En effet, tous ces messieurs se retrouvaient. Venus en flânant, pour donner un coup d'œil aux boulevards, ils s'appelaient, ils s'exclamaient sur la mort de cette pauvre fille; puis, ils causaient politique et stratégie. Bordenave, Daguenet, Labordette, Prullière, d'autres encore avaient grossi le groupe. Et ils écoutaient Fontan, qui expliquait son plan de campagne pour enlever Berlin en cinq jours.

Cependant, Maria Blond, prise d'attendrissement devant le lit, murmurait comme les autres :

— Pauvre chat!... La dernière fois que je l'ai vue, c'était à la Gaîté, dans la grotte...

— Ah! elle est changée, elle est changée, répéta Rose Mignon avec son morne accablement.

Deux femmes arrivèrent encore: Tatan Néné et Louise Violaine. Celles-là battaient le Grand-Hôtel depuis vingt minutes, renvoyées de garçon en garçon; elles avaient monté et descendu plus de trente étages, au milieu d'une débâcle de voyageurs qui se hâtaient de quitter Paris, dans la panique de la guerre et de cette émotion des boulevards. Aussi, en entrant, se laissèrent-elles tomber sur des chaises, trop lasses pour s'occuper de la morte. Justement, un vacarme venait de la chambre voisine; on roulait des malles, on cognait les meubles, avec tout un bruit de voix broyant des syllabes barbares. C'était un jeune ménage autrichien. Gaga racontait que, pendant l'agonie, les voisins avaient joué à se poursuivre; et, comme une simple porte condamnée séparait les deux chambres, on les entendait rire et s'embrasser, quand ils s'attrapaient.

— Voyons, il faut partir, dit Clarisse. Nous ne la ressusciterons pas.. Viens-tu, Simonne?

Toutes regardaient le lit du coin de l'œil, sans bouger. Pourtant, elle s'apprêtaient, elles donnaient de légères tapes sur leurs jupes. A la fenêtre,

Lucy s'était accoudée de nouveau, toute seule. Une tristesse peu à peu la serrait à la gorge, comme si une mélancolie profonde eût monté de cette foule hurlante. Des torches passaient encore, secouant des flammèches ; au loin, les bandes moutonnaient, allongées dans les ténèbres, pareilles à des troupeaux menés de nuit à l'abattoir ; et ce vertige, ces masses confuses, roulées par le flot, exhalaient une terreur, une grande pitié de massacres futurs. Ils s'étourdissaient, les cris se brisaient dans l'ivresse de leur fièvre se ruant à l'inconnu, là-bas, derrière le mur noir de l'horizon.

— A Berlin ! à Berlin ! à Berlin !

Lucy se retourna, adossée à la fenêtre, et toute pâle :

— Mon Dieu ! qu'allons-nous devenir ?

Ces dames hochèrent la tête. Elles étaient graves, très inquiètes des événements.

— Moi, dit Caroline Héquet de son air posé, je pars après-demain pour Londres... Maman est déjà là-bas qui m'installe un hôtel... Bien sûr, je ne vais pas me laisser massacrer à Paris.

Sa mère, en femme prudente, lui avait fait placer toute sa fortune à l'étranger. On ne sait jamais comment une guerre peut finir. Mais Maria Blond se fâcha; elle était patriote, elle parlait de suivre l'armée.

— En voilà une traqueuse !... Oui, si l'on voulait de moi, je m'habillerais en homme pour leur flanquer des coups de fusil, à ces cochons de Prussiens !... Quand nous claquerions toutes, après ? Une jolie chose que notre peau !

Blanche de Sivry fut exaspérée.

— Ne dis donc pas de mal des Prussiens !... Ce sont des hommes pareils aux autres, comme tes Français... On vient d'expulser le petit Prussien qui était avec moi, un garçon très riche, très doux, incapable de faire du mal à personne. C'est une indignité, ça me ruine... Et, tu sais, il ne faut pas qu'on m'embête, ou je vais le retrouver en Allemagne !

Alors, pendant qu'elles s'empoignaient, Gaga murmura d'une voix dolente :

— C'est fini, je n'ai pas de chance... Il n'y a pas huit jours, j'ai achevé de payer ma petite maison de Juvisy, ah ! Dieu sait avec quelle peine ! Lili a dû m'aider... Et voilà la guerre déclarée, les Prussiens vont venir, ils brûleront tout... Comment veut-on que je recommence, à mon âge ?

— Bah ! dit Clarisse, je m'en fiche ! je trouverai toujours.

— Bien sûr, ajouta Simonne. Ça va être drôle... Peut-être, au contraire que ça marchera...

Et, d'un sourire, elle compléta sa pensée. Tatan Néné et Louise Violaine étaient de cet avis ; la première raconta qu'elle avait fait des noces à tout casser avec des militaires ; oh ! de bons garçons, et qui auraient commis les cent dix-neuf coups pour les femmes. Mais, ces dames ayant trop élevé la voix, Rose Mignon, toujours sur le coffre, devant le lit, les fit taire d'un chut ! soufflé légèrement. Elles restèrent saisies, avec un regard oblique vers la morte, comme si cette prière de silence fût sortie de l'ombre même des rideaux ; et, dans la lourde paix qui tomba, cette paix du néant où elles sentaient la rigidité du cadavre étendu près d'elles, les cris de la foule éclatèrent :

— A Berlin ! à Berlin ! à Berlin !

Mais bientôt elles oublièrent de nouveau. Léa de Horn, qui avait un salon politique, où d'anciens ministres de Louis-Philippe se livraient à de fines épigrammes, reprit très bas, en haussant les épaules :

— Quelle faute, cette guerre ! quelle bêtise sanglante !

Alors, tout de suite, Lucy prit la défense de l'empire. Elle avait couché avec un prince de la maison impériale, c'était pour elle affaire de famille.

— Laissez donc, ma chère, nous ne pouvions nous laisser insulter davantage, cette guerre est l'honneur de la France... Oh ! vous savez, je ne dis pas ça à cause du prince. Il était d'un rat ! Imaginez-vous, le soir, en se couchant, il cachait ses louis dans ses bottes, et quand nous jouions au bézigue, il mettait des haricots, parce qu'un jour j'avais fait la blague de sauter sur l'enjeu... Mais ça ne m'empêche pas d'être juste. L'empereur a eu raison.

Léa hochait la tête d'un air de supériorité, en femme qui répète l'opinion de personnages considérables. Et, haussant la voix :

— C'est la fin. Ils sont fous, aux Tuileries. Hier, voyez-vous, la France aurait dû plutôt les chasser...

Toutes l'interrompirent violemment. Qu'avait-elle donc, cette enragée-là, après l'empereur ? Est-ce que le monde n'était pas heureux ? est-ce que les affaires ne marchaient pas ? Jamais Paris ne s'amuserait si fort.

Gaga s'emportait, réveillée, indignée.

— Taisez-vous ! c'est idiot, vous ne savez pas ce que vous dites !... Moi j'ai vu Louis-Philippe, une époque de pannés et de grigous, ma chère. Et puis est venu quarante-huit. Ah ! une jolie chose, une dégoûtation, leur République ! Après février, j'ai crevé la faim, moi qui vous parle !... Mais, si vous aviez connu tout ça, vous vous mettriez à genoux devant l'empereur, car il a été notre père, oui, notre père...

On dut la calmer. Elle reprit, dans un élan religieux :

— O mon Dieu! tâchez que l'empereur ait la victoire. Conservez-nous l'empire!

Toutes répétèrent ce vœu. Blanche avoua qu'elle brûlait des cierges pour l'empereur. Caroline, prise d'un béguin, s'était promenée pendant deux mois sur son passage, sans pouvoir attirer son attention. Et les autres éclataient en paroles furibondes contre les républicains, parlaient de les exterminer à la frontière, afin que Napoléon III, après avoir battu l'ennemi, régnât tranquille, au milieu de la jouissance universelle.

— Ce sale Bismarck, en voilà encore une canaille! fit remarquer Maria Blond.

— Dire que je l'ai connu! cria Simonne. Si j'avais pu savoir, c'est moi qui aurais mis quelque drogue dans son verre.

Mais Blanche, ayant toujours sur le cœur l'expulsion de son Prussien, osa défendre Bismarck. Il n'était peut-être pas méchant. Chacun son métier. Elle ajouta:

— Vous savez qu'il adore les femmes.

— Qu'est-ce que ça nous fiche! dit Clarisse. Nous n'avons pas envie de le faire, peut-être!

— Des hommes comme ça il y en a toujours de trop, déclara Louise Violaine gravement. Faudrait mieux s'en passer, que d'avoir affaire à de pareils monstres.

Et la discussion continua. On déshabillait Bismarck, chacun lui allongeait un coup de pied, dans son zèle bonapartiste; pendant que Tatan Néné répétait d'un air vexé:

— Bismarck! m'a-t-on fait enrager avec celui-là!... Oh! je lui en veux!... Moi, je ne le connaissais pas ce Bismarck! On ne peut pas connaître tout le monde.

— N'importe, dit Léa de Horn pour conclure, ce Bismarck va nous flanquer une jolie tripotée...

Elle ne put continuer. Ces dames se jetaient sur elle. Hein? quoi? une tripotée! C'était Bismarck qu'on allait reconduire chez lui, à coups de crosse dans le dos. Avait-elle fini, cette mauvaise Française!

— Chut! souffla Rose Mignon, blessée d'un tel tapage.

Le froid du cadavre les reprit, elles s'arrêtèrent toutes à la fois, gênées, remises en face de la mort, avec la peur sourde du mal. Sur le boulevard, le cri passait, enroué, déchiré:

— A Berlin! à Berlin! à Berlin!

Alors, comme elles se décidaient à partir, une voix appela du corridor.

— Rose ! Rose !

Étonnée, Gaga ouvrit la porte, disparut un instant. Puis, quand elle revint :

— Ma chère, c'est Fauchery qui est là-bas, au fond... Il ne veut pas avancer, il est hors de lui, parce que vous restez près de ce corps.

Mignon avait fini par pousser le journaliste. Lucy, toujours à la fenêtre, se pencha ; et elle aperçut ces messieurs sur le trottoir, la figure en l'air, lui faisant de grands signes. Mignon, exaspéré, tendait les poings. Steiner, Fontan, Bordenave et les autres, ouvraient les bras, d'un air d'inquiétude et de reproche ; tandis que Daguenet, pour ne pas se compromettre, fumait son cigare, les mains derrière le dos.

— C'est vrai, ma chère, dit Lucy en laissant la fenêtre ouverte, j'avais promis de vous faire descendre... Ils sont tous à nous appeler.

Rose quittait péniblement le coffre à bois. Elle murmura :

— Je descends, je descends... Bien sûr elle n'a plus besoin de moi... On va mettre une sœur...

Et elle tournait, sans pouvoir trouver son chapeau et son châle. Machinalement, sur la toilette, elle avait empli une cuvette d'eau, elle se lavait les mains et le visage, en continuant :

— Je ne sais pas, ça m'a donné un grand coup... Nous n'avions guère été gentilles l'une pour l'autre. Eh bien ! vous voyez, j'en suis imbécile... Oh ! toutes sortes d'idées, une envie d'y passer moi-même, la fin du monde... Oui, j'ai besoin d'air.

Le cadavre commençait à empoisonner la chambre. Ce fut une panique, apres une longue insouciance.

— Filons, filons, mes petites chattes, répétait Gaga. Ce n'est pas sain.

Elles sortaient vivement, en jetant un regard sur le lit. Mais, comme Lucy, Blanche et Caroline, étaient encore là, Rose donna un dernier coup d'œil pour laisser la pièce en ordre. Elle tira un rideau devant la fenêtre ; puis, elle songea que cette lampe n'était pas convenable, il fallait un cierge ; et après avoir allumé l'un des flambeaux de cuivre de la cheminée, elle le posa sur la table de nuit, à côté du corps. Une lumière vive éclaira brusquement le visage de la morte. Ce fut une horreur. Toutes frémirent et se sauvèrent

— Ah ! elle est changée, elle est changée, murmurait Rose Mignon, demeurée la dernière.

Elle partit, elle ferma la porte. Nana restait seule, la face en l'air, dans la clarté de la bougie. C'était un charnier, un tas d'humeur et de sang, une pelletée de chair corrompue, jetée là sur un coussin. Les pustules avaient envahi la figure entière, un bouton touchant l'autre; et, flétries, affaissées, d'un aspect grisâtre de boue, elles semblaient déjà une moisissure de la terre, sur cette bouillie informe, où l'on ne retrouvait plus les traits. Un œil, celui de gauche, avait complètement sombré dans le bouillonnement de purulence; l'autre, à demi ouvert, s'enfonçait, comme un trou noir et gâté. Le nez suppurait encore. Toute une croûte rougeâtre partait d'une joue, envahissa la bouche, qu'elle tirait dans un rire abominable. Et, sur ce masque horrible et grotesque du néant, les cheveux, les beaux cheveux, gardant leur flambée de soleil, coulaient en un ruissellement d'or. Vénus se décomposait. Il semblait que le virus pris par elle dans les ruisseaux, sur les charognes tolérées, ce ferment dont elle avait empoisonné un peuple, venait de lui remonter au visage et l'avait pourri.

La chambre était vide. Un grand souffle désespéré monta du boulevard et gonfla le rideau.

— A Berlin! à Berlin! à Berlin!

FIN

www.ingramcontent.com/pod-product-compliance
Ingram Content Group UK Ltd.
Pitfield, Milton Keynes, MK11 3LW, UK
UKHW031846260826
14628UKWH00002B/611

9 782012 480117